IL SUFFIT PARFOIS D'UN ÉTÉ

Publié pour la première fois en Italie sous le titre *L'estate in cui fiorirono le fragole* par Sperling & Kupfer, Milan.

La traductrice a souhaité conserver l'anonymat.
Publié avec l'accord de Walkabout Literary Agency.

Anna Bonacina

IL SUFFIT PARFOIS D'UN ÉTÉ

Traduit de l'italien

La Belle Étoile

À mon père et à ma mère,
qui ont rempli mon enfance d'histoires.
Et à Spam, qui vit pour toujours à Tigliobianco.

C'était un dimanche matin, un matin de juin comme tant d'autres, dans un petit village comme tant d'autres.

La minuscule église était pleine à craquer. Dehors faisait rage le plus insolent orage qu'on eût jamais vu à Tigliobianco. Ou, du moins, le plus insolent orage dont Agnese se souvînt, elle qui vivait là depuis toujours, dans une petite maison rose à la sortie du bourg, en face d'une autre petite maison, jaune celle-ci, où vivait sa meilleure ennemie : Elvira.

Agnese et Elvira avaient le même âge et les mêmes passions. Elles auraient pu être les meilleures amies du monde si elles n'avaient pas été ennemies jurées. Assises en ce moment même au premier rang, mais de part et d'autre de l'allée centrale, elles se regardaient en chiens de faïence.

Tout avait commencé bien avant ce dimanche orageux, au cours duquel un événement marquerait à jamais la vie des habitants du village. Ainsi, en cette matinée où débute notre histoire, dans une église bien remplie, Agnese était donc en train de se dire qu'on n'avait jamais vu un tel orage à Tigliobianco.

Le vieux père Attilio venait de prononcer d'une voix incertaine :

— Allez en paix.

Puis, légèrement embarrassé, il avait regardé ses fidèles dans les yeux comme pour s'excuser. « Allez en paix » dehors, où semblait avoir éclaté la colère divine ? Qui donc allait se risquer à quitter l'église alors que sévissait la tempête ?

Malgré tout, à la fin de la messe, ce matin-là, tous se levèrent et s'entassèrent sur le pas de la porte sans se décider à sortir.

— Mon père, regardez dehors ! C'est l'Enfer, fit remarquer à juste titre Elvio, jeune quinquagénaire.

— Effectivement… concéda le prêtre en se frayant un chemin au milieu de la petite foule.

Il observa le ciel et les grêlons qui tombaient sur le parvis.

— Vous préférez rester là jusqu'à ce que ce soit fini ?

— On pourrait organiser un tournoi de cartes.

— Ah non ! Moi, je dois partir, répliqua vivement une voix.

Quarante-six têtes se tournèrent d'un même mouvement vers Luisa, la bonne du curé, qui ne cilla pas. Comme d'habitude.

— Où ça donc ? l'interrogea Elvira. Si tu sors d'ici, tu vas te prendre la foudre en plein sur la tête !

— Je m'en vais parce que j'ai ma confiture de fraises sur le feu.

— Tu es sortie en laissant la cuisinière allumée ? lui demanda le père Attilio, stupéfait.

— Oui. Et maintenant, il est temps de l'éteindre, car ça doit être cuit.

— C'est pour le gâteau aux fraises ? la questionna Agnese d'un air faussement indifférent.

Luisa, aimable comme toujours, répondit :

— Occupe-toi de tes affaires, toi !

Jamais elle ne dévoilerait le moindre secret au sujet de son gâteau aux fraises – un gâteau si délicieux qu'on l'avait surnommé « le Suprême ». Il faisait la fierté et la gloire de Luisa, qui était bonne de profession mais se sentait l'âme d'une cheffe pâtissière. Son cahier de recettes – un carnet usé, à la couverture noire couverte de taches – était lui-même devenu une légende, bien plus mystérieux encore que le manuscrit de Voynich[1].

— J'y vais, conclut-elle.

Les quarante-six têtes l'observèrent en silence ouvrir un inutile petit parapluie à carreaux et la suivirent du regard tandis qu'elle traversait le parvis d'un pas décidé.

— Vingt mille lires qu'elle se prend la foudre, annonça Vittorino.

Un gamin qui se tenait derrière lui s'exclama :

— Pari tenu !

Le jeune adolescent s'appelait Cesare. Ce matin-là, il était venu à l'église avec sa mère et son grand frère, Ettore. Rêvant de devenir médecin, il espérait pouvoir assister de ses propres yeux aux effets de la foudre sur un être humain – une perspective qui l'électrisait au plus haut point.

Au même instant – et cela resterait gravé pour toujours dans les souvenirs des habitants venus à la messe en ce dimanche matin de juin –, un éclair s'abattit précisément devant l'église de Tigliobianco, et plus précisément encore sur la bonne Luisa et son petit parapluie à carreaux.

Tous hurlèrent. Le père Attilio, quant à lui, s'évanouit.

— Gagné ! s'exclama Vittorino, qui, de mémoire d'homme, n'avait jamais perdu un pari.

---

1. Livre illustré anonyme datant du XVe siècle, rédigé dans une écriture non encore déchiffrée et une langue non identifiée (NdT).

— Et le cahier de recettes, qu'est-ce qu'il va devenir maintenant ? entendit-on murmurer Agnese.

Claretta, Rosamaria et Evelina, trois femmes vêtues de manière presque identique et amies depuis le berceau, la regardèrent avec une certaine admiration. Il en fallait, de l'audace, pour penser à ce carnet alors que Luisa se tenait encore fumante sur le parvis ! Or, toutes trois appréciaient beaucoup l'audace.

Claretta, veuve depuis peu, avait rassemblé tout son courage pour ouvrir la seule épicerie du village, un magasin de « spécialités gastronomiques », comme elle aimait le croire. Elle avait ainsi jugé bon de l'appeler *L'Empire des Délices* – rien de moins.

Estimant qu'il avait causé suffisamment de dommages, l'orage décida de s'éloigner. La pluie cessa de tomber et, sous le regard stupéfait des fidèles, apparut un majestueux arc-en-ciel.

— C'est un signe, murmura Agnese, tandis que le père Attilio était délicatement allongé sur un banc du dernier rang et que Cesare, en futur chirurgien, se précipitait pour examiner de près la bonne foudroyée.

Quand donc une telle opportunité se présenterait-elle de nouveau à lui ?

Très loin de là, en ce même dimanche matin, alors que Cesare accourait auprès de la pauvre Luisa, étendue, fumante, sur le parvis de l'église, et qu'un arc-en-ciel resplendissait de manière insolente au-dessus de Tigliobianco, sur une aire de jeux pour enfants, précisément entre le toboggan et le bac à sable, Priscilla – élève de moyenne section à l'école maternelle – offrait une marguerite à un petit garçon blond. Qui, en guise de réponse, la bouscula. Et la fit tomber tête la première sur un banc.

Il faudrait attendre encore trente-deux ans pour que les destins de toutes et tous se croisent enfin.

1

Venise, mois de mai, trente-deux ans plus tard

— Et donc je suis partie et j'ai laissé les fleurs, racontait Priscilla Greenwood à son amie Rebecca, une jolie petite brune aux cheveux coupés au carré.

— Tu aurais pu prendre le bouquet. Qu'est-ce que c'était ?

Rebecca gérait une magnifique jardinerie. Aussi le sujet éveillait-il en elle un certain intérêt, tout au moins professionnel.

— Je ne sais pas, des trucs jaunes. Des boutons d'or ?

— Des boutons d'or ? Qui offre un bouquet de boutons d'or ? C'étaient sûrement des narcisses.

— Rebecca, ce n'est pas le problème. Le problème, c'est que je ne peux pas dîner chez mes parents sans que ma mère invite aussitôt un célibataire choisi au petit bonheur la chance, pour essayer de me caser.

Son amie ne l'écoutait pas vraiment.

— Qu'est-ce qui t'a fait penser à des boutons d'or ?

Pas plus que Priscilla ne l'écoutait.

— Et puis elle les trouve où, d'abord ? Elle les aborde à la station-service pendant qu'ils font le plein ? Au supermarché ? Je l'imagine bien examiner le contenu des caddies pour vérifier qu'ils n'achètent pas des petits pots pour bébés, avant de leur tapoter l'épaule et de les interroger : « Excusez-moi, vous êtes célibataire ? Parce que je vois que vous avez pris de la soupe de poisson surgelée. Or, ma fille n'a toujours pas de petit ami. Elle est très jolie, vous savez ? Elle écrit aussi des livres qui remportent, inexplicablement, un certain succès. Tenez, je vous laisse sa photo. » Et là, elle dégaine un cliché de moi qu'elle leur glisse dans la main comme un prospectus de la Scientologie.

— J'ai lu quelque part que les supermarchés étaient un super terrain de chasse, répondit Rebecca en croquant une olive qui, semblait-il, avait connu des jours meilleurs. Tu sais, même les célibataires font leurs courses.

Elle avait le don de ne jamais saisir le vrai sujet d'une conversation. En général, Priscilla trouvait ça rafraîchissant, mais ce soir-là, ça l'excédait. Elle leva la main pour faire signe au serveur de lui apporter un americano. Bien corsé, tant qu'à faire.

— Au moins, il t'a offert des fleurs, reprit Rebecca, qui avait toujours éprouvé une certaine sympathie pour Lucinda, la mère de Priscilla. Et il était peut-être intéressant… Est-ce qu'il était mignon ?

— *Mignon* ? Un homme n'a pas à être mignon. Titi le canari est mignon, un homme, non ! Quoi qu'il en soit, il était agent immobilier. Tu sais combien de temps quelqu'un peut parler des avantages du carrelage en terre cuite ? Vingt-six minutes ! Vingt-six ! Je les ai comptées.

— Et donc, après ces vingt-six minutes, tu es partie en abandonnant ces pauvres narcisses ?

— Ce n'étaient pas des narcisses. Eux, je sais les reconnaître. C'étaient des tournesols, peut-être ? En tout cas, j'ai quand même attendu la fin du dîner. J'ai dit au revoir poliment, embrassé mes parents, serré la main du type et alors, en effet, j'ai pris mes cliques et mes claques et je suis partie.

— Non, ça ne devait pas être des tournesols. À mon avis, tu les reconnaîtrais aussi. La partie intérieure est ronde, très grande et toute noire, tu vois ? Tu en as forcément vu des milliers de fois... Et lui, il n'a pas proposé de te reconduire chez toi ?

— Si. Mais je lui ai dit que je ne rentrais pas chez moi.

— Tu allais où ? demanda Rebecca en écarquillant les yeux.

Priscilla, ne pas vouloir rentrer chez elle ? Première nouvelle ! Il était toujours très difficile de la faire sortir ; rien que pour ce simple apéro, il avait fallu batailler.

— Chez moi. Mais j'ai dit que je devais retrouver quelqu'un à minuit pile devant la Fenice et que je ne voulais pas être en retard.

— J'imagine la tête de ta mère... Tu avais rendez-vous avec qui à minuit pile devant l'opéra en plein Venise ?

— Personne. Rebecca, concentre-toi ! Je voulais juste rentrer chez moi, m'enfermer avec une bouteille de rhum et tenter de tuer Calliope.

Rebecca posa brusquement son verre de vin blanc sur la table.

— Tu ne veux pas vraiment la tuer ?

— Bien sûr que si ! répondit Priscilla en relevant maladroitement ses cheveux presque rouges sur sa nuque. Je vais me débarrasser de cette catin.

Assis à la table voisine, un homme grisonnant qui buvait une bière tourna suffisamment la tête pour entendre les détails de la planification d'un éventuel homicide. Son cousin Vittorio était dans la police, on ne savait jamais.

— Mais… et après ?

— Et après, qui sait ? Peut-être que je me consacrerai à l'écriture d'un roman noir, répondit Priscilla en essayant d'attraper la rondelle d'orange au fond de son verre.

— C'est-à-dire ?

— C'est-à-dire avec des ruelles malfamées, des filatures de taxis… bref, des trucs de ce genre.

— Moi, j'aime bien Calliope, risqua Rebecca à voix basse.

— Moi, je ne l'aime plus. Ça fait neuf ans que je me la farcis. Neuf ans ! Et tu sais combien de mots j'ai écrits ce matin ? Mille sept cent quatre-vingt-neuf !

— C'est peu ou beaucoup ? voulut savoir son amie, qui s'y connaissait plus en hellébores qu'en Word.

— En trois heures et douze minutes ? Une misère ! Un vrai fiasco. Je ne m'en sors pas, Rebecca. Soit je la tue, soit c'est moi qui y reste. Après neuf ans et sept romans, j'ai bien le droit d'en avoir marre de Calliope du Topaze, non ?

Priscilla considéra avec une certaine animosité la rondelle d'orange toujours coincée dans son verre.

Superbe, plus blonde que blonde, typique du XVIIIe siècle mais de petite vertu et disputée par plusieurs hommes parmi lesquels figuraient bien entendu le ténébreux pirate Jack Raven et le langoureux comte Edgar Allan, Calliope était à tous les égards l'exacte opposée de sa créatrice. Laquelle écrivait les aventures de son héroïne vêtue d'un sweat informe sur une paire de leggings noirs, ses cheveux rebelles attachés avec une pince de fortune, tout en mangeant du chocolat aux noisettes et des chips au poivre directement dans le sachet. Tandis que Calliope menait une vie amoureuse florissante et épanouie, Priscilla, à trente-six ans, avait, comme on dit, baissé les bras. Elle s'était accordé trois histoires d'amour. De la première, elle avait conservé une minuscule cicatrice sur le front, juste au-dessus du sourcil droit ; de la deuxième, vécue intensément durant ses études, une longue période d'insomnie et un cœur en morceaux ; de la troisième, six mois de psychanalyse. Mais, à présent, tout cela était terminé.

Elle aurait dû comprendre dès l'âge de quatre ans, à la première cicatrice, qu'elle n'aurait jamais aucune chance, que sa cause était perdue. Ses amies rencontraient des hommes ennuyeux mais bien comme il faut, avec qui elles fondaient une famille. Elle, au contraire, était en quête d'aventures romanesques mais atterrissait toujours sur le divan de son psy. Quoi qu'il en soit, c'était du passé. Fini, les amours au rabais ! Dorénavant, elle ne vivrait qu'à travers les livres.

— D'accord, tue-la, capitula Rebecca. Mais fais ça bien, au moins. Ne va pas lui coller des tournesols à son enterrement ! Demande-moi avant.

— Promis.

— Tu te souviens du docteur MacMillan ? demanda soudain Rebecca. C'était un sacré beau mec, celui-là, pas vrai ? Rassure-moi, tu ne l'as pas descendu, lui aussi ? ajouta-t-elle avec un regard inquiet.

— Oh… Roger MacMillan. Quel homme c'était ! Non, non, il est toujours bien vivant.

Priscilla Greenwood – de son vrai nom Priscilla Verdebosco – menait une prolifique carrière d'autrice de romans à l'eau de rose, débutée avec *Passion et réanimation*, dont le personnage principal était le séduisant docteur Roger MacMillan, chirurgien cardiaque en pédiatrie. À l'instar de ses lectrices, elle était tombée un peu amoureuse de lui. Il faut dire qu'elle l'avait particulièrement bien réussi : brun, sensuel, doux et imprévisible à la fois. Les mères de ses petits patients étaient en pâmoison devant lui, comme les infirmières de son service et toutes celles de l'hôpital. Elle l'avait imaginé dans les moindres détails et, encore aujourd'hui, elle pouvait visualiser son visage si elle se concentrait. Ah, le docteur MacMillan ! Son tout premier remède aux hommes invariablement décevants de la vie réelle. Une sorte de fétiche qui parvenait toujours à la consoler.

Elle était ensuite passée à la romance historique et avait inventé le personnage de Calliope, une infortunée héroïne qui traversait mille et une péripéties, et grâce à laquelle Priscilla avait touché le gros lot. En tête des ventes en Italie, puis en Europe, elle avait fini par conquérir les librairies américaines. Mais, à présent qu'elle était devenue une star auprès des lectrices de romance, la romancière souffrait pour la première fois de sa vie du tristement célèbre syndrome de la page blanche. Bref, elle était dans le pétrin.

Elle avait compris dès le début que, pour être crédible dans ce milieu, elle devait changer son nom, trop italien. Avait-on jamais vu une reine de la romance s'appeler Verdebosco ? Elle avait donc dissimulé sa véritable identité sous un délicieux *nom de plume*[1] et avait anglicisé son patronyme, donnant ainsi naissance à l'extraordinaire Priscilla Greenwood. Sur la couverture de ses livres, sous une photo prise dix ans plus tôt, une brève biographie fictive la présentait comme la propriétaire d'un ranch en Californie, où elle élevait des pur-sang au milieu de vastes prairies, quand elle ne séjournait pas à New York, dans son loft de la Cinquième Avenue.

En réalité, elle vivait dans un petit appartement à Venise, et Lucinda, sa mère, l'appelait chaque soir à huit heures précises pour lui rappeler l'inexorable tic-tac de son horloge

1. En français dans le texte (NdT).

biologique, lui répétant que, si elle continuait comme ça, elle allait finir vieille fille. Et peu lui importait que ce fût exactement le désir de sa fille : une vie de célibat, de canapé et d'histoires inventées, le plus loin possible de la réalité. Lucinda, qui avait un don particulier pour la vie réelle, ne réalisait pas à quel point Priscilla en était complètement dépourvue. Elle ne comprenait pas cette lubie de vouloir à tout prix se retrancher dans un monde imaginaire, même s'il fallait ériger un mur pour cela.

Car Priscilla avait depuis longtemps choisi de vivre là où il est permis à peu de gens de rester : cet espace étroit entre le sommeil et la veille. Cette minuscule bande de terre, frontière permanente séparant la réalité de l'imagination, où, parfois, quelqu'un s'arrête pour profiter de ce spectacle enchanteur qu'est l'immensité qui les sépare.

Il arrive à ceux qui grandissent entourés d'histoires de ne plus parvenir à en sortir, vivant dans un petit monde bien protégé qu'ils ont créé, hors de la réalité.

Une Alice qui n'était jamais revenue du Pays des Merveilles : voilà ce qu'était Priscilla. Blessée par la vie réelle, elle avait trouvé refuge dans celle qu'elle imaginait. Et là, elle s'était blottie dans l'espace blanc entre les mots. Bien à l'abri.

— Tu te souviens, la fois où il a désamorcé une bombe dans l'hôpital et où il a sauvé tous les enfants du service pédiatrique ? demanda Rebecca. Et quand il était sur le point de céder au charme de cette horrible visiteuse médicale ?

— C'était le bon temps, Roger MacMillan… soupira Priscilla en piochant une chips dans le bol posé devant elle.

Désormais, sa créativité était au point mort, et c'était assurément la faute de Calliope du Topaze. Cette garce !

Car, tentatives de meurtre mises à part, tout allait toujours bien pour elle.

Rebecca ne cessait de jeter des coups d'œil inquiets à sa montre.

— Tu dois partir ? l'interrogea Priscilla, sortant de sa rêverie nostalgique.

— Hum... je... bredouilla son amie, visiblement embarrassée.

— Tu as un rendez-vous ? Tu sais que si tu dois partir...

— Non, je...

La jeune femme baissa les yeux, l'air coupable.

— « Non, je » quoi ?

— Je veux dire... le rendez-vous.

Elle adressa à son amie un regard empli de chagrin. On aurait dit Bambi.

— Oh, non... se lamenta Priscilla, saisie d'un sinistre pressentiment.

— C'est à huit heures. Mais on pourra faire en sorte que ça ne dure pas longtemps.

— Rebecca, ne me dis pas que toi aussi... Lucinda t'a obligée ? Elle t'a fait du chantage ? Combien est-ce qu'elle te donne ? Je te paierai plus !

Rebecca était navrée :

— Je pensais que vous pourriez vous plaire... C'est un collègue de Filiberto, il vient de se séparer.

Priscilla la regarda d'un air affligé.

— Tout juste séparé, en plus ? Je rentre chez moi.

Rebecca essaya de la retenir.

— Tu es fâchée contre moi ?

— Non, mais je m'en vais. Et arrêtez, par pitié ! Je suis très bien comme ça. Je vais adopter un chat, me mettre au tricot, et tu m'offriras des primevères. Il serait temps que vous me laissiez faire ce que je veux, parce que là, ça devient épuisant de slalomer entre les hommes que vous tentez de me refourguer.

Puis, pour adoucir ses paroles, elle caressa légèrement les cheveux de son amie.

Une demi-heure plus tard, Priscilla était étendue sur son lit, en tee-shirt Snoopy et chaussettes, les jambes relevées contre le mur et son ordinateur portable abandonné à côté d'elle.

Elle n'en voulait pas à Rebecca, mais si son amie et sa mère continuaient ainsi, Priscilla n'aurait bientôt plus le courage de sortir de chez elle. Elle attendrait le prochain prétendant dans un coin sombre de son vestibule, entre la porte d'entrée et le porte-parapluie. Ou alors elle finirait comme ces personnes qui meurent attablées dans leur cuisine, devant une assiette de calamars aux petits pois, et dont on découvre la mort des semaines plus tard, à cause de l'odeur. Priscilla frissonna.

Il faut bien dire, en toute honnêteté, qu'elle répondait à tous les critères pour finir tragiquement. Avec ses yeux bleu foncé et ses boucles rousses qui tombaient en cascade sur ses épaules, elle semblait tout droit sortie d'une œuvre préraphaélite, un désagrément auquel elle essayait de remédier au moyen de rangers et de son éternel tee-shirt Snoopy. Il était par ailleurs d'une importance capitale qu'on ne la retrouve pas morte assise à la table de sa cuisine. Car, si elle en avait bel et bien terminé avec les hommes, il n'était pas question pour autant de faire la une des faits divers, au milieu des confidences recueillies auprès de ses voisins et des : « C'était une gentille fille, mais si solitaire, on ne la voyait jamais. »

Le moment était venu de changer d'air. D'aller tuer Calliope dans un nouvel endroit.

Elle effaça donc dans un élan déterminé les mille sept cent quatre-vingt-neuf mots écrits un peu plus tôt et chercha sur Google : « petits villages perdus maisons à louer ».

Même Calliope du Topaze, être aux inépuisables ressources, ne survivrait pas à un été dans la cambrousse.

C'est ainsi que, deux jours plus tard, Priscilla se retrouva à écrire à son éditrice. Elles avaient travaillé ensemble sur les sept romans de Calliope, avaient comblé les trous des intrigues, débusqué les incohérences historiques et narratives, résolu des problèmes qui leur avaient paru parfois insurmontables… Cecilia était son ange gardien : toujours au top, toujours de bon conseil, toujours prête à dégainer une bouteille de whisky d'excellente qualité en cas de nécessité. Mais même elle ne pouvait accomplir de miracle. Il ne restait plus à Priscilla qu'à espérer que cette escapade imprévue hors de Venise marque le salut de sa créativité défaillante.

Cecilia,

Calliope ne donne plus aucun signe de vie. Elle est peut-être morte. Espérons-le. Je pars pour le découvrir. J'ai déniché, dans un trou paumé où je pourrai me planquer, une villa outrageusement fleurie ressemblant en tout point aux hallucinations d'un opiomane à l'ère victorienne.

Bisous déchirants

P.

PS : Le village s'appelle Tigliobianco. Un patelin sans aucun intérêt. L'endroit parfait pour enterrer le cadavre d'une blonde de petite vertu.

Elle appuya sur « envoi », ferma son portable et le fourra dans son sac.

Tigliobianco. Elle espérait juste que ce serait un coin tranquille.

Un village microscopique ne pouvait qu'être tranquille…

2

Tigliobianco, quelques semaines plus tard

Quiconque souhaitait décrire Tigliobianco ne pouvait faire l'économie du mot « ruelle ». Le village, accroché au pied d'une montagne, se recroquevillait sur lui-même. Les petites maisons avaient poussé à la verticale, et les rues n'étaient pas plus larges qu'un bras. De la fenêtre de la cuisine, on pouvait regarder ce qu'avait préparé le voisin pour le dîner en jetant directement un coup d'œil dans son assiette. On pouvait même se passer le sel d'un côté à l'autre de la rue en tendant simplement la main. Des avalanches de géraniums et de pétunias se déversaient sur chacune des terrasses, presque toutes en bois, des quarante-six habitants du village – un nombre immuable, en vertu duquel il n'existait pas une seule personne dont on ignorait le nom. Tout autour de cette grappe de petites maisons s'étendaient des prés. Une seule route conduisait à la ville la plus proche, depuis une place où trônaient trois bancs rouges, autant de lampadaires, l'église, un bar et une minuscule épicerie qui vendait pratiquement de tout en infime quantité, comme c'est souvent le cas.

Des petites maisons en pierre et des balcons fleuris : voilà ce qu'était Tigliobianco. Le tout agrémenté de rues pavées qui, à mesure qu'on s'éloignait du centre, se transformaient en sentiers. Si les jeunes, comme toujours, quittaient le village dès qu'ils le pouvaient, ceux qui restaient en prenaient bien soin, comme s'il s'agissait d'un bibelot posé sur la cheminée : ils en ôtaient la poussière et veillaient à ce qu'il fût toujours impeccable.

Quasiment à la sortie du bourg, le long d'une route qui se métamorphosait progressivement en un chemin de terre menant à des prés ainsi qu'à la forêt, se dressaient deux petites maisons, l'une en face de l'autre : une jaune et une rose, chacune entourée de sa propre clôture. Ici vivaient deux femmes qui avaient, comme on l'a vu, presque le même âge, presque les mêmes passions, presque la même vie. Et qui, pourtant, se détestaient. Elles s'appelaient Elvira et Agnese, et il avait fallu six plants de tomates et une robe d'été pour faire naître entre elles une rivalité jamais apaisée.

Par un après-midi ensoleillé, Agnese se désolait de ne pas réussir à faire pousser des tomates quand Mario était passé près de son jardin, un journal sous le bras. Mario était le mari d'Elvira, un vrai gentleman. Il était inconcevable pour lui de passer à côté d'une jeune femme dans le besoin sans s'arrêter pour lui offrir ses services. Cela était, en revanche, parfaitement concevable pour Elvira, qui, en sortant de chez elle, aperçut son jeune et bien-aimé époux penché sur le jardin de la voisine, elle-même penchée sur son bienfaiteur, animée de la très nette intention de lui laisser entrevoir ce qui se cachait sous le décolleté de sa petite robe d'été.

À vrai dire, à cet instant, Agnese ne pensait pas le moins du monde à son décolleté, seulement à ses tomates. Mais Elvira refusait de croire qu'une femme pût se tenir à quelques centimètres de son Mario sans être préoccupée par autre chose que ses solanacées. C'est ainsi que, depuis ce jour, elle considérait Agnese comme une « femme de mauvaise vie », la gardait en permanence à l'œil et la détestait farouchement. Quand bien même Mario était mort depuis longtemps, renversé par son tracteur. Et quand bien même elles étaient désormais âgées de soixante-seize ans.

Agnese avait pour habitude de se lever aux premières lueurs de l'aube, au son du chant éraillé d'Evaristo, le coq rouge et teigneux d'Elvira. Il ne se passait pas un jour sans qu'elle eût, dans un petit coin de sa tête, l'idée de le déguster avec quelques pommes de terre nouvelles. Ce matin-là, pourtant, elle s'était réveillée avant lui. Elle était restée immobile dans son lit – comme cela lui était souvent arrivé au cours des trente-deux dernières années –, bercée par une seule et même pensée : qu'était donc devenu le cahier de recettes de Luisa, la bonne du curé ?

Bien sûr, sa mort avait été spectaculaire, et personne ne s'était risqué à faire le moindre commentaire. Mais on continuait d'échanger des regards furtifs et des demi-sourires, même après si longtemps. Luisa avait laissé derrière elle : une collection conséquente de maniques en feutrine en forme de coq – qu'elle avait elle-même confectionnées –, le prêtre de l'époque, pétrifié par l'effroi, et le fameux cahier qui, selon quelque rumeur crédible, renfermait la recette du Suprême, le gâteau aux fraises qui semblait ouvrir la voie du paradis.

C'est pourquoi, après que la foudre eut réduit Luisa en cendres, la chasse au cahier avait presque immédiatement commencé. Les recherches duraient depuis trente-deux ans, discrètes mais constantes. Aussi, en cette matinée de juin, Agnese, allongée dans son lit en attendant le chant d'Evaristo, était parvenue à deux solides convictions : la première, que ce satané cahier devait forcément être caché quelque part dans le presbytère ; la seconde, que, munie de la célèbre recette, elle remporterait le concours « Ramène ta fraise ! », qui enflammait Tigliobianco chaque dernier dimanche de juillet et durant lequel tous s'affrontaient à coups de gâteaux aux fraises.

Dans ce village qui semblait tout droit sorti d'une boule à neige, le concours annuel de gâteaux aux fraises était un véritable événement, annoncé par moult affiches collées sur les murs et pour lequel les femmes s'habillaient avec élégance.

Animée d'un esprit combatif, Agnese se leva, ouvrit la fenêtre et adressa un signe du menton à Evaristo, qui la fixait de ses petits yeux belliqueux depuis la cour voisine.

— Des pommes de terre… marmonna-t-elle. Voilà ce que tu mérites.

Puis elle se mit à planifier une visite au père Casimiro. Une de plus.

Dans la maison d'en face, d'un jaune clair qui s'accordait bien au rose de sa voisine, Elvira était en train de préparer des pâtes fraîches avec les œufs de ses poules, Clara, Bella, Ginevra et Circe. Ces quatre-là étaient de braves bêtes prolifiques, qui pondaient un œuf tous les matins. Ses bras robustes occupés à étaler vigoureusement la pâte des tagliatelles, Elvira jeta un coup d'œil dédaigneux vers la fenêtre d'Agnese. Cela faisait cinquante ans qu'elles étaient voisines et quarante-neuf qu'elles se regardaient de travers. Depuis la fois où Agnese, fraîche comme une fleur, avait fait les yeux doux à son Mario, paix à son âme. Et comme si ça ne suffisait pas, Elvira l'avait entendue à maintes reprises proférer des menaces à l'encontre de son coq Evaristo. Des menaces qui nécessitaient l'usage d'un four !

Tandis qu'elle formait des petits nids de tagliatelles, Elvira s'accorda, durant quelques instants, une pensée nostalgique pour son défunt mari. Puis elle arrangea soigneusement les dernières lanières de pâte et poussa un soupir satisfait : elle pouvait se reposer et reprendre la lecture du roman à l'eau de rose qui l'attendait, ouvert à plat sur le canapé. Elle en était au passage où le séduisant dermatologue succombait au charme voluptueux de la timide assistante sociale. De là s'enchaînaient des pages et des pages de corps chauds et frémissants. Avant la grande réconciliation finale, Elvira attendait l'obstacle qui allait les séparer. Elle aurait pu parier que tout viendrait de Jessica, l'infirmière de nuit à la réputation sulfureuse, une garce qu'elle gratifiait de murmures réprobateurs.

En réalité, même si cette série de romans à l'eau de rose n'était vraiment pas mal, Elvira attendait avec impatience le nouveau roman de Priscilla Greenwood, son écrivaine préférée, créatrice du merveilleux personnage de Calliope du Topaze.

Elle regardait d'un air rêveur par la fenêtre quand une pensée lui traversa l'esprit : on était déjà en juin, et la Villa Edera était toujours inhabitée. Bizarre.

Tandis qu'Agnese ourdissait un plan qui lui permettrait de passer le presbytère au peigne fin et qu'Elvira se laissait aller à des rêveries concernant Calliope du Topaze et ses ardents soupirants – le langoureux comte Edgar Allan et le redoutable pirate Jack Raven –, l'ambiance était plus que jamais animée au bar du village.

La partie de belote du matin s'était révélée plus acharnée que prévu, avec Elvio qui coupait comme un fou et Vittorino qui ne lâchait rien. En outre, même si Elvira l'ignorait encore, Anita avait annoncé en servant les cappuccinos que la Villa Edera avait été louée pour la période estivale. Mais du nouveau locataire on ne savait rien.

Ce mystère tenait en haleine les dames du club de lecture, qui se réunissaient dans la salle humide de la minuscule bibliothèque du village, et agaçait le trio composé d'Evelina, de Claretta et de Rosamaria, que tout le monde appelait les « commères ». Rien ne leur échappait ; aussi était-il inacceptable qu'aucune d'elles ne sût qui avait loué la Villa Edera pour l'été. Assises sur de petites chaises pliantes et des tabourets bancals devant la boutique de Claretta – cette petite épicerie censée proposer des mets raffinés et qui, en réalité, vendait un peu de tout, du coulis de tomate aux cigarettes, sous le nom grandiloquent d'*Empire des Délices* –, les trois femmes parlementaient, penchées en avant, au sujet de cette circonstance malencontreuse. Elles avaient quand même bien le droit de savoir qui allait venir vivre chez elles à Tigliobianco, non ?

Elles étaient toutes trois vêtues d'un modèle à peine différent l'un de l'autre de ces blouses à fleurs qui font aussi office de tabliers et qui partent comme des petits pains pendant l'été chez les femmes d'un certain âge. Chacune semblait être le prolongement des deux autres : après une vie passée côte à côte, elles avaient fini par se ressembler, tant et si bien que lorsqu'on en appelait une par son nom, toutes se retournaient.

— Donc on ne peut rien savoir ? Et jusqu'à quand, s'il vous plaît ?

Rosamaria soupira :

— C'est quand même incroyable qu'on n'ait pas notre mot à dire au sujet de ceux qui veulent louer la Villa Edera ! Vous vous souvenez de la fois où ce couple d'énergumènes l'a louée avec leurs six enfants ? On n'entendait plus que des hurlements dans tout Tigliobianco.

— Oui, c'est scandaleux !

Claretta secoua la tête d'un air incrédule.

— Parce qu'après, qui c'est qui doit cohabiter avec eux ? C'est nous, bien sûr ! Certainement pas cette Ludovica, qui se prend pour ce qu'elle n'est pas !

Trois têtes hochèrent vigoureusement à l'unisson. L'antipathie des commères à l'égard de Ludovica, la propriétaire de la Villa Edera, n'était un secret pour personne. Née à Tigliobianco, elle avait épousé un riche avocat qu'elle avait rencontré au cours d'une croisière avant de partir vivre en ville, abandonnant la villa à son sort. Elle la louait ainsi depuis des années chaque été, ce qui était impardonnable aux yeux des trois commères. On ne loue pas la maison de ses grands-parents à des étrangers ; au pire, on la vend à des habitants du coin.

— Vous vous rappelez quand elle l'a laissée à ces deux-là, qui ne sont même pas descendus au village une seule fois ? Deux mois enfermés dans la villa ! On savait à peine à quoi ils ressemblaient. À mon avis, c'étaient des drogués, déclara Evelina avec l'air de quelqu'un qui en savait long.

— Ceux-là, ils étaient encore pires que des gamins. Qu'est-ce qu'ils s'imaginaient ? Qu'ils allaient attraper un virus en traversant la place ?

De grands cris d'enfants firent tourner les trois têtes.

— Tiens, les jumeaux et la petite. Écoutez-moi ce boucan ! Cette Virginia n'est vraiment bonne à rien, affirma Rosamaria.

— Ils vont encore entrer dans la boutique et toucher à tout, se plaignit Claretta en se levant de son tabouret avec une agilité déconcertante.

Au loin, on pouvait apercevoir les enfants La Rosa, accompagnés de Virginia, l'adolescente qui les gardait. Ils étaient reconnaissables autant au bruit qu'ils faisaient qu'à leurs quatre têtes blondes. Tobia et Andrea, les jumeaux, deux petits garnements de six ans aux yeux brillants, faisaient des allers-retours en courant tandis que la minuscule Margherita, âgée d'à peine trois ans, bavardait sans relâche en serrant fort la main de Virginia, qui lui répondait le plus sérieusement du monde. La petite écorchait avec conviction quasiment tous les mots qu'elle prononçait, mais elle parvenait quand même à se faire comprendre. Ainsi était-elle en train d'annoncer d'une voix forte qu'elle était tombée de vélo, qu'elle s'était fait mal au genou et que, par conséquent, elle voulait une glace à la fraise.

Pour leur part, les commères avaient entendu :

— Zechuis tombée de mon félo et zemechuis fait mal au zenou. Maitenant, ze veux zune classe à la vraise, okè ?

Virginia, quant à elle, devait avoir tout saisi, car elle répondit :

— Avec de la crème ?

Les jumeaux se précipitèrent dans la boutique, fonçant entre Rosamaria et Evelina, qui n'eurent même pas le temps de les regarder de travers. Ces deux-là, personne ne les avait jamais vus marcher. Quoi qu'ils fissent, ils le faisaient en courant.

— Tu vois bien que tu n'y arrives pas, dit Evelina à Virginia dès qu'elle fut devant elle.

— À quoi ? demanda l'adolescente distraitement.

Margherita était en train de lui expliquer qu'elle avait encore « du chang, regade » tout en décollant le pansement de son genou.

— À garder ces deux-là ! Même avec la petite, ça se passe mal, répliqua Evelina avec une certaine satisfaction, fixant ostensiblement les minuscules tresses blondes de la fillette, nouées de travers.

— Je ne crois pas, répondit évasivement Virginia en observant Margherita lever sa petite jambe potelée pour la lui faire voir. Tu as raison, ça saigne encore. Est-ce qu'on ne devrait pas mettre un nouveau pansement ?

— Voui ! s'exclama la fillette, ravie.

— Alors on va acheter ceux avec des dessins dessus, ici, chez madame Claretta. Qu'en penses-tu ?

— *Voui* ! hurla Margherita de nouveau.

— Elle ne sait toujours pas parler ? fit remarquer Rosamaria. À son âge, ma Paola parlait parfaitement.

— Il lui manque une dizaine de lettres, mais sinon elle parle parfaitement, répondit Virginia.

— Pafaitement ! cria l'intéressée, emplie d'une légitime indignation.

— Bravo, ma choupette ! s'exclama Virginia. Tu as bien prononcé le « f ».

— Esse ! répéta la petite avec conviction.

À l'intérieur du magasin, les jumeaux discutaient vigoureusement devant les glaces, sous le regard réprobateur de Claretta.

Virginia prit la situation en main.

— Bien, les garçons, quel parfum vous voulez ? C'est moi qui vous sers, d'accord ?

— Moi, je veux Coca-Cola !

— Moi aussi !

— Alors, je prends orange.

— Orange, c'est dégueu !

— C'est pas vrai ! protesta Tobia en assénant un coup de pied sur le tibia nu d'Andrea. C'est toi qui es dégueu.

— J'appelle la police ! hurla Claretta derrière son comptoir.

Les jumeaux, blonds comme deux Vikings et identiques au point de ne pouvoir être différenciés, se figèrent dans leur tee-shirt orné d'un T-Rex.

— Tu vas vraiment appeler les policiers ?

— Ils vont venir en voiture ?

— Et ils auront des pistolets ?

— Évidemment ! intervint Virginia. Ils auront tout l'attirail. Mais vous n'avez pas envie de passer l'été en prison, pas vrai ? Dites-moi plutôt quel parfum vous voulez. Après, on ira au terrain de foot, comme ça, vous pourrez courir autant que vous voudrez.

Claretta jeta un regard plein de mépris à l'adolescente.

— Ce n'est pas comme ça qu'on élève les enfants.

— Je ne dois pas les élever, répondit joyeusement Virginia en ouvrant le frigo. Je dois seulement les ramener vivants à leurs parents, chaque soir, à huit heures précises. Alors, Margherita, pour toi, ce sera fraise… Il n'y a plus de glace, mais le sorbet fera très bien l'affaire. Et pour vous, les garçons ?

— Pareil ! répondirent les jumeaux à l'unisson.

— Allez, on y va, dit Virginia, tenant trois esquimaux à la fraise et un autre à la menthe pour elle. Vous pouvez le noter sur le compte de madame La Rosa, s'il vous plaît ? ajouta-t-elle à l'adresse de Claretta.

Celle-ci l'observa sortir avec un air de profonde désapprobation. Des sorbets à neuf heures du matin ! Voilà ce qu'on obtient quand on abandonne trois enfants aux mains d'une adolescente.

— Hum, hum… commenta-t-elle tandis que la jeune fille, en short, débardeur et queue-de-cheval, prenait le temps de déballer chaque esquimau.

— Bref, on dirait vraiment que personne ne doit savoir qui vient à la Villa Edera ! intervint Evelina, soucieuse de reprendre la conversation interrompue par ces petits sauvages.

— Franchement, je ne comprends pas… commença Rosamaria tandis que Claretta se rasseyait sur son petit tabouret. Nous avons quand même le droit… Je dirais même le devoir de savoir…

— Moi, je le sais ! l'interrompit Virginia, insouciante du danger.

Les trois vieilles s'immobilisèrent. Six paires d'yeux fixèrent le visage déjà bien bronzé de l'adolescente, occupée à lécher tranquillement son sorbet.

— Qu'est-ce que tu sais, toi ?

— Comment s'appelle la personne qui va venir passer l'été à la Villa Edera. Pas vous ? Mon père me l'a dit hier soir au dîner. C'est lui qui s'est chargé du contrat pour madame Ludovica. Margherita, ne pose pas ta glace sur ton genou, il y a du sang, ajouta-t-elle en aidant la fillette à tenir son bâtonnet.

Le père de Virginia exerçait en tant qu'avocat dans un cabinet modeste mais prospère, où il était associé avec les parents des enfants La Rosa. Raison pour laquelle, durant les vacances, les trois gamins étaient confiés à l'adolescente de seize ans, ravie d'avoir un petit boulot qui, en plus, lui plaisait.

— Écoutez-moi ça ! Elle, elle est au courant, et nous, non ! Mais dans quel monde vivons-nous ?

— Alors ? Qui est-ce ?

Virginia ne répondit pas, trop occupée à essuyer le genou de Margherita avec un mouchoir noir de crasse trouvé dans la poche d'un des jumeaux.

— Pouquoi ? Z'est foid ! s'exclama la fillette. Z'est bien zur le zenou, non ?

— Alors, mademoiselle-je-sais-tout !? explosa Evelina.

Virginia leva des yeux surpris.

— Alors quoi ?

— Qui va habiter à la Villa Edera ? hurlèrent en chœur les trois commères.

— Ah, ça ? Priscilla Verdebosco. Elle est écrivaine, répondit la jeune fille en s'éloignant. Allons à la fontaine, les enfants. Vous avez de la glace partout. *Ciao !*

Une fois seules, les trois vieilles restèrent silencieuses durant de longues secondes.

— Qui c'est, cette Verdebosco ? finit par demander Claretta.

— Jamais entendu parler.

— Il ne nous manquait plus qu'une écrivaine.

3

Au même moment, l'écrivaine en question, assise à la place numéro 6 du wagon numéro 2 du train interrégional numéro 3363, tentait d'avoir un échange téléphonique courtois avec sa mère. Avec un résultat mitigé, il fallait bien l'avouer. Le même sujet tournait en boucle depuis dix minutes, et il n'était que neuf heures vingt du matin.

— Franchement, je ne comprends pas cette lubie d'aller t'enterrer dans une maison de location dans un patelin où il n'y a rien. Tu parles de vacances ! répétait Lucinda pour la douzième fois.

— Maman, ce ne sont pas des vacances. J'y vais pour travailler.

— Et tu es obligée de partir aussi loin ? Va chez ta cousine Matilde ! Elle t'accueillera, et tu verras les enfants. Comme ça, je pourrai peut-être vous rejoindre…

Priscilla leva les yeux au ciel.

— Comment je fais pour travailler avec deux enfants de quatre et six ans dans les pattes ?

— Ça n'est quand même pas la fin du monde de croiser de temps à autre quelques personnes ! répliqua sa mère. Tu ne peux pas vivre en permanence terrée dans ton monde. Je te rappelle que ton arrière-grand-tante était comme toi et que ça ne lui a pas particulièrement réussi.

— Laquelle ? Tante Augusta ?

— Absolument !

— Qu'est-ce que tu entends par « ça ne lui a pas particulièrement réussi » ?

— Que ça s'est mal terminé.

— Du genre retrouvée morte d'une overdose dans la gare de Mestre, en 1922 ?

— Priscilla !

— Maman, Augusta était couturière, et la majorité des grandes familles vénitiennes se fournissait chez elle. Il me semble qu'elle a eu tout sauf une fin misérable.

— Elle n'a pas eu d'enfants ! Aucun ! Pas un seul !

— Oh, Seigneur…

Priscilla s'affaissa sur son siège.

Sa mère n'avait pas l'intention de lâcher l'affaire :

— Descends immédiatement de ce train et va chez ta cousine à Parme. Je l'appelle tout de suite pour lui demander si tu peux passer une semaine chez eux.

— Non, maman.

— Je vais le faire, tu sais.

— Eh bien, fais-le. Moi, je pars jusqu'à la fin du mois d'août. Au moins. Si tu vas chez Matilde, embrasse les enfants de ma part, et dis-leur que je les aime et qu'on se verra en septembre.

— Souviens-toi de ce qui est arrivé à tante Augusta !

— Maman, on passe dans un tunnel. Je t'embrasse fort, conclut Priscilla avant de raccrocher rapidement et de glisser son téléphone dans son sac.

Elle regarda par la fenêtre, pensive. Allait-elle commencer la lecture d'un des romans policiers qu'elle avait emportés ou faire un petit somme ? Une chose était certaine : elle était déjà exténuée.

Qu'un simple coup de fil de sa mère puisse être aussi éreintant ne cessait jamais de l'étonner. La capacité de Lucinda à mettre le doigt pile à l'endroit où, en elle, se mêlaient imagination et réalité frôlait la perfection.

Malgré le succès international de Priscilla, Lucinda n'avait jamais considéré le travail de sa fille comme un vrai métier. Elle la voyait plutôt comme une femme au foyer qui s'était trouvé un passe-temps, lequel lui rapportait inexplicablement beaucoup d'argent. Si ce n'est qu'une femme au foyer, par définition, a un mari ; or, Priscilla en était radicalement dépourvue.

Selon le moment, Priscilla trouvait cela tantôt vexant, tantôt désolant, tantôt amusant. Ce jour-là, tandis qu'elle se rapprochait de Tigliobianco, c'était la désolation qui l'emportait. Sa mère avait la langue bien pendue. C'était facile pour elle. Pour cette femme au caractère péremptoire, la réalité ne présentait aucun piège. Pour Priscilla, en revanche, elle en était un, et pas qu'un peu. La vie réelle était munie de griffes qui vous lacéraient les bras quand vous tentiez de vous défendre. Sans compter aussi qu'elle ne s'était jamais révélée à la hauteur de l'imagination débordante de Priscilla. Le monde imaginaire, lui, était parfait. Il était si sûr que c'en était touchant. Il ne provoquait absolument aucune blessure.

« Tout passe », avait affirmé Lucinda quand la dernière histoire d'amour de Priscilla, percluse de chagrin, avait tourné à la tragédie. Mais sa mère ne lui avait pas dit où. Tout passe derrière les yeux, dans les veines, sous la peau... Elle aurait tant aimé être aussi forte et pragmatique que sa mère, mais elle n'avait hérité d'aucun de ses dons. Elle en possédait d'autres, bien plus dangereux. Elle savait ainsi vivre l'amour avec le courage et l'audace d'un esprit aveugle aux limites imposées par la raison. Elle était capable de s'offrir tout entière, aussi passionnément que lorsqu'elle écrivait ses romans.

Et puis, comme cela arrive souvent aux rêveurs, se cachait, bien tapie sous sa peau de femme, une petite fille habillée comme une poupée, chaussée de bottines et vêtue d'un petit tablier empesé par-dessus sa robe. Priscilla le savait car, de temps en temps, elle l'entendait pleurer. Elle avait appris à vivre avec elle, et même à l'aimer. Mais il était si facile de lui faire du mal.

Ainsi avait-elle décidé de mettre un terme à tout ce qui pouvait faire trembler la petite fille en elle. Finis les moments d'intense allégresse suivis d'un profond désespoir, car il y avait de quoi perdre la tête. Elle ne pourrait jamais connaître l'amour comme la plupart des autres femmes. Elle était consciente qu'il existait une autre façon de le vivre, bien plus facile et plus paisible, mais elle en était incapable. Aussi, plutôt que de finir comme l'épouse de monsieur Rochester[1], folle et enfermée dans un grenier, elle avait choisi de tourner la page. Pour toujours. Les hommes ? C'était terminé. Plus jamais.

Comme ils s'étaient montrés décevants ! Combien d'amour avait-elle donné à des types qui ne le méritaient pas ! Elle avait tenté d'instiller le parfum de ses romans dans chacune de ses histoires amoureuses : elle habillait de lumière ce qui pouvait sembler banal à beaucoup, et tout se mettait alors à briller.

1. Dans *Jane Eyre* de Charlotte Brontë (NdT).

Elle avait recréé dans la réalité ses rêves les plus fous, avec des hommes incapables de les apprécier. Peu à peu, la déception et une frustration cuisante avaient pris le dessus, timidement d'abord, puis avec de plus en plus de violence. Pourquoi brûler d'une flamme puissante pour quelqu'un qui pouvait se contenter d'une allumette ? Dorénavant, elle réserverait la passion à son seul travail. Terminées les montagnes russes du cœur ! Elle en était ressortie bien trop blessée. Elle avait si souvent ramassé les morceaux de son cœur réduit en miettes sur le sol de son âme qu'elle n'avait désormais plus la force de le faire.

Elle, la femme qui faisait rêver des millions de personnes grâce à l'amour qui s'écoulait de sa plume, avait décidé de ne plus jamais tomber amoureuse. Elle avait coupé les ponts avec la vie réelle.

Forte de ce constat, elle avait choisi de transférer toute cette ardeur dans ses livres. C'est pourquoi Priscilla écrivait et écrivait encore, créant des intrigues et des personnages qui touchaient au cœur les femmes et les jeunes filles du monde entier, lesquelles soupiraient langoureusement et d'un air rêveur en lisant chacune de ses phrases.

Durant des années, elle s'était transmuée en une parfaite machine à produire des histoires, des romances emplies de passions et de tragédies. Vibrants, les mots jaillissaient de son esprit pour atterrir sur la feuille. Elle aimait tant sentir les phrases se former dans sa tête, découvrir ses personnages, lumineux et pleins de vie, s'échapper naturellement de ses doigts sur les touches de son clavier pour prendre forme. Elle puisait à pleines mains dans une créativité jamais tarie, offrant à ses personnages tout ce qu'elle ne parvenait pas à trouver dans la vraie vie.

Mais, depuis un certain temps, quelque chose s'était brisé, et ses histoires commençaient insidieusement à se couvrir d'une fine couche de poussière, tout au moins à ses yeux. Peu importait que, jusqu'à présent, personne ne s'en fût aperçu ; elle, elle le savait.

Elle était convaincue de n'être plus capable de façonner la réalité pour en créer une nouvelle. Durant des mois, elle avait cherché et tenté d'amadouer cette force créatrice dont il ne restait plus aucune trace. Finie. Terminée. À sec, comme le lit d'un fleuve qui, auparavant, accueillait les flots abondants d'une imagination inépuisable et s'était transformé en un terrain aride, traversé de longues fissures dont plus rien ne s'échappait.

Que lui restait-il si elle n'avait même plus d'imagination ?

Dire qu'elle en avait pourtant eu tellement ! Des poches de créativité sans fond d'où elle extrayait invariablement l'idée juste. Des petits plis et des anfractuosités bien cachés, mais providentiels, qui l'avaient sauvée plus d'une fois au cours de sa carrière, mais aussi, elle devait bien l'admettre, de sa vie. Toutes sortes de mensonges et d'explications improbables émanaient d'elle sans qu'elle eût à fournir le moindre effort. Elle ne se rendait compte de rien : au faîte de sa gloire, elle n'avait qu'à ouvrir la bouche, et hop, un beau récit était prêt à être servi. Mais tout cela était bel et bien fini. Plus aucune histoire à portée de main. Les poches d'où elle les avait fait apparaître jusqu'alors, comme autant de petits lapins blancs tout droit sortis d'un chapeau, s'étaient irrémédiablement taries.

C'était terrible, car c'était son imagination qui, à bien des égards, la faisait vivre.

En soupirant, elle prit deux romans policiers dans son sac. Mieux valait se concentrer sur des problèmes faciles à résoudre : Chandler ou Van Dine ?

Au même moment, à Venise, dans cette ville indolente que Priscilla était en train de fuir, un homme regardait lui aussi par la fenêtre d'un air absorbé. Il observait les pigeons roucouler tout en méditant, non tant sur le sens de la vie que sur celui des relations humaines. Sur la puissance de cette toile quasi invisible qui emmaillotait insidieusement les sens, et parfois même les cœurs. C'est ainsi que, sous le coup de cette pensée matinale d'une si singulière intensité, cet homme, habituellement ferme et déterminé, se retrouvait à contempler les pigeons.

Finalement, Cesare Burello, chirurgien esthétique de renom, expert estimé de tous et doté d'une beauté virile brute mais élégante, à même de faire de nombreuses victimes avec une désarmante facilité, se posait, somme toute, une question assez simple : où était passée la légèreté ?

Où était passé ce frisson excitant, ce papillonnement irrésistible, ce picotement qui devrait accompagner toute relation avec l'une de ces charmantes créatures qu'étaient les femmes ? Il avait soudain disparu, inexorablement englouti par leur soif de possession et d'engagement. Enseveli, jour après jour, dans ce marécage où l'envie malsaine d'officialiser les choses se substituait au jeu.

Tout se déroulait toujours ainsi : la légèreté cédait d'un coup la place au rigorisme, provoquant, dès lors, de minuscules secousses qui, loin de rendre la situation plus attrayante, débouchaient au contraire sur le misérable triomphe du compromis.

Il s'agissait d'infimes changements, rien de plus. En général, personne ne s'en apercevait. Mais lui, si. Toujours. Au jeu succédait la gravité ; à l'aventure, la routine ; aux rires, les grognements ; à la passion, le relâchement. Voilà pourquoi, en ce vendredi matin, le regard perdu dans la lagune au milieu des volatiles, Cesare se demandait s'il devait toujours en être ainsi. S'il n'existait pas quelque part quelque chose de suffisamment léger et surprenant pour ne pas être gâché par l'usure perpétuelle du réel. Quelque chose qui puisse rester intact au fil du temps. De briller indéfiniment.

Aucune femme au monde n'était donc désireuse de suivre un chemin différent ? Aucune qui pût marcher à ses côtés en suivant une carte rien qu'à eux, la traçant pas après pas, sans jamais se laisser emporter par les conventions ? Une femme, rien qu'une, avec laquelle vivre quelque chose d'extraordinaire ?

Car Cesare aimait les femmes. Il aimait leur tendresse, leur façon de se mouvoir, leurs regards encore enfantins filtrant entre leurs longs cils enduits de mascara. Il aimait leur peau lisse, les creux et les courbes de leurs corps, la moindre cavité négligée par les autres mais que lui parvenait toujours à débusquer. Les femmes étaient ce que le monde avait de plus beau. Elles étaient des êtres miraculeux pour lesquels il éprouvait une admiration sans borne. D'où l'étendue de son désespoir lorsque la rencontre pleine de promesses laissait place aux conventions. Maudites conventions ! Elles agissaient comme une épée de Damoclès. Un tic-tac continuel qui dévorait chaque minute au lieu de les faire resplendir.

C'est ainsi que le docteur Cesare Burello, capable de parer à toute éventualité en salle d'opération avec le plus grand professionnalisme, se tourmentait. Car, une fois encore, la femme qu'il fréquentait depuis quelques mois nourrissait l'étrange conviction d'être sa fiancée. De façon formelle. La simple joie d'être ensemble ne lui suffisait plus : l'heure était venue, pour reprendre ses paroles, d'« officialiser » leur relation. Voilà comment il se retrouvait à présent avec une énième patate chaude entre les mains.

Devant une tasse de café noir, Cesare était précisément en train de chercher un moyen de mettre un terme à cette conviction sans trop la blesser. À moins qu'il ne dût rompre avec elle, faute de choix. Comment était-il possible qu'aucune femme ne pût vivre une histoire d'amour sans se sentir obligée de la nommer ? Une rose sous un autre nom ne sentirait-elle pas aussi bon, comme le disait ce bon vieux Shakespeare[1] ?

Il en avait pourtant fréquenté tellement. Mais, irrémédiablement, arrivait ce terrible moment où, se sentant pris au piège, il était contraint de s'enfuir pour se mettre à l'abri. La rose, désormais prisonnière d'un nom qui lui imposait des limites, perdait peu à peu de son parfum, comme si le charme avait été rompu. Quelle tragédie ! La femme qu'il fréquentait depuis quelque temps était belle et entreprenante ; aussi espérait-il ne pas avoir à rompre.

Soudain, un léger *bip* le tira de ses pensées. Délaissant la fenêtre, il prit son téléphone dans l'espoir qu'il s'agît d'une nouvelle paire de lèvres à refaire. Comme c'était illusoire ! Bien entendu, c'était elle qui, à huit heures trente-cinq du matin, lui demandait quand il comptait quitter le cabinet ce soir-là, s'ils pouvaient dîner ensemble et, cerise sur le gâteau, s'il accepterait, en fin de semaine, de faire la connaissance de ses parents et de passer le week-end avec eux à la montagne. N'était-ce pas une idée merveilleuse ?

Cesare fut parcouru d'un imperceptible frisson. Inutile, pensa-t-il en secouant la tête, c'était trop tard. Il valait mieux une coupure nette, comme en salle d'opération, pour qu'elle

1. Dans *Roméo et Juliette* (NdT).

puisse cicatriser plus facilement. En attendant, il pouvait transformer le dîner en un apéritif de clarification et décliner poliment parents et week-end en famille, décida-t-il en tapant son message.

Toutefois, cette femme n'était pas du genre à lâcher l'affaire avec élégance, il le sentait bien. Mieux valait disparaître quelque temps. Un congrès à l'étranger conviendrait parfaitement. Ou pourquoi pas des vacances dans son village natal. Après tout, cela faisait des mois qu'il n'avait pas vu son frère.

Il glissa dans sa poche son téléphone, qui semblait devenu fou, et retourna à la fenêtre.

Il irait donc à Tigliobianco. Le seul endroit capable de lui apporter, en toutes circonstances, la paix dont il avait besoin.

Du moins le croyait-il.

4

Pendant ce temps, Elvira était occupée à chercher Dracula, un bon gros chat tout noir aux dents pointues. Il n'était pas rentré la nuit précédente et, ce matin-là, il ne s'était même pas présenté au petit-déjeuner. Ça ne lui ressemblait pas.

Elle l'avait trouvé deux ans plus tôt dans un coin de sa cour, alors qu'il n'était encore qu'une petite boule de poils effrayée. Elle l'avait recueilli, le protégeant des attaques de poules et surtout de celles d'Evaristo, qui manifestait avec force le besoin de marquer son territoire. Elvira s'était prise d'affection pour le petit chat, qu'elle gâtait à coups de sardines.

De plus en plus inquiète, elle arpentait sa cour en faisant claquer sa langue et en l'appelant d'une voix forte.

— Tu as perdu Dracula ?

Agata, douze ans, cheveux ébouriffés et rouges comme une tête d'allumette, l'observait avec intérêt.

— Bonjour, Agata. Je ne sais pas où il est. Il n'est pas rentré hier soir et, ce matin…

— Tu veux que je t'aide ? Moi, quand je serai grande, je serai détective, tu sais ?

— Merci, ma petite. Je t'en serais reconnaissante.

La fillette sourit, ravie.

— Je m'y mets tout de suite.

Elle tourna les talons et détala à toute vitesse, manquant de justesse Agnese, qui franchissait son portail et qui avait assisté à la scène avec curiosité. Tout le monde savait qu'elle n'éprouvait de sympathie ni pour sa voisine ni pour Evaristo, mais elle trouvait Dracula mignon. Parfois, quand Elvira n'était pas là, Agnese le faisait entrer chez elle et le câlinait un peu ; il arrivait même qu'elle lui donne un peu de thon. Aussi se promit-elle de partir en quête du pauvre chat.

Mais, pour l'heure, elle avait à faire. Vêtue de son plus beau chemisier d'une douce couleur crème, elle avait prévu de passer le presbytère au peigne fin afin de retrouver le cahier de recettes perdu. Elle ne savait pas encore ce qu'elle dirait au père Casimiro, mais elle inventerait quelque chose. Contrairement à ce que croyait Elvira, Agnese n'avait pas une once de malice et était incapable de manigancer le moindre plan diabolique. Ce qui était dommage, car c'était justement d'un plan diabolique qu'elle avait le plus grand besoin. La seule chose à laquelle elle parvenait à penser en marchant rapidement vers sa destination, c'était la saveur sucrée si caractéristique du Suprême. Elle avait tenté de le confectionner de bien des manières, mais impossible de trouver l'ingrédient qui s'y cachait.

Quoi qu'il en soit, cette année-là serait celle de sa victoire ; elle allait prendre sa revanche. Mais pour l'emporter haut la main, elle avait besoin du Suprême. Quel coup de théâtre ce serait de lui redonner vie ! Elvira en mourrait de jalousie.

Concours « Ramène ta fraise ! »
Dimanche 31 juillet à 10 heures
sur la place de Tigliobianco
On vous attend nombreux
au concours annuel de gâteaux aux fraises !

Tel était ce qu'annonçaient les affiches collées un peu partout sur les murs du village. Il n'y avait pas une femme qui ne rêvât de gagner cette compétition devenue, au fil des ans, une véritable institution. Juillet ne pouvait être juillet sans le concours « Ramène ta fraise ! ».

Chaque participante avait sa propre recette et tentait, année après année, de l'améliorer à l'aide d'ingrédients secrets, voire totalement improbables. Une fois, Rosamaria avait utilisé tellement de gingembre qu'il était impossible d'en oublier le goût. Il y avait aussi celles qui ajoutaient des feuilles de menthe, des bâtons de cannelle ou des copeaux de chocolat pour essayer de remporter la victoire. Mais aucun gâteau n'avait jamais égalé la perfection simple et sucrée du Suprême.

Le Suprême ne se souciait pas du décorum ; il misait tout sur la pâte. Mais son secret avait disparu en même temps que Luisa et son cahier de recettes. Il n'existait donc plus que dans les souvenirs de ceux qui l'avaient goûté, lesquels, emplis de nostalgie et avec un respect rarement accordé à un gâteau aux fraises, en parlaient comme d'une créature mythologique.

Suprême ou pas, chaque dernier dimanche de juillet se tenait le concours « Ramène ta fraise ! », auquel tout Tigliobianco prenait part en se gavant de gâteaux, avant que ne vienne la proclamation de la gagnante, dont l'honneur revenait au père Casimiro ou au maire Fernando, une année sur deux, dans un parfait exemple de séparation de l'Église et de l'État.

La place était décorée de rubans rouges, et de longues tables étaient installées. Posés dessus, les gâteaux, fièrement alignés, attendaient d'être goûtés, d'abord par les jurés, puis par le public affamé. Chaque année, Agnese avait participé, proposant des gâteaux aux fraises de toutes sortes et de toutes formes, sans jamais l'emporter. Aussi, cette fois-ci, était-elle plus que jamais déterminée à dénicher le cahier perdu afin de ressusciter le fameux Suprême.

Mais, comme c'était à prévoir, parvenue au presbytère, Agnese n'avait pas élaboré le moindre plan. Ainsi, lorsque le prêtre lui ouvrit la porte en bras de chemise, un sourire rayonnant aux lèvres, tout ce qu'elle parvint à dire fut :

— Je cherche le cahier de recettes de Luisa. C'est pour le concours. Vous ne pouvez pas comprendre, mais la recette du Suprême y est écrite, et je dois absolument, absolument, absolument le trouver !

Le père Casimiro soupira patiemment. Depuis son arrivée au village, il n'y avait pas un jour sans qu'on vienne le persécuter avec la légende de ce cahier de recettes.

— Encore cette histoire, Agnese ? Nous l'avons déjà cherché dans le presbytère, vous le savez…

— Eh bien, mon père, nous ne l'avons pas fait correctement ! Il est forcément ici. Alors laissez-moi entrer.

— Pour mettre tout sens dessus dessous ?

— Comment voulez-vous que je fasse autrement ? demanda Agnese d'une voix désespérée.

— Écoutez, pour le moment, je suis occupé. Je discute avec un fidèle…

— Qui ça ? l'interrogea la vieille femme en lorgnant à l'intérieur.

— Ça ne vous regarde pas. Revenez dans l'après-midi, et on verra ce qu'on peut faire, d'accord ?

— Vous me laisserez chercher partout ? tint à s'assurer Agnese en apercevant le caddie que Vladimiro, le fou du village, utilisait pour transporter ses affaires. C'est Vladimiro qui est avec vous ?

— Agnese, rentrez chez vous ! lui ordonna le prêtre avec impatience. On se verra plus tard et on résoudra une fois pour toutes cette histoire de cahier. Il ne vous est jamais venu à l'esprit que Luisa ne souhaitait peut-être pas qu'on le retrouve ?

— Oh ! Ça, ça lui ressemblerait bien. Se faire foudroyer après avoir caché son cahier de recettes Dieu sait où, sans qu'on puisse remettre la main dessus pendant trente-deux ans ! Oui, ça lui ressemblerait bien, grommela-t-elle. Bon, j'y vais. Mais je repasserai. Et si, par hasard, vous apercevez Dracula, le chat noir d'Elvira, dites-le-moi, parce qu'on le cherche.

Sur ces mots, elle jeta un dernier coup d'œil au caddie de Vladimiro, dans lequel était entassé tout un amas de babioles.

À quelques mètres de là, sur la place, les enfants La Rosa jouaient avec leur baby-sitter. S'il y avait bien quelqu'un qui se fichait totalement du concours, c'était sans aucun doute Virginia. Le dimanche, libérée des enfants laissés aux bons soins de leurs parents légitimes, elle se consacrait à Tommaso, son petit ami. Aucun gâteau aux fraises ne pouvait rivaliser avec ce beau garçon et sa mèche qui lui tombait sur les yeux. Toujours très occupé, il consacrait l'essentiel de son temps à étudier pour entrer à la fac de chimie ou à jouer à *Kingdom Hearts* dans l'espoir de devenir le nouveau champion du monde de ce jeu vidéo. Deux activités nécessitant d'être profondément casanier, ce qui en faisait le petit ami idéal pour Virginia, laquelle, à l'inverse, passait ses journées entourée d'enfants.

— Tu le fais pas, toi, le gâteau aux fraises ? lui demanda Andrea.

Les jumeaux s'étaient accordé une pause au milieu d'une partie de foot endiablée.

— Non. Moi, le dimanche, je reste avec Tommaso.

— Beurk ! s'exclama Tobia, qui éprouvait une pointe de jalousie chaque fois qu'elle évoquait son petit copain. Tommaso est moche.

Il se rapprocha d'elle, suspicieux.

— Tu l'aimes plus que nous ?

— N'importe quoi ! Bien sûr que non ! le rassura-t-elle.

— Heureusement. En tout cas, il y a un prix pour la vainqueure. Tu le savais ?

— Tu le *zavais* ? répéta Margherita.

— Oui, mais on ne peut pas dire que ce soit terrible, répondit Virginia, peu convaincue. L'année dernière, on pouvait remporter un attendrisseur de viande.

— Un attendrisseur de viande ? Génial ! crièrent en chœur les jumeaux, faisant preuve d'un enthousiasme rarement suscité par un tel objet.

— À mon avis, tu devrais participer, insista Tobia.

— Je ne sais pas faire le gâteau aux fraises.

— On t'aidera !

— Hmm… On verra… temporisa la jeune fille avant de s'écrier : J'ai acheté un nouveau vernis ! Noir, en plus. Qui veut en mettre ?

— Moi ! hurlèrent les enfants.

Tout le monde avait déjà oublié cette histoire de concours.

Après un conciliabule aussi long qu'animé, les trois commères parvinrent à la conclusion qu'il n'y avait qu'une seule façon de se défendre face à la nouvelle locataire de la Villa Edera, à la fois ennemie et envahisseuse : tout savoir d'elle. Mais comment faire ?

Rosamaria eut une idée audacieuse :

— Je sais… Mais ne le prenez pas mal.

Les deux autres, dans l'expectative, se contentèrent de la fixer.

— Il n'y a qu'un seul endroit où on pourra découvrir qui est cette Verdebosco…

Comme elle hésitait, Claretta perdit patience :

— Eh bien, vas-y ! J'ai pas toute la journée, moi !

Rosamaria prit son courage à deux mains et proposa :

— À la bibliothèque.

S'ensuivit un silence glacial.

— Tu es sûre ? finit par demander Claretta. On ne peut pas se débrouiller avec la papeterie d'Ernesto ? D'ailleurs, j'ai besoin de timbres et il en vend. Au moins, je pourrai faire quelque chose d'utile par la même occasion.

— Rosamaria a raison, déclara Evelina contre toute attente. Allons-y, j'ai envie de voir comment c'est à l'intérieur.

Claretta accrocha la pancarte « Je reviens tout de suite » à la porte de son magasin, puis elles se dirigèrent vers la rue des Feuilles, où se trouvait la bibliothèque municipale.

Quiconque les aurait vues de dos aurait eu du mal à dire qui était qui, avec leurs trois chignons gris, leur morphologie identique – petites mais robustes –, jusqu'à leur façon de marcher – de ce pas décidé de celle qui n'a pas de temps à perdre.

Parvenues à la bibliothèque, elles trouvèrent porte close.

— C'est écrit que ça ouvre à trois heures, lut Evelina, les yeux fixés sur l'affiche des horaires.

Claretta n'arrêtait pas de pousser et de tirer la porte, tandis que Rosamaria lorgnait à travers la vitre pour tenter de voir quelque chose. Elle se mit à frapper violemment sur le verre quand elle distingua Amanda, la bibliothécaire, les bras chargés d'une pile chancelante de livres.

— Elle est là ! annonça Rosamaria. Je l'ai vue. Continuons à frapper. Elle finira bien par nous ouvrir.

Elle se remit à taper encore plus fort, jusqu'à ce qu'elle aperçoive Amanda poser ses livres sur le comptoir avec une infinie patience et s'approcher.

Amanda occupait ce poste depuis six ans. Passionnée et flegmatique – qualités indispensables à toute bibliothécaire –, elle avait su redonner vie à la minuscule bibliothèque du village. Elle avait acheté de nouveaux livres, créé un petit coin presse proposant le quotidien local ainsi que quelques autres journaux et revues, bataillé avec le budget – réduit au strict minimum – qui lui était accordé, tout ça avec le sourire et sans jamais se départir de sa douceur. Cette même douceur qui lui permettait de faire front à tous les problèmes avec un certain stoïcisme, comme la visite matinale des trois commères.

— La bibliothèque ouvre à trois heures, leur annonça-t-elle en ouvrant la porte. Vous n'avez pas lu les horaires ? Ils sont affichés ici, précisa-t-elle en indiquant le panneau sous leurs yeux.

— Tu plaisantes ? protesta Evelina. C'est maintenant qu'on a besoin d'entrer. Laisse-nous passer.

— Mesdames, je suis sérieuse. La bibliothèque est fermée. Il vous faudra attendre, insista la bibliothécaire.

— Jeune fille, tu n'as pas entendu ? On n'a pas toute la journée, déclara Rosamaria.

Les trois femmes écartèrent de leur chemin Amanda, stupéfaite, et pénétrèrent dans la petite salle.

— C'est donc ça, la bibliothèque ? s'exclamèrent-elles en regardant autour d'elles, les poings sur les hanches.

Amanda jugea plus sage de ne pas répondre.

— Alors, mesdames, de quoi avez-vous besoin de façon si urgente ?

— Verdebosco.

— Pardon ?

— Verdebosco, qu'est-ce qu'elle a écrit ? C'est quand même pas possible qu'une bibliothécaire ne sache pas qui elle est ! rétorqua Claretta en levant les yeux au ciel.

Faisant preuve de son infinie patience, Amanda s'assit devant l'ordinateur.

— Laissez-moi regarder.

Les trois femmes, bras croisés, ne la quittaient pas des yeux.

— Je suis désolée, il n'y a aucune Verdebosco dans notre catalogue.

— Eh bah, tiens ! Je savais bien que ça ne servait à rien de venir ici, bougonna Claretta.

— Ils te paient pour être ici ou tu es bénévole ? demanda Rosamaria, réellement désireuse de savoir.

Amanda vivait avec sa mère, non seulement veuve mais aussi clouée sur un fauteuil roulant. Elle avait donc une certaine pratique des personnes âgées. Toutefois, la douceur de la personne qui partageait sa vie ne l'avait en rien préparée à l'attitude des trois commères, quand bien même elle les connaissait depuis toujours. Aussi lâcha-t-elle un soupir résigné en lançant une recherche sur Internet.

— Elle fait trop sa maligne, celle-ci… murmura Rosamaria.

En un rien de temps, Amanda trouva la réponse à même de satisfaire leur curiosité.

— Verdebosco Priscilla. Elle écrit sous un pseudonyme. Voilà pourquoi je ne la trouvais pas.

— Un quoi ?

— Un pseudonyme. Un nom de plume, un nom inventé, vous voyez ?

— Elle est bien bonne, celle-là ! Maintenant, la Villa Edera est louée à des gens qui utilisent un faux nom. Allons-nous-en. On ne dégotera rien d'autre dans ce trou à rats ! tempêta Claretta en se dirigeant d'un pas rapide vers la sortie, suivie de ses deux amies.

— Mais… tenta la bibliothécaire, vous ne voulez pas savoir quel est son pseudonyme ni ce qu'elle écrit ?

Les trois femmes étaient déjà dehors. Amanda haussa les épaules et les oublia à l'instant même où elle entendit son portable émettre un gazouillement.

Lorsqu'elles se retrouvèrent dans la rue, Evelina protesta, les mains sur les hanches :

— Je savais que ça servait à rien de venir ici. En soixante-dix-sept ans, je n'y avais jamais mis les pieds. Il y avait bien une raison !

Les deux autres hochèrent vigoureusement la tête, et toutes firent demi-tour pour regagner leur poste.

5

Priscilla avait le nez plongé dans *Le Fou des échecs*, de S. Van Dine. Plus elle avançait dans sa lecture, plus elle avait envie d'abandonner Calliope à son destin pour s'essayer à l'écriture d'un roman policier, avec des pièces fermées à clé et des meurtres commis à la sarbacane à l'aide d'une fléchette imbibée d'une substance toxique obtenue à partir d'une plante qu'on ne trouvait qu'au fin fond de la Papouasie-Nouvelle-Guinée.

Tandis qu'elle réfléchissait aux moyens les plus effroyables d'assassiner quelqu'un, elle aperçut à quelques mètres d'elle un jeune couple se tenant par la main et s'adressant des regards emplis d'un évident amour. Comment avaient-ils fait pour se rencontrer ? s'interrogea Priscilla avec une pointe d'admiration. Comment, parmi les milliards d'êtres humains qui vivaient sur Terre, ces deux-là étaient-ils parvenus à se trouver ? C'était de la pure magie. Reconnaître l'autre et être reconnu. Avoir suffisamment confiance pour lever les yeux et laisser tout transparaître. Comment était-ce donc possible ?

Le regard perdu dans la campagne qui défilait derrière la fenêtre, Priscilla se surprit à se demander, une nouvelle fois, pourquoi ce qui semblait si simple au reste du monde était inconcevable pour elle.

Son dernier amour s'était purement et simplement volatilisé deux ans auparavant. Sans un mot, ni même un adieu. Le mercredi, il était là, et le jeudi, il semblait n'avoir jamais existé. Disparu. *Pouf !* Un fantôme. Priscilla avait cru devenir folle pendant des semaines. Comment un homme avec qui elle avait partagé tant de choses pouvait-il lui faire ça ? Elle avait perçu distinctement une longue épine s'enfoncer dans un recoin de son cœur, elle avait senti la pointe se frayer un passage et se poser, immobile et douloureuse, ouvrant une large fissure, comme celles qu'on s'amuse parfois à éviter sur les trottoirs.

Dès cet instant, il y avait eu un avant et un après, séparés par cette blessure invisible. Puis, au plus profond d'elle-même, un ingénieux mécanisme de défense s'était sournoisement activé, et tout en elle s'était endormi. Comme ça, naturellement, comme quand la princesse Aurore se pique à la pointe du fuseau et que le château tout entier sombre dans le sommeil. La servante s'endort avec son balai à la main, le chat en se léchant la patte, le cuisinier sur son fourneau, les bras encore couverts de farine. Même le feu dans la cheminée cesse de danser avant de s'éteindre. Tout s'était naturellement figé, et Priscilla n'avait plus rien ressenti. Sauf lorsque, parfois, au moment où elle s'y attendait le moins, elle se mettait à pleurer. Au supermarché, par exemple, tandis qu'elle était occupée à choisir des mandarines ; voilà que, sans préavis, les larmes coulaient. Des larmes silencieuses. Intempestives. Et traîtresses.

Soudain, à ce souvenir, l'épine – plantée en bas, à gauche – se mit à palpiter.

Elle était encore là. Immobile et profondément enfoncée. Prête à vibrer chaque fois que nécessaire pour lui rappeler sa présence indéfectible. Il semblait donc que tout ne fût pas endormi.

Mieux valait penser aux poisons mortels de Papouasie-Nouvelle-Guinée, se dit-elle en se replongeant dans sa lecture.

***

Au même moment, Cesare roulait en direction de Tigliobianco, écoutant Coldplay à plein volume. Il se sentait déjà plus léger à l'idée de laisser derrière lui mesquineries, petits drames et mauvaises humeurs. Le village d'où il s'était enfui, à peine le lycée terminé, et qu'il trouvait si ennuyeux était désormais paré du charme de ce que l'on a perdu. Un petit plongeon dans le passé, à un endroit où il n'était pas le docteur Burello, mais simplement Cesare. Un endroit où tout le monde le tutoyait et où il pouvait se reposer de la frénésie de sa vie. Quel soulagement ! Quelle liberté !

La véritable liberté était faite de bonheur, songeait-il, un bras sur la portière, ses yeux sombres cachés derrière des lunettes de soleil. À moins que ce ne fût le bonheur qui fût fait de liberté. Quoi qu'il en soit, tous deux voyageaient forcément ensemble ; c'était tout ce qui comptait. Il aimait l'amour. Aussi savait-il s'y adonner avec une bonne dose d'enthousiasme et de générosité. C'était le reste du package qui le rendait dingue. Mais il semblait ne pas y avoir de solution à ça. Il augmenta donc le volume. *Adventure of a Lifetime* emplit l'air, et Cesare chanta en duo avec Chris Martin.

6

Agata avait donné sa parole à Elvira : elle retrouverait son chat coûte que coûte. Assise sur un banc, un cornet de glace à la main qu'elle tentait de finir avant que tout ne coule le long de son bras, elle s'interrogeait sur la marche à suivre, ses cheveux couleur carotte noués en deux nattes pour mieux réfléchir. Elle était intimement convaincue qu'il fallait agir avec méthode. Tous les détectives – à commencer par Miss Marple et Hercule Poirot, dont elle était fan – fonctionnaient ainsi.

Agata était fière de porter le prénom de son écrivaine préférée : Agatha Christie. Ce ne pouvait être qu'un signe du destin. Agata avait découvert la reine du roman policier au cours de l'année précédente ; depuis, elle s'était mis en tête de posséder tous les livres de son idole, du premier au dernier.

Elle avait d'abord lu de vieilles enquêtes policières pour enfants qu'elle avait trouvées à la bibliothèque : *Harriet l'espionne*, *La Maison de Norham Gardens*, *Le Mystère du métro*, *Le Chemin de Sattin Shore*… Puis Amanda lui avait conseillé *L'Affaire Protheroe*, avec une certaine réserve, la jeune lectrice n'ayant que onze ans. Mais, contre toute attente, cette lecture fit naître une véritable adoration. Agata emprunta alors, l'un après l'autre, tout ce que la bibliothèque comptait de romans d'Agatha Christie, et la fillette décida de consacrer l'intégralité de son argent de poche à l'achat de nouveaux livres de la reine du crime. En somme, l'Amour avec un grand A.

À l'âge de sept ans, Agata s'était découvert une passion pour la lecture. Sa mère l'avait emmenée chez le médecin pour une douleur à l'oreille qui s'était révélée n'être qu'un simple coup de froid. Mais la rencontre avec le docteur Ettore, sûr de lui et sublime dans sa blouse blanche, avait produit un certain effet sur la petite Agata. Son cœur s'était mis à battre la chamade ; la fillette venait de tomber amoureuse. Comme ça, de but en blanc, assise sur la table du pédiatre en débardeur et culotte à cerises, elle frémissait d'amour. Sous le charme, elle l'avait fixé durant toute l'auscultation, avait ouvert grand la bouche avec docilité tandis qu'il lui aplatissait la langue avec un bâtonnet, était restée sage quand il avait inséré un objet métallique dans son oreille et n'avait pas pipé mot quand il lui avait donné un petit coup de marteau sur le genou. Cela en disait long sur la puissance de cette toute nouvelle passion. Le médecin avait ensuite écouté son cœur à l'aide d'un étrange appareil relié à des écouteurs, avait incliné la tête, surpris, avant de hausser les épaules en lui souriant. À la fin de la visite, il l'avait félicitée, avait caressé ses cheveux couleur carotte et lui avait offert une Chupa Chups à la vanille.

Le docteur Ettore avait alors annoncé à la mère d'Agata que le cœur de sa fille battait très vite et qu'il était prudent qu'elle revienne le mois suivant pour un examen de contrôle. C'était certainement dû au stress de la visite, mais il préférait ne prendre aucun risque. Trente jours plus tard, l'histoire s'était répétée : à peine avait-elle vu le médecin qu'Agata avait ressenti une intense émotion. Le pédiatre ne s'expliquait pas cette soudaine accélération cardiaque. « Tachycardie paroxystique », avait-il fini par conclure.

Ainsi avaient commencé les visites régulières, histoire de se rassurer, tout le monde étant convaincu que la petite avait le cœur fragile. Tout le monde sauf Agata, qui savait parfaitement pourquoi son cœur battait si fort mais qui n'osait pas avouer son amour. Dès lors, il lui fut interdit de faire de gros efforts : dispensée de gymnastique, elle n'avait droit qu'à la marche. Mais la lecture, c'était encore mieux. Aussi, la fillette, qui avait toujours détesté la gym à l'école, ainsi que le sport sous toutes ses formes, avait-elle vu dans cette maladie imaginaire une merveilleuse échappatoire. Elle avait donc décidé de vivre avec un cœur papillonnant jusqu'à ce que le danger des cours d'éducation physique soit définitivement écarté, en d'autres termes jusqu'à la fin du lycée. C'est ainsi qu'Agata avait découvert les joies de la lecture. Et, depuis, elle ne s'était jamais arrêtée.

Agatha Christie avait fait naître en elle le rêve de devenir détective. Retrouver le chat Dracula constituerait donc sa première affaire. Mais, pour la résoudre, une méthode rigoureuse était nécessaire. Elle allait faire fonctionner ses « petites cellules grises », exactement comme Hercule Poirot.

Tout d'abord, il paraissait évident que si Dracula était dans les parages, il serait rentré tout seul. Inutile, donc, de l'appeler près de la maison. S'il ne se montrait pas, c'était bien entendu parce qu'il ne pouvait pas le faire. Il y avait dès lors deux possibilités. La première était qu'il se fût perdu après s'être trop éloigné : peut-être même avait-il fini à bord d'une voiture qui l'avait emmené loin d'ici. La seconde était qu'il fût coincé quelque part.

Agata ne pouvait intervenir que dans le cas de la seconde hypothèse. Elle décida donc d'aller frapper à toutes les portes du village. Si Dracula était enfermé quelque part, elle le retrouverait et le libérerait.

Tandis que Virginia peignait en noir les ongles des enfants La Rosa et qu'Elvira et Agata cherchaient Dracula, un train de taille plus que réduite était entré sans se presser dans la minuscule gare de Tigliobianco. Priscilla Greenwood en était descendue, chargée de ses lourds bagages, et avait entrepris de rejoindre sa location à l'aide de Google Maps.

Elle était littéralement sous le charme de ce village enchanteur : les ruelles exiguës, les rebords de fenêtres fleuris, les maisonnettes colorées aux toits pentus comme dans les contes de fées. Elle avait bien fait de ne pas venir en voiture : la rue principale débouchait sur une petite place d'où partaient en serpentant d'étroites venelles pavées. Tandis que sa valise à roulettes cahotait derrière elle, elle croisa le regard d'une gamine aux cheveux roux coiffés en deux nattes qui semblait terriblement concentrée.

Son téléphone lui ordonna alors de façon péremptoire de tourner à gauche, de suivre la rue du Saule jusqu'à un minuscule rond-point décoré d'azalées, puis d'emprunter la rue des Chênes avant de continuer tout droit jusqu'à sa destination.

Après que Priscilla eut dépassé deux maisonnettes, l'une rose et l'autre jaune, la petite route se transformait en un sentier légèrement pentu, menant à un majestueux portail en fer forgé. Lorsqu'elle l'ouvrit, elle se retrouva comme par magie dans un parc si grand que la peur de s'y perdre était tout à fait justifiée. Y avaient été plantés de gigantesques magnolias, des mûriers odorants, des chênes et des noisetiers, ainsi que des myriades de fleurs de toutes sortes pour que le jardin conserve sa beauté, été comme hiver. L'allée était bordée d'hortensias blancs et roses, des myosotis sauvages poussaient sur la pelouse, des roses grimpaient le long des murs d'enceinte tapissés de lierre.

Mais ce n'était pas uniquement cet immense parc entretenu à la perfection qui faisait de la Villa Edera un endroit incroyable ;

la bâtisse, de style victorien et d'un rose antique, en imposait également. Que faisait un tel édifice aux abords d'un petit village comme Tigliobianco ? C'était une question que beaucoup se posaient. La réponse se trouvait dans la vie d'un homme nommé Gualtiero del Pizzo, un comte sans fortune, arrière-arrière-grand-père de Ludovica del Pizzo, l'actuelle propriétaire.

Offensé par le destin qui lui avait conféré le titre de comte sans les moyens de l'être avec élégance, Gualtiero avait eu l'idée d'envoyer son plus jeune fils en Amérique, au milieu du XIXe siècle, dans l'espoir qu'il fasse fortune comme chercheur d'or dans la région du Klondike. Le jeune homme, opiniâtre, avait pris au sérieux les paroles de son père. Aussi, à la mort de celui-ci, cinq ans seulement après son départ pour le Nouveau Monde et toujours sans le sou, il n'avait pas osé rentrer. Certains prétendirent toutefois qu'il avait agi ainsi en réaction à son père, qui l'avait contraint à l'exil.

Il était réapparu à Tigliobianco dix ans plus tard, homme accompli et propriétaire d'une importante mine d'or. Faisant fi de cette famille qui l'avait obligé à partir, puis s'était moquée de lui et de sa persévérance, il avait lancé la construction de la Villa Edera sur la plus proche colline du village, surplombant les environs tout en restant à l'abri des regards indiscrets. La maison était dissimulée au milieu des arbres, des fleurs et des allées sinueuses de l'immense jardin. Quinze ans passés en Amérique lui avaient fait découvrir la beauté tortueuse et le charme ténébreux de l'architecture victorienne. Il avait ainsi orné l'édifice de tours et de tourelles, de baies vitrées à petits carreaux, d'encorbellements, de portes étroites, de toits pentus, d'escaliers tarabiscotés et de recoins cachés. Mais le tout avait été peint en rose et blanc pour faire plaisir à sa mère, la seule qui eût toujours souhaité son retour, avec ou sans fortune.

Romeo, l'homme à tout faire employé par Ludovica, s'occupait du jardin et de la maison, de la plomberie à la taille des rosiers. Il était arrivé la veille pour ôter les grands draps protégeant les meubles de la poussière, vérifier le bon fonctionnement de l'eau chaude et nettoyer le parc pour la nouvelle venue.

Titubant sous le poids de l'énorme valise qu'elle traînait derrière elle – dont les roulettes tournaient comme bon leur semblait, c'est-à-dire mal –, d'un sac de voyage et d'un sac à main, Priscilla avait gravi la petite côte avant de récupérer les clés auprès du fameux Romeo, qui n'avait pas prononcé une seule phrase à part :

— J'ai fini, alors je m'en vais.

Si la jeune femme avait, ne fût-ce qu'un instant, espéré qu'il lui propose de l'aide, elle s'était lourdement trompée. Mais une fois le portail franchi, découvrant le fabuleux jardin et la villa rose et blanche, semblable à une énorme sucette, elle lâcha ses bagages, bouchée bée.

Au même moment, non loin de là, une berline noire se garait de travers sur la place du village, à quelques mètres seulement de *L'Empire des Délices*, et donc dangereusement proche du regard inquisiteur de Claretta, Evelina et Rosamaria, lesquelles tendirent simultanément le cou pour apercevoir le nouvel arrivant.

La portière fut ouverte d'un geste sûr, laissant apparaître un homme grand, élégant, armé de lunettes de soleil et d'un sourire charmeur. Un homme que les trois femmes connaissaient depuis son plus jeune âge.

Afin d'échapper une fois encore à une femme trop amoureuse, le docteur Cesare Burello, star et fierté incontestée de tout Tigliobianco, était rentré à la maison.

7

Amanda avait ouvert depuis peu. Elle tenait dans sa main une longue liste de livres qui auraient dû être à leur place et qui, pourtant, n'y étaient pas. Elle détestait ne pas les trouver quand elle les cherchait. Elle avait chaque fois l'impression qu'ils la trahissaient.

Elle avait peu de temps devant elle pour passer au crible les étagères à la recherche des livres disparus, car les dames du club de lecture qui se réunissaient chaque vendredi après-midi à la bibliothèque allaient bientôt arriver. Ces lectrices acharnées jonglaient avec aisance entre histoires d'amour et romans socialement engagés, oscillant avec grâce entre *Une bouteille à la mer* et *Lire Lolita à Téhéran*. Ce jour-là, il serait question d'amour, la rencontre étant consacrée à *La passion ne meurt jamais*, de Priscilla Greenwood.

Priscilla Greenwood était en vogue à la bibliothèque. Amanda avait tous ses romans en plusieurs exemplaires, désormais usés par les innombrables lectures. Calliope du Topaze faisait battre les cœurs d'une quantité impressionnante de femmes.

Amanda elle-même savait tout de l'héroïne : elle avait été enlevée par le pirate Jack Raven, était tombée à plusieurs reprises sous le charme du comte Edgar Allan – et autant de fois de son ravisseur –, avait été secourue *in extremis* de la noyade lors d'une tempête avant d'être injustement accusée de meurtre, de vol et de sorcellerie, avait risqué la potence et le bûcher, et elle portait sur une épaule l'infâme symbole du lys noir, marqué au fer. Son cœur était par ailleurs tiraillé entre les délicates attentions que lui témoignait le comte et la vie trépidante, bien que terrifiante, que lui faisait découvrir le pirate. Amanda ne pouvait pas lui en vouloir : le choix était difficile.

Bien qu'elle ne fût pas une lectrice assidue de la série, Amanda connaissait chacun des sept titres dans l'ordre exact de parution. Elle savait également que la prolifique Priscilla Greenwood n'avait rien publié depuis au moins deux ans. Ses fans commençaient à montrer des signes d'impatience.

La seule chose qu'Amanda ne savait pas, du moins jusque très récemment, c'était que Priscilla Greenwood, qui animait de désir les femmes de Tigliobianco et du monde entier, s'appelait en réalité Priscilla Verdebosco. Elle ignorait également que ladite romancière se trouvait à l'instant même dans la Villa Edera, à quelques centaines de mètres de là. De même, les dames du club de lecture ne se doutaient de rien tandis qu'elles se ruaient dans la bibliothèque dans un bruit assourdissant.

Amoureuse passionnée et silencieuse, l'une d'elles s'identifiait à Calliope du Topaze comme si elle était tout droit sortie des pages d'un livre : il s'agissait de Laura, la seule célibataire du groupe, qui, de ce fait, se sentait toujours un peu coupable. Notamment parce que son célibat n'était pas la marque d'un choix délibéré d'indépendance mais le résultat tourmenté d'un amour impossible et secret qui, au lieu de faiblir, grandissait d'année en année, tournant à l'obsession. Mais que pouvait-elle y faire ? Elle l'aimait. Et pourtant, jamais au grand jamais elle n'aurait révélé sa brûlante passion à ses amies. Elle aurait enduré châtiments et souffrances, tout comme Calliope l'aurait fait, plutôt que d'avoir à parler.

Les autres membres étaient Irene, la présidente et fondatrice du club, sa cousine Marinella, Marisa et sa sœur Lovisa, et enfin Eleonora.

— Mesdames, peut-on commencer ? attaqua Irene, sanglée dans un tailleur gris, sur un ton officiel.

Marinella sortit un sachet de brioches et le posa sur la table.

— Servez-vous, les filles ! s'exclama-t-elle avec enthousiasme.

Comme à chaque fois, Amanda fit mine d'oublier les panneaux interdisant de manger dans l'enceinte de la bibliothèque. Elle savait que son rappel à l'ordre resterait sans effet. En réalité, Irene n'approuvait pas non plus ce qu'elle qualifiait de « coutume barbare » : le fait de dénaturer au moyen de brioches et de gâteaux une rencontre qui devait, à tous égards, rester purement intellectuelle. Depuis qu'elle avait fondé le club de lecture, elle se battait pour conserver une certaine austérité distinguée, comme celle qu'elle affichait elle-même. Elle entretenait une véritable passion pour les tailleurs, gris ou de toute autre couleur neutre. On ne l'avait jamais vue porter autre chose. Au fond d'elle, elle espérait depuis des années que ses compagnes se convertiraient, elles aussi, à son élégance sévère. Parfois, elle songeait à obliger les participantes à porter un uniforme. Ou tout au moins une broche, insigne raffiné mais solennel qui conférerait au club, sa créature, la grandeur qui lui revenait. Elle rêvait qu'une salle de la mairie leur fût exclusivement réservée, comme il ne faisait aucun doute qu'elles le méritaient, afin de ne plus avoir à se réunir dans cette petite bibliothèque humide.

— Avez-vous toutes lu le livre ? demanda-t-elle, tentant d'instaurer un minimum de solennité.

— Oh, c'était merveilleux ! s'exclama l'une des membres. Moi, je serais prête à tout pour être courtisée par un homme tel que le comte Edgar Allan. Je *tuerais* pour lui !

— Ah non, pas le comte ! la coupa une autre. Avec lui, on s'ennuie comme un rat mort. Parlons plutôt de ce pirate super sexy ! Comment cette gourde de Calliope peut-elle encore avoir des doutes ? Qui l'a sauvée de la noyade ? Qui l'a emmenée sur une île déserte pour consommer leur amour avec toute la passion qu'il mérite ?

— C'était un enlèvement ! protesta encore une autre.

— Oui, mais quel enlèvement… soupira Lovisa d'un air rêveur.

— L'une d'entre vous sait-elle si un nouveau livre va sortir ? Il le faut ! s'écria Marinella, qui ne faisait jamais dans la demi-mesure.

Puis, de but en blanc, Marisa demanda :

— Vous savez qui a loué la Villa Edera ?

Elle avait l'agaçante habitude de sauter du coq à l'âne. Et, de fait, toutes les autres lui adressèrent un regard désapprobateur. Puis le petit groupe garda un silence inquiétant. Effectivement, le mystère restait entier.

— Effectivement, le mystère reste entier, fit remarquer fort à propos Eleonora.

— Moi, je le sais ! hurla Lovisa, oubliant qu'elle se trouvait dans une bibliothèque. C'est une femme. Elle est seule et elle s'appelle Priscilla Verdebosco !

Amanda leva brusquement la tête de son ordinateur.

— Qu'est-ce que vous avez dit ? demanda-t-elle.

Les dames du club n'étaient pas habituées à entendre parler la bibliothécaire. Aussi se retournèrent-elles toutes vers elle, à la limite de l'indignation.

— Excusez-moi… bredouilla la jeune femme. Mais vous avez bien dit Priscilla Verdebosco ?

— Qu'est-ce qu'elle veut, celle-là ? répliqua Laura.

Amanda afficha un sourire qui pouvait sembler innocent mais qui était, au contraire, celui de quelqu'un conscient d'avoir de bonnes cartes en main.

— Si vous me promettez de ne plus manger ici, je vous dirai quelque chose. Quelque chose qui va vous faire plaisir, vous pouvez me croire !

Les six têtes se regroupèrent au-dessus de la table pour une rapide consultation.

Puis Irene, la cheffe du groupe, trancha :

— D'accord. Mais ça a intérêt à en valoir la peine.

— Priscilla Verdebosco, celle qui a loué la Villa Edera et qui vit maintenant près de nous, est une femme que vous connaissez bien.

Amanda profitait du moment, mais le silence restait menaçant.

— Mesdames, j'ai le plaisir de vous annoncer que Priscilla Verdebosco n'est autre que le vrai nom de Priscilla Greenwood !

Les dames du club de lecture crurent avoir mal compris.

— Pardon ?

— Comment ça ?

Amanda répéta :

— Je suis en train de vous dire que votre romancière préférée se trouve à deux pas d'ici.

Elle n'avait jamais vu de visages aussi figés et, en même temps, aussi excités que ces six-là. Pendant un instant, elle redouta qu'elles ne cessent pour de bon de respirer.

Puis Laura prit une brioche et y mordit à pleines dents.

— Eh bien, ça mérite qu'on les finisse, non ? se justifia-t-elle.

La bibliothécaire lui adressa un regard mauvais.

Pendant ce temps, ses bagages abandonnés dans l'entrée, Priscilla explorait les pièces de la Villa Edera, le cœur battant. Ce n'était pas rien de se retrouver catapultée au début du XXe siècle, qui plus est pendant au moins un mois.

La villa était splendide. Parquets lustrés, fenêtres immenses, plafonds ornementés. Çà et là, quelques fragments d'enduit pastel s'effritaient, laissant apparaître l'apprêt blanc : tout était parfait ! Comme si l'instant s'était figé. Priscilla se sentit étrangement rassurée. Aucune urgence, aucun drame, rien qu'une maison oubliée par le temps qui passe, entourée d'un jardin luxuriant, véritable explosion de couleurs estivales, qui devait être tout aussi fascinant à l'automne, avec son feuillage rouge et jaune. À l'ombre d'un mur, un extraordinaire acacia encore – et miraculeusement – en fleur parfumait l'air, tandis qu'un majestueux magnolia ombrageait la plus petite des terrasses, entourée d'un muret en pierre légèrement fissuré sur lequel on pouvait s'asseoir, et aménagée d'une table en fer forgé et d'une chaise. Priscilla en fit instantanément son endroit préféré. Ce serait ici qu'elle réglerait son compte à Calliope du Topaze.

Mais, dans un tel endroit, son héroïne était bien capable de ressusciter sans ciller. Il n'y aurait rien de surprenant à la voir apparaître toute guillerette, vêtue d'une crinoline et prête à vivre de nouvelles aventures fantastiques. Tout au fond d'elle, Priscilla avait l'impression d'avoir franchi la minuscule brèche qui conduisait de la vie réelle à la vie imaginaire.

Lorsqu'elle se rendit compte qu'elle était en train de frotter sa joue contre le doux tissu d'un rideau, elle se reprit brusquement. Mais qu'est-ce qui lui arrivait ? D'où provenait cette crise subite de sentimentalisme ? Franchement, caresser les rideaux ? Pour qui se prenait-elle ? Scarlett O'Hara ? Ce devait être la faute du magnolia, pensa Priscilla en récupérant ses bagages.

Elle n'était pas là pour plonger son nez dans les rideaux, elle, mais bien pour enterrer définitivement la blonde et ses crinolines.

— Alors, quoi de neuf par ici ? demandait au même instant le docteur Cesare Burello à son frère Ettore.

Ces deux-là se ressemblaient comme deux gouttes d'eau. Seule la barbe poivre et sel que Cesare se laissait pousser depuis trois jours les différenciait. Pour le reste, ils étaient grands, bruns et d'un sex-appeal qui faisait se retourner toutes les femmes. Mais tandis que Cesare, frivole à bien des égards, pouvait être considéré comme un coureur de jupons faisant grand usage de sa beauté, Ettore, quant à lui, semblait l'avoir reléguée au grenier, oubliant presque qu'elle lui appartenait. Néanmoins, ils avaient beau n'avoir que deux ans d'écart et être tous deux médecins, ils n'auraient pu avoir des caractères plus différents. Cesare avait quitté le village natal et s'était aventuré aux quatre coins du monde, débordant d'ambition professionnelle et d'envie de goûter aux plaisirs les plus subtils que lui réservait la vie, alors qu'Ettore avait préféré rester à Tigliobianco afin de devenir l'unique médecin du village.

Assis sur de vieilles chaises en bois dans le jardin d'Ettore, à l'ombre d'un vigoureux noisetier, les deux frères avaient débouché une bouteille de vin blanc bien frais.

— On est à Tigliobianco, Cesare. Que veux-tu qu'il se passe, en dehors des parties de cartes et des enfants qui courent partout ? demanda Ettore en riant.

— Exactement ce dont j'ai besoin, répondit son frère avec un soupir d'aise, s'installant confortablement.

Ettore lui adressa le regard de celui qui ne le connaissait que trop bien.

— À quelle femme tentes-tu d'échapper, cette fois-ci ?

— Tu ne peux pas comprendre. Elles s'accrochent… mais elles s'accrochent ! Deux-trois dîners, quelques galipettes sous les draps, et hop, elles tendent le doigt pour que j'y passe un anneau.

— Ce qui, soit dit en passant, n'aurait rien de saugrenu… fit remarquer Ettore.

— Hors de question ! décréta son frère. J'aime les femmes, mais aussi la liberté. Et je ne renoncerai ni aux unes ni à l'autre. Il suffit juste que je reste là quelques jours, disons deux ou trois semaines. Ensuite, je retournerai à ma vie, juste à temps pour un congrès à Dubaï. Et puis ce n'est pas comme si tu étais toi-même marié, pas vrai ?

— Uniquement parce que je n'avais pas encore rencontré la femme faite pour moi, répondit Ettore, sibyllin.

Comme toujours, Cesare était bien trop concentré sur lui-même pour prêter attention à un détail aussi futile que le temps utilisé par son frère.

— Comment se fait-il que, jusqu'à présent, parmi la multitude de femmes que tu as fréquentées, celle qu'il te faut ne se soit pas encore manifestée ? Ça reste un mystère, poursuivit Ettore d'un air goguenard. Je vais finir par croire qu'il s'agit d'une créature quasiment surnaturelle, continua-t-il de le taquiner avec gentillesse. À ce propos, comment va Bianca ?

— Ah, Bianca ! Elle, au moins, c'est un délice et une joie continuelle. Quoi qu'il en soit, ce n'est pas dans ce joli petit patelin aux rebords de fenêtres ornés de fleurs que je risque de rencontrer cette créature surnaturelle, crois-moi. S'il y a un endroit où l'on peut s'estimer à l'abri des femmes qui font tourner la tête, c'est bien Tigliobianco, affirma Cesare avec l'arrogante assurance de celui qui connaît son affaire.

Il croisa les mains sur sa nuque, l'air satisfait, et se balança sur sa chaise.

Malgré son âge, Cesare Burello n'avait pas encore compris que la vie semait des embûches là où l'on s'y attendait le moins.

8

Comme Priscilla, le père Casimiro avait choisi Tigliobianco pour être tranquille. Trente-deux ans plus tôt, il était arrivé au village plein de bonnes intentions, désireux d'apporter du réconfort aux âmes de ce lieu perdu, qui ressemblait en tout point au paradis terrestre. De ravissants balcons fleuris, une boulangerie d'où s'échappait le parfum des petits pains tout juste sortis du four, des enfants riant gaiement, libres de courir en toute sécurité dans les rues, des mères aux bras chargés de gâteaux faits maison et d'adorables petits vieux avec qui partager de longues conversations.

À présent, il constatait avec surprise qu'il avait trouvé tout cela, et bien plus encore. Car, si les balcons étaient fleuris, si la boulangerie exhalait un divin parfum et si les enfants un peu sauvages couraient librement, le père Casimiro s'était aussi retrouvé entouré d'une population pour le moins étrange. Les petits vieux étaient gentils, ça ne faisait pas l'ombre d'un doute, mais ils ne quittaient pas le bar. Le jour où le père Casimiro avait tenté d'entamer une discussion sur l'âme et ce qui attendait chacun après ce qu'il avait appelé avec beaucoup de tact « le grand voyage », il avait récolté une conjuration, accompagnée de plusieurs mains mimant une corne entre les jambes. L'instant d'après, il était assis à table, devant un verre de vin rouge bien charpenté, disputant une partie de belote coinchée au cours de laquelle il s'était fait plumer sans aucune pitié.

Cela n'avait pas été très différent avec les femmes. La fois où il était allé à la rencontre de celles que tout le monde, déjà à l'époque, appelait les commères, il s'était retrouvé coincé en un rien de temps : contraint de rester assis sur une chaise pliante pendant des heures devant la boutique de Claretta, à écouter tout ce qu'elles avaient à dire sur l'ancien prêtre, le père Attilio, emporté quelques mois plus tôt par la vieillesse et le choc causé par la spectaculaire disparition de sa bonne. À présent, les trois femmes avaient trente-deux ans de plus, mais elles n'avaient pas quitté leur poste de prédilection, d'où elles surveillaient le village.

Le père Casimiro, alors jeune prêtre, avait été secoué mais ne s'était pas laissé décourager pour autant. Il pouvait désormais s'enorgueillir de rassembler chaque dimanche un groupe important de fidèles, d'avoir noué quelques belles amitiés et d'avoir su obtenir la confiance d'un bon nombre de personnes qui, indépendamment de leurs croyances, l'avaient choisi comme confident.

Agnese était l'une d'elles. Assise à cet instant sur une chaise du presbytère, elle semblait quelque peu épuisée, voire accablée. Le père Casimiro lui avait laissé le champ libre, dans l'espoir de se débarrasser une fois pour toutes de cette histoire de cahier. Mais la paroissienne avait tout mis sens dessus dessous, du sol au plafond, sans rien trouver. Elle avait fini par s'effondrer sur un siège, secouant la tête d'un air tristement résigné.

— Je ne comprends pas… Je ne comprends vraiment pas.

Le prêtre prit une chaise et s'assit à côté d'elle, devant la table recouverte d'une toile cirée à carreaux, sur laquelle il venait de poser deux tasses de café et une assiette de biscuits. Mais Agnese ne toucha à rien ; la déception était cuisante. Elle était certaine que le cahier de Luisa était ici. Car, sinon, où pouvait-il bien être ? Elle avait passé le village au peigne fin, questionné les proches de Luisa un par un jusqu'à l'épuisement – et pas seulement à cause d'elle –, mais rien. Disparu. Volatilisé. À présent, Agnese détestait la bonne à l'esprit diabolique et mesquin.

Il était temps de regarder la vérité en face : cette sorcière de Luisa avait emporté le secret du Suprême dans sa tombe. Il ne restait plus à Agnese qu'à en faire le deuil.

La vieille femme croqua finalement dans un biscuit bien épais, recouvert de pépites de chocolat. Délicieux.

— Dites-moi, mon père, c'est vous qui les faites, ces biscuits ? Vous avez la recette ?

Priscilla avait donc pris possession de la Villa Edera avec armes et bagages. En guise de bagages, sa valise et son gros sac remplis de toutes sortes d'objets de première nécessité – quelques vêtements rigoureusement choisis dans une gamme allant du noir au gris, des élastiques pour les cheveux, des chips au poivre, des romans, ainsi que du chocolat au lait et aux noisettes. Et, en guise d'arme, son fidèle ordinateur portable.

À la fin de son dernier roman, *La passion ne meurt jamais*, elle s'était retrouvée dans une *impasse*[1]. Après sept livres à tergiverser entre le comte Edgar Allan et le pirate Jack Raven,

1. En français dans le texte (NdT).

sans compter quelques aventures aussi épisodiques que passionnées avec de jeunes hommes de passage, il était temps que la belle Calliope fixe enfin son choix. À moins qu'elle ne connaisse une mort à la hauteur de son personnage : en couches, empoisonnée, disparue en pleine mer ou poignardée avec une dague sertie de nacre. Cette histoire devenait ridicule, trahissant la créativité en berne de Priscilla.

L'autrice se trouvait donc à la croisée non pas de deux mais de trois chemins : tuer son héroïne sans laisser de traces, lui faire choisir une existence noble et respectable mais aussi profondément ennuyeuse avec le comte, ou lui permettre de partager la vie exaltante et fougueuse du pirate ? Que faire ? Ou plutôt que faire faire à cette écervelée de Calliope ?

Priscilla avait pris pour modèles Axel de Fersen dans *Lady Oscar* et Albator pour forger les personnages du comte et du pirate – un choix qui s'était révélé gagnant, puisque les lectrices de plus de trente ans étaient tombées sous le charme de ces deux protagonistes qui leur rappelaient inconsciemment les sex-symbols de leur enfance. Mais son idée la plus grandiose avait été de créer Calliope à partir des cendres de *Candy*. Elle en avait fait une femme encore plus belle et sensuelle, mais sa malchance et ses mésaventures étaient identiques. L'indécision même de son héroïne quant à ses deux prétendants était calquée sur celle de Candy, attirée à la fois par le ténébreux et turbulent Terrence et par le doux Anthony – tout aussi beau mais également très mort.

En jouant et rebattant les cartes de l'éternel triangle amoureux, Priscilla Greenwood avait conquis les lectrices du monde entier. Et Tigliobianco, ce village perdu au milieu de nulle part, était l'endroit parfait où se cacher avec le corps sans vie de cette garce. C'était du moins ce qu'elle espérait.

De la petite terrasse abritée par le magnolia et surplombant le perron de la Villa Edera, on voyait tout le village. Il suffisait de se mettre dans un coin, là où les arbres ne bouchaient pas la vue, et voilà que l'intégralité de Tigliobianco se révélait dans toute sa gloire. Priscilla avait installé son ordinateur sur la table en fer forgé. Avec un peu de chance, le paysage allait l'inspirer. Et si elle débarrassait Calliope de ses sempiternels prétendants en la délocalisant dans un petit bourg italien ? Elle pourrait ainsi profiter de quelques années de chasteté, avant d'épouser le boulanger du village. Après toutes les épreuves qu'elle avait traversées tambour battant, elle méritait bien une fin tranquille.

Priscilla imaginait déjà la scène.

Calliope était magnifique dans sa robe de mariée. À une époque, elle aurait désiré plus que tout porter une tenue faite de dentelle et de soie, créée spécialement pour elle par les nonnes aveugles du couvent de Torrefiorita. Mais désormais, celle, légèrement jaunie, qui avait appartenu à la mère de Vincenzo, l'homme qu'elle aimait de tout son cœur, lui suffisait amplement. Seules les mains du boulanger, fortes mais délicates à force de masser le levain, avaient su caresser son corps et sa peau lisse avec une telle habileté.

Oubliés, les voyages en carrosse au côté du prétentieux comte Allan. Oubliées, les traversées des mers avec cette canaille de Jack Raven qui, un jour, lui promettait l'amour éternel - l'aimant au milieu des vagues et des dauphins ou sur une plage de sable blanc déserte, à l'ombre des palmiers - et, le lendemain, se saoulait dans une taverne en compagnie de filles de mauvaise vie. Calliope en avait assez des aventures, des nuits torrides et des baisers volés au mépris du danger ; elle en avait assez d'être courtisée par deux hommes magnifiques, prêts à se battre pour elle à coups d'épée. Elle n'en pouvait plus de réchapper à des empoisonnements, des enlèvements, des tentatives d'agression. Désormais, elle ne désirait plus qu'une chose : se reposer. Et épouser Vincenzo, son boulanger.

Pains chauds, brioches à peine sorties du four, gressins aux olives, biscuits salés... voilà ce qu'elle voulait ! Finies, les huîtres et les terrines de perdrix. Terminés, les bateaux et les châteaux. Elle ne voulait rien d'autre qu'un joli nid au-dessus de la boulangerie de Vincenzo. Petit, lumineux, facile à entretenir. Peut-être même aurait-elle quelques enfants aux joues roses et aux cheveux blonds, qu'elle nourrirait de pains au lait, de bon fromage de vache et de pâtes aux œufs.

Durant quelques minutes, Priscilla caressa l'idée de mettre ce projet à exécution, se libérant ainsi du devoir ingrat de choisir entre le comte et le pirate, en jetant Calliope dans les bras enfarinés de Vincenzo le boulanger.

Mais pouvait-on masser du levain ? s'interrogea-t-elle avec une certaine curiosité.

Au pire, elle pourrait toujours l'empoisonner...

Recroquevillée contre un mur de sa sombre cellule, Calliope, les vêtements déchirés, savait qu'elle n'avait plus d'échappatoire. Personne ne viendrait la sauver. Le cardinal avait bien fait les choses. D'ici quelques heures, ses sinistres hommes de main la rejoindraient et feraient d'elle tout ce que leurs esprits pervers étaient capables d'imaginer.

Cette seule pensée la terrifiait. Il lui restait toutefois un ultime espoir, aussi terrible fût-il : si sa fin était inéluctable, au moins pouvait-elle sauver son honneur et sa vertu.

Elle regarda avec gratitude la bague qu'elle portait à son annulaire droit : sous la pierre d'ambre qui ornait le bijou se cachait son tragique salut.

Sans hésitation, le regard flamboyant, elle ouvrit le minuscule fermoir. La pierre se souleva, dévoilant la pilule de cyanure qu'elle dissimulait. Les magnifiques yeux de Calliope, aux couleurs de la mer agitée, ne verraient plus le soleil se lever.

À moins qu'elle ne lui fît découvrir les plaisirs saphiques avec une marquise ou une sorcière.

Calliope était submergée de plaisir. Les doigts habiles de Morgana la rendaient folle. Elle s'était surprise à demander grâce ; que cesse ce délicieux supplice ! Mais Morgana n'était pas une femme au cœur tendre, aussi continua-t-elle de la caresser de ses mains expertes. Sa langue rose l'avait déjà explorée, lui faisant découvrir une jouissance si intense qu'elle en était presque insupportable. Pas une seule fois, le comte, cet empoté, ne l'avait fait gémir ainsi ; même le pauvre pirate ne lui avait pas offert de frissons si brûlants.

Calliope poussa un cri rauque au moment d'atteindre l'apogée du plaisir et planta ses doigts tremblants dans les cheveux noirs de Morgana. La sorcière leva son visage, affichant un sourire triomphant. Calliope colla ses lèvres sur la bouche vermeille de son amante, jurant qu'elle ne coucherait avec plus aucun homme.

Désormais, sa vie et son corps appartiendraient pour toujours à cette superbe femme qui la dévorait à présent de ses yeux vert émeraude.

Pas mal du tout, pensa Priscilla. Ce serait un sacré coup de théâtre. Un tardif sursaut féministe après sept tomes de pâmoisons auprès d'hommes de toutes sortes. Lesquels, il fallait l'avouer, ne méritaient pas tous qu'on s'évanouisse pour eux. Un revirement saphique conclurait avantageusement la série, laissant Priscilla libre de se retirer pour préparer des confitures ou réfléchir à une nouvelle série.

Un revirement saphique lui ferait peut-être du bien à elle aussi ; ce n'était pas à exclure. Mais ce n'était pas le moment de penser à des choses aussi futiles que sa vie sentimentale. L'heure était venue de se libérer de Calliope et de se jeter dans une nouvelle aventure littéraire pour relancer sa créativité. Un détective ténébreux et cabossé par la vie, une secrétaire efficace et sensuelle, des affaires à résoudre, du whisky et des bars malfamés… voilà de quoi elle avait envie !

Qui sait si dans ce patelin si agréable il n'y avait pas un bar de la sorte ? Durant quelques minutes, elle se perdit dans ses pensées, visualisant une petite porte en bois vert, encadrée de pots de fleurs suspendus à des crochets, derrière laquelle se cachait un tripot clandestin où tous les petits vieux du village jouaient au poker et pariaient, sans aucun état d'âme, sur des combats de coqs.

Voilà ce qui la rendait heureuse : imaginer des choses extraordinaires là où l'on s'y attendait le moins. Mais si elle voulait manger ce soir, elle allait devoir d'abord faire un saut au village pour acheter de quoi dîner.

Avec ou sans tripot.

9

Vladimiro le Fou n'avait pas toujours été Vladimiro le Fou. Il était né et avait grandi à Tigliobianco. Enfant intelligent, il avait rapidement été abandonné à lui-même. Sa mère n'avait que seize ans à sa naissance. Deux ans plus tard, elle avait lâché l'affaire et s'était enfuie avec son fiancé du moment. Du père, on n'avait jamais rien su avec certitude. Vladimiro avait donc grandi auprès de ses grands-parents, qui l'aimaient mais qui, en digne représentants de leur époque, étaient plus préoccupés de joindre les deux bouts que d'élever un enfant.

Vladimiro avait donc vécu sans eau courante ni chauffage, entre le bois à couper et les poules dont il fallait tordre le cou. Lorsqu'il était entré à l'école, il avait eu du mal à suivre les autres et s'était isolé peu à peu, plein de frustration. À l'adolescence, il ne parlait qu'aux animaux, qu'il avait appris à aimer, ou lorsqu'il était seul. Ce fut ainsi qu'il devint Vladimiro le Solitaire. Sans personne pour l'aider à exploiter son intelligence, il fut rapidement marginalisé.

Au fil des années, la frontière qui le séparait de la folie devint de plus en plus mince. Et, finalement, Vladimiro le Solitaire devint Vladimiro le Fou, toujours accompagné de son caddie. Au début, il n'y transportait que son petit chien, mais bientôt vinrent s'y ajouter un manteau, une bouteille d'eau et une autre de Fanta, lesquels furent vite rejoints par un vieux pot de chambre, une boîte en fer, trois ou quatre livres abîmés, une rallonge électrique, une pendule, un paquet de biscuits, un sac de croquettes, un bonnet de laine et une vieille radio cassée depuis des années, le tout dissimulé sous une couverture.

Traînant toujours son caddie derrière lui, Vladimiro errait dans le village. Ses lieux de prédilection étaient le banc sur la place, le bar et la bibliothèque. Contrairement à ce que certains auraient pu penser, il ne touchait jamais à une goutte d'alcool. Il vivait grâce à une petite pension d'invalidité qu'il utilisait presque entièrement pour nourrir son chien. Au bar, il commandait un Fanta et le faisait durer pendant des heures. Il ne dérangeait personne, et personne ne le dérangeait. En somme, il faisait partie du décor de Tigliobianco.

Les seuls à témoigner un peu de curiosité envers Vladimiro étaient les enfants. Parce qu'il constituait toujours pour eux une nouveauté, parce que son caddie abritait toutes sortes de merveilles et parce que, pour eux, la folie n'avait rien de surprenant – ce qui était bien plus étrange, c'était de réussir à ne pas devenir fou.

Tobia et Andrea, par exemple, auraient fait n'importe quoi pour savoir ce que contenait le caddie de Vladimiro. Eux-mêmes désiraient de toutes leurs forces d'enfants de six ans posséder un caddie, mais quand ils en avaient réclamé un à leur mère, ils avaient été punis. Depuis, ils n'osaient plus en parler. Toutefois, cette interdiction n'avait fait qu'exacerber leur fascination pour Vladimiro le Fou : lui avait le droit d'en avoir un rempli de choses à lui, eux non. Ainsi se contentaient-ils de l'observer avec convoitise. Ils le cherchaient constamment, ne trouvant jamais le courage de lui parler, obnubilés par une seule question : que pouvait bien contenir ce fameux caddie ?

Virginia, qui, du haut de ses seize ans, partageait leur curiosité, avait inventé un jeu : une version revue et corrigée de la comptine *J'ai une maison pleine de fenêtres*. Le jeu s'appelait « J'ai un grand caddie rempli de… ». Il présentait un énorme avantage : on pouvait y jouer partout et n'importe quand. Dès que l'un d'eux proposait : « On joue à "J'ai un grand caddie rempli de…" ? », les autres hurlaient d'enthousiasme. Celui qui annonçait la chose la plus incroyable que pouvait contenir le caddie remportait la partie. Ils étaient capables d'y jouer pendant des heures.

Assis sur le muret délabré d'une petite maison tout aussi vétuste aux volets entrouverts, ils étaient justement en train de disputer une partie acharnée.

Après avoir proposé des « zépingles à zeveux », Margherita était en tête. En effet, les autres étaient restés admiratifs : ils n'avaient jamais pensé à ça.

Ce fut alors qu'Agata les rejoignit.

— Vous avez vu Dracula, le chat noir d'Elvira ?

— Moi, non, dit Tobia.

— Moi, non, dit Andrea.

— Moi, voui ! hurla Margherita.

Le visage d'Agata s'illumina.

— Où ça ?

— Ze l'ai vu hier dans la rue d'Elvila !

— Alors je crois que c'était avant qu'il disparaisse… OK, merci quand même.

Agata jeta un regard dubitatif à la maison délabrée.

— Vous pensez que la vieille Penelope me laisserait entrer pour chercher Dracula ?

Virginia et les enfants observèrent la bâtisse et restèrent silencieux durant quelques instants.

— Depuis quand elle n'est pas sortie ? finit par demander la baby-sitter.

— Neuf mille ans, répondit Tobia avec conviction.

Agata haussa les épaules.

— Je vais essayer.

— Nous aussi, on peut chercher Dracula ? l'interrogea Andrea.

— Bien sûr ! s'exclama Virginia. Ouvrez grand les yeux, tout le monde, on part en expédition.

Tobia, heureux à l'idée de cette nouvelle quête, s'élança en chantonnant la musique d'*Indiana Jones* :

— Tutututuuu… tututuuu…

Agata resta seule devant la vieille maison, avec son muret branlant et son petit jardin envahi de mauvaises herbes. Quand on a douze ans, les endroits déserts peuvent faire peur. Mais Agata, elle, savait qu'il n'y avait rien à craindre, si ce n'était la tristesse de la pauvre femme qui habitait ici. Et puis elle avait une mission à remplir, et rien ne l'arrêterait.

Elle toqua doucement et attendit.

Jusqu'à ce que la porte s'ouvre à peine et qu'apparaisse une tête aux cheveux blancs.

— Penelope, c'est Agata. Excusez-moi de vous déranger, je cherche le chat d'Elvira. Est-ce que je peux regarder dans votre jardin ? murmura la fillette.

La femme garda le silence durant un long moment.

Puis elle sourit tristement, hocha la tête et referma doucement la porte sans un mot.

Agata eut soudain envie de pleurer.

De leur côté, les dames du club de lecture ne parvenaient toujours pas à se remettre de leurs émotions. Découvrir que leur idole logeait à quelques mètres de chez elles les avait plongées dans un état de surexcitation et d'hyperactivité aussi inutile que désordonné.

Après être sorties précipitamment de la bibliothèque, elles s'étaient réfugiées dans le bar d'Anita, où elles s'étaient, sans se départir de leur dignité, frayé un passage au milieu des petits vieux du village, plongés dans une partie de cartes. Devant leurs verres de tonic ou de thé glacé à la pêche, elles avaient élaboré un plan : le lendemain, elles se rendraient à la Villa Edera et sonneraient jusqu'à ce que Priscilla Greenwood leur ouvre. Elles lui offriraient des mille-feuilles et des petits fours à la crème, puis s'installeraient dans le salon magnifiquement décoré et gagneraient ainsi son amitié. Elles lui proposeraient alors de participer à leur prochaine réunion du bookclub en tant qu'invitée d'honneur. À son arrivée, Priscilla Greenwood découvrirait tous ses livres joliment exposés sur une table. Profondément émue, elle les embrasserait chacune à leur tour, leur adressant des paroles d'admiration et de gratitude. Peut-être même pleurerait-elle.

Les dames du club ne voyaient aucun obstacle devant elles. Uniquement de vastes étendues de prés fleuris.

Si Priscilla avait ne fût-ce que vaguement imaginé ce qu'étaient en train de tramer six femmes chaussées de souliers à petits talons dans le minuscule bar du village, elle aurait certainement reconnu l'endroit malfamé dont elle se faisait une image si vivante quelques instants plus tôt. Mais, ne se doutant de rien, elle se dirigeait vers le bourg afin d'y dégoter de quoi dîner.

Perdue dans ses pensées, indécise quant au moyen de faire renaître sa créativité entachée et sa flamboyante héroïne, elle traversa la place, où elle manqua de rentrer dans un homme vêtu d'un manteau malgré la chaleur du mois de juin et poussant un caddie rempli de bric-à-brac.

Elle évita également de justesse l'intrépide Agata, qui frappait à toutes les portes en priant ses concitoyens d'ouvrir caves et garages pour vérifier si, par hasard, Dracula n'y était pas enfermé. Puis elle faillit heurter Agnese ; celle-ci rentrait chez elle, dépitée par l'échec de sa chasse au cahier de recettes.

Priscilla finit par entrer dans la seule épicerie qui semblait exister ici, une étrange petite boutique au nom ronflant d'*Empire des Délices*, surveillée par trois femmes aux cheveux gris vêtues de blouses fleuries quasiment identiques. Elles la dévisagèrent sans aucune pudeur, d'un air inquiétant.

Après un moment qui sembla durer une éternité, l'une d'elles se leva et prit place derrière le comptoir.

— Que puis-je vous servir ? demanda Claretta en examinant Priscilla d'un air réprobateur, des tresses aux baskets.

Celle-ci ne savait par où commencer. Comment s'y retrouver dans un magasin si petit, où les caisses de courgettes étaient disposées à côté des serviettes hygiéniques ? Elle se décida à attraper une bouteille de rhum rangée à côté d'une bouteille d'eau de Javel.

— Je voudrais quelque chose pour dîner, dit-elle enfin, sous l'œil inquisiteur de la vieille femme.

— D'accord, mais quoi ?

— Vous avez du saumon ?

— Non.

— Un avocat ? tenta-t-elle de nouveau.

— Un avocat ! Non mais franchement !

Priscilla soupira.

— Bon... Du jambon, au moins ?

— Ça, oui, déclara Claretta. Cru ou cuit ?

— Cuit. Deux tranches.

La femme commença à s'affairer.

— Sans conservateurs, précisa Priscilla.

— Je n'en ai qu'un, répondit Claretta. Je ne sais pas s'il contient des conservateurs. Vous le voulez ou pas ?

— Oui. Avec un peu de pain.

Puis elle se risqua à demander, juste pour voir :

— Vous en auriez, par hasard, avec de la farine de...

De l'autre côté du comptoir, le regard de Claretta se fit menaçant.

— Donnez-moi deux petits pains, conclut Priscilla. Ceux que vous avez.

— Vous voulez un peu de fromage ? lui proposa l'autre. À pâte molle. Et fait avec du lait de vaches normales, je vous préviens.

Priscilla jugea plus sage d'acquiescer en souriant et de se laisser distraire par les voix étonnamment surexcitées en provenance de l'extérieur.

Pourquoi les deux femmes s'agitaient-elles ainsi ? Elles faisaient une telle fête qu'on aurait dit que le pape en personne s'apprêtait à venir acheter des tomates pour préparer une ratatouille.

Entra alors un type brun avec des lunettes de soleil, suintant la virilité par tous les pores. Priscilla sentit soudain la cicatrice sous son sourcil la démanger. C'était incontestablement un mauvais, un très mauvais présage.

Là, entre l'hostile Claretta, qui s'était fendue d'un immense sourire à la vue du nouveau venu, un sac de noix et quelques flacons d'adoucissant, Priscilla eut la folle idée de le regarder dans les yeux tout en se grattant le sourcil droit.

Ce fut comme si quelqu'un, en elle, défaisait un nœud.

Mais quelle était donc cette sensation ?

De son côté, Cesare Burello voulait juste acheter quelques œufs et des cigares, si Claretta en vendait encore. Intercepté dès l'entrée par les deux autres commères, qui l'étreignirent et l'embrassèrent avec toute la dévotion qu'on réserve au fils prodigue de retour à la maison, il fit son entrée dans l'*Empire des Délices* déjà bien étourdi par ces manifestations d'affection. Il retira ses lunettes et attendit pendant quelques secondes que ses yeux s'habituent au contraste entre le soleil brûlant de juin et la pénombre rafraîchissante de la boutique.

Il souriait à Claretta, promenant son regard à la recherche des cigares, quand il aperçut la silhouette immobile de Priscilla, plantée entre les noix et les serviettes hygiéniques. Et il eut, lui aussi, la folle idée de la regarder dans les yeux.

Ce fut comme si une digue s'écroulait en lui.

Bizarre, se dit-il, sans toutefois accorder trop d'importance à la chose.

Selon une légende japonaise, un fil rouge relierait chaque être humain à la personne qui lui est destinée. Si les boucles que fait ce fil, les routes qui le conduisent d'une âme à l'autre semblent parfois dénuées de sens et désespérément emmêlées, rien ne peut le rompre : distance, années, vicissitudes et obstacles n'ont aucun pouvoir. En revanche, ce qui arrive souvent, c'est que les deux personnes indissolublement liées ne parviennent à accomplir leur destin. Ou que, distraites, elles ne se reconnaissent pas.

À vrai dire, ce n'était pas le cas de Priscilla, qui se demandait, avec une curiosité inquiète, qui donc lui rappelait cet homme.

Sans doute l'ai-je déjà vu. Et si c'était lors d'un de ces calamiteux rendez-vous organisés par ma mère ?

Se grattant toujours le sourcil, qui, à présent, était un peu froncé, elle l'observa attentivement : grand, brun, la peau mate, une barbe poivre et sel, des yeux sombres…

Comme elle attendait ses deux tranches de jambon et tandis que Cesare, de son côté, se demandait qui était cette espèce de Fifi Brindacier gothique, Priscilla réalisa avec un certain effarement qui il lui rappelait et d'où lui venait cette impression de le connaître. Elle avait très souvent vu un visage en tout point identique à celui-ci, il y avait bien longtemps de cela : celui de Roger MacMillan, le charmant chirurgien cardiaque de sa toute première série de romans à l'eau de rose.

De quel genre de sorcellerie s'agissait-il ? s'interrogea-t-elle, elle qui avait justement bâti son métier et sa vie sur les sorcelleries du hasard et les nœuds des intrigues.

Priscilla aurait dû savoir que le destin est le résultat miraculeux d'un nombre infini de coïncidences : se trouver au même moment dans le même village perdu et le même minuscule magasin, par exemple. Et encore, ça ne suffisait pas. Si Cesare n'avait pas écarté le rideau de lanières en plastique avec ce geste précis, à cet instant précis où le soleil se trouvait dans cette position précise ; si Priscilla, quant à elle, ne s'était pas trouvée pile devant la caisse, si elle n'avait pas tourné le visage vers la lumière… Si toutes ces infinitésimales coïncidences ne s'étaient pas produites, Cesare n'aurait pas vu le soleil enflammer les cheveux de Priscilla, la faisant ressembler à une créature surnaturelle. Et Priscilla n'aurait pas vu le sourire assuré de cet homme, lui-même nimbé de lumière, capable de regarder une femme comme si elle n'était pas moins qu'une merveille.

Là, dans cette étroite boutique, qui semblait tout à coup encore plus petite mais pour la première fois digne de son nom pompeux, leurs auriculaires reliés par un fil rouge traçant de délicates boucles sur le sol de linoléum, Priscilla Greenwood et Cesare Burello se regardèrent avec une curiosité méfiante.

Soudain, Claretta prit la parole :

— Le voilà ! Notre docteur est de retour à la maison !

— C'est pas possible ?! gémit tout haut Priscilla en posant ses courses sur le comptoir avec un bruit sourd.

10

De retour chez elle, Agnese trouva Elvira assise dans la position exacte où elle l'avait laissée ce matin-là : devant sa porte, prostrée sur son petit tabouret vert, les épaules encore plus basses et les mains encore plus immobiles. Quelque chose s'était vraiment brisé en elle.

Dracula était introuvable. Sa maîtresse l'avait appelé, encore et encore, l'avait cherché dans tout le village, mais aucune trace de lui. Et à présent, épuisée d'avoir tant marché, elle se tenait là, triste, espérant qu'il réapparaisse entre ses jambes, comme à son habitude. Pour tenter de se donner une contenance, elle avait posé sur ses genoux un saladier de haricots à équeuter. Mais ses mains, habituellement toujours en mouvement, étaient désormais inertes, abandonnées sur son tablier.

Agnese s'arrêta face à elle, de son côté de la barrière.

— Ne t'inquiète pas, on va le retrouver.

Elvira leva à peine les yeux, et sa voisine, avec une certaine stupeur, n'y vit pas le ressentiment auquel elle avait fini par s'accoutumer. Elvira devait être au comble du désespoir si elle avait aussi perdu l'envie de la détester.

— Je t'assure que c'est vrai. La petite Agata frappe à toutes les portes, tenta de la consoler Agnese. Je l'ai vue parler à Virginia et aux enfants. Je suis certaine qu'eux aussi vont se mettre à sa recherche. Tout comme moi. Tu verras, on va le retrouver.

Elvira leva la tête et prit une grande inspiration, comme si elle était sur le point de dire quelque chose. Mais elle s'interrompit brusquement, les yeux écarquillés.

En suivant son regard, Agnese vit passer sur la route une femme vêtue de noir, avec des tresses roussâtres plutôt mal faites ; elle disparut derrière le portail de la Villa Edera, engloutie par les arbres.

— Attends un peu, dit Elvira.

— Toi aussi, répondit Agnese.

Et toutes les deux se hâtèrent vers leur maison pour en ressortir quelques instants après, chacune avec un roman à la main. Sur la couverture de l'un figurait une blonde dans les bras d'un bel homme brun, sa chemise déchirée sur sa poitrine. Sur l'autre, la même femme blonde était au sommet d'une falaise et observait la mer, une main sur le front pour se protéger les yeux, ses cheveux ondulés et dorés ébouriffés par le vent. Au dos de chaque couverture était reproduit le même portrait : tresses mises à part, c'était celui de la femme qui venait d'entrer dans la Villa Edera.

— Tu l'as vue, toi aussi ? demanda Elvira.

C'étaient les premières paroles dénuées d'animosité qu'elle adressait à sa voisine depuis quarante-neuf ans.

— Incroyable ! murmura Agnese, stupéfaite autant de l'apparition de Priscilla Greenwood que du ton presque gentil d'Elvira.

S'ensuivit un moment d'incroyable silence durant lequel les deux femmes se jaugèrent. Puis Agnese décida que ça valait le coup d'essayer.

— Mais toi...

Elvira, frémissante, la fixait avec une certaine attente.

— Mais toi... reprit Agnese courageusement, tu préfères le comte Edgar ou le pirate ? termina-t-elle d'une traite.

Elvira gonfla la poitrine, et Agnese se mit à trembler. Voilà, pensa-t-elle. Elle l'avait dit. Maintenant, c'était quitte ou double.

— Le pirate, quelle question !

Les yeux d'Agnese se mirent à briller.

— Moi aussi ! Je ne comprends pas pourquoi Calliope fait toutes ces histoires : c'est évident que Jack Raven est l'homme qu'il lui faut !

Elvira approuva d'un air grave.

— Elle est folle, celle-là, conclut-elle catégoriquement.

Pour la première fois, elles étaient d'accord.

Le lendemain matin, de bonne heure, après une première nuit agitée, Priscilla s'assit sur la terrasse, devant son ordinateur ouvert sur une page blanche.

Calliope n'avait aucune intention de faire quoi que ce soit. Elle restait là, les bras croisés, cette femme facile et stupide. Sa créatrice était exaspérée : elle lui avait donné vie, l'avait nourrie, l'avait accompagnée dans les situations les plus extrêmes sous la conduite sûre de sa plume adroite, et voilà qu'à présent, cette garce refusait de collaborer. Quelle ingrate !

Priscilla avait passé la nuit à enchaîner des rêves tous plus étranges les uns que les autres. Dans le dernier, juste avant l'aube, une petite vieille, qui ressemblait de façon inquiétante à la femme terriblement revêche du magasin où elle avait fait ses courses, la poursuivait en essayant de la frapper avec un jambon sec, tandis que le docteur MacMillan, dans son coin, assistait à la scène en riant, sans lever le petit doigt pour lui venir en aide. Un ingrat, lui aussi. Quand Priscilla s'était réveillée pour la première fois dans son lit de la Villa Edera, elle avait ressenti cette étrange sensation d'attendre quelque chose.

Ainsi se retrouvait-elle à présent à observer pensivement Tigliobianco, en contrebas. Le village n'était pas exactement comme elle l'avait imaginé. Elle l'aurait cru plus bucolique, à vrai dire. Rempli de personnes affables qui chantonnaient en pédalant sur leur vélo. Elle n'était absolument pas préparée à devoir livrer bataille pour un avocat.

Elle était un peu sonnée. Sans doute à cause de son rêve. Ou alors elle couvait un virus ; elle se sentait d'ailleurs un peu fiévreuse. Fébrile, tout au moins. Quelque chose poussait en elle, comme une petite plante qui aurait réussi à se faufiler dans une fissure – laquelle ne pouvait en aucun cas être considérée comme une brèche apparue suite à un choc, délimitant la frontière entre un avant et un après. Non, Priscilla en était sûre : ce devait être la grippe.

Absorbée par son agacement et par cette étrange petite plante qu'elle sentait pousser contre son plexus solaire, elle n'était pas le moins du monde préparée à ce qui allait se produire.

Depuis leur position stratégique, Agnese et Elvira virent arriver une procession lugubre, armée d'une grosse boîte sur laquelle était écrit « Pâtisserie de Gianni ». Les six femmes qui composaient le groupe passèrent près d'elles d'un pas pressé, sans même leur accorder un regard, le visage rouge et le regard plein d'une folle excitation.

— Pauvre petite, murmura Agnese, compatissant avec la nouvelle venue.

— En effet, approuva Elvira.

Une minute plus tard, les six dames du club de lecture poussaient le portail noir de la Villa Edera.

— C'est ouvert ! exulta Irene. Allons-y !

À la queue leu leu, comme cinq canetons derrière leur maman cane, elles franchirent l'une après l'autre le portail avant de se diriger d'un pas décidé vers la villa. Leur rêve était sur le point de se réaliser, et le portail ouvert ne pouvait être que le signe d'un destin favorable. C'était évident.

Priscilla était toujours plongée dans ses pensées – ricochant de Calliope à Claretta, et de la petite plante qui poussait entre ses côtes à l'avocat – lorsqu'elle entendit la sonnette retentir. Malheureusement, elle eut la très mauvaise idée d'aller ouvrir.

Tout aussi matinales, comme à leur habitude, les trois commères inauguraient cette nouvelle journée à leur façon.

— Tu l'as vue, celle d'hier ? dit Evelina aux deux autres. Je parie que c'est elle qui a pris la Villa Edera. La romancière.

— Absolument ! répondit Rosamaria. Moi, je vous le dis : elle est étrange. Et encore, je tiens ma langue !

— Elle voulait Dieu sait quel jambon. Et du pain bizarre. On est de la campagne, nous, on n'est pas assez bien pour elle ! s'exclama Claretta.

— C'était évident que Ludovica louerait la maison à une femme comme ça. Fallait s'y attendre.

— Moi, je le savais. Depuis que Virginia nous a dit que c'était une romancière, je savais que ça finirait comme ça. Je vous l'avais dit. Vrai ou pas ? demanda Evelina.

— Oui, tu l'avais dit, confirma Rosamaria avec condescendance.

— Et maintenant, c'est à nous de devoir la supporter tout l'été, celle-là. Il lui manque qu'un anneau dans le nez. Avec son pain bizarre… Ah, mais moi, je ne me laisse pas marcher sur les pieds ! Si elle veut du pain, madame mangera celui qu'on a.

— Bien dit ! approuvèrent les deux autres en chœur.

— L'été prochain, on verra bien qui viendra à la Villa Edera. Qu'elle ne s'imagine pas pouvoir faire comme elle veut, Ludovica, juste parce que c'est sa maison.

— Quel culot !

— Quelle honte !

Les trois têtes grises dodelinèrent avec désapprobation.

— En plus, quand Cesare est entré, elle ne lui a même pas dit bonjour.

— C'est une malpolie. Lui, par contre, c'est vraiment un bel homme, vous ne trouvez pas ? Je crois bien que je vais lui présenter ma Paola, annonça Rosamaria d'un air décidé.

— Mais enfin ! Il la connaît depuis qu'elle porte des couches ! lui rappela Evelina, non sans une certaine satisfaction.

— Justement ! Peut-être qu'en la voyant maintenant, il comprendra qu'ils sont faits l'un pour l'autre, répliqua Rosamaria, qui ne se laissait pas décourager aussi facilement. Dans *Nous Deux*, ça se passe toujours comme ça.

— Hmm… murmura Claretta, sceptique. Je ne voudrais pas dire mais…

— Quoi ? s'exclamèrent les deux autres à l'unisson, tout en la fixant.

— Non, pour le moment, je préfère me taire. Mais j'y vois clair, moi. Vous verrez si j'y vois pas clair !

Les deux autres la regardèrent avec animosité. Claretta faisait toujours ça quand quelque chose de grave était sur le point de se produire.

Au même moment, le docteur Cesare Burello traversait la place, cet homme que Rosamaria – nourrie par les mille histoires lues dans *Nous Deux* – avait décidé de présenter à sa Paola. Une femme qu'il connaissait pourtant depuis son enfance et à laquelle, pour tout dire, il n'avait jamais consacré une seule pensée.

Bien décidé à savourer son cigare avec un café au bar d'Anita et peut-être, un peu plus tard, un verre de vin blanc bien frais, il était en train de passer devant sa voiture impudemment garée de travers quand il remarqua quelque chose coincé sous l'un des essuie-glaces.

Une amende, à Tigliobianco ? se dit-il, stupéfait. On en était donc là ? Il dégagea le petit morceau de papier, l'air agacé, et découvrit qu'il ne s'agissait pas d'une contravention.

C'était une feuille de couleur ivoire sur laquelle avaient été élégamment écrits par une main féminine les mots suivants :

Ta virilité m'embrase comme une torche de féminité.

Cesare regarda attentivement autour de lui. Ne pouvait-il donc jamais être tranquille ? Mais qu'est-ce qu'il leur faisait à toutes ?

Lui revint alors en mémoire la fille en noir et aux tresses rousses, la Fifi Brindacier version gothique qu'il avait croisée la veille dans le magasin de Claretta. Pourquoi avait-il l'impression de la connaître depuis longtemps s'il était certain de ne l'avoir jamais vue de sa vie ? Et pourquoi l'avait-elle regardé de travers en posant bruyamment son sac de courses sur le comptoir ? Comment était-ce possible alors que toutes les autres le regardaient gentiment ?

Autant de questions que le docteur Burello, cet élégant Casanova, ne prenait pas à la légère. Et si cette femme était la réincarnation de toutes celles qu'il avait connues par le passé et qui, désormais, le détestaient – à juste titre, il fallait bien l'avouer ? Était-ce possible qu'elles se soient toutes réunies pour n'en faire qu'une ? Ce n'était pas à exclure.

À bien y réfléchir, la question la plus importante était : pourquoi cette femme l'intéressait-elle ? Qu'avait-elle donc de spécial et d'où venait cette impression qu'on lui avait jeté un verre d'eau froide dans le dos ? C'était la première fois de sa florissante carrière de séducteur qu'une chose pareille lui arrivait. Sur l'instant, il n'y avait pas prêté attention. Mais, ensuite, cette sensation ne l'avait plus quitté. Cette fille lui donnait envie d'entrouvrir doucement la porte derrière laquelle elle avait caché quelque chose pour découvrir de quoi il s'agissait. Dommage qu'elle se fût enfuie si vite, le laissant le bec dans l'eau. Il fallait qu'il la retrouve.

Distrait par cette pensée inhabituelle pour lui, Cesare fourra dans sa poche le papier couleur ivoire et l'oublia aussitôt.

Ce que découvrit Priscilla lorsqu'elle ouvrit naïvement la grande porte de la Villa Edera dépassait son imagination – même celle d'avant, lorsqu'elle était encore capable de faire preuve de créativité. Six femmes tout sourire, vêtues de couleurs criardes, en sueur d'avoir trop marché, avec une grande boîte de pâtisseries dans les mains et des yeux possédés. Lorsque Priscilla les vit, un seul mot lui vint à l'esprit : Salem.

Mais il était déjà trop tard.

Elle ne saurait jamais comment cela s'était produit, quelles forces obscures étaient intervenues mais, cinq minutes plus tard, elle était assise dans son salon sous les regards terrifiants de ces six femmes en adoration devant elle. Dans une explosion de crème, de fruits et de chantilly, les gâteaux de la pâtisserie de Gianni se répandirent sur la table, dans toute leur splendeur sucrée.

Priscilla aurait dû leur proposer du café, ou du thé, dans un élégant service. Peut-être même aurait-il fallu qu'elle l'agrémente de rhum afin de se remettre de sa surprise. Mais elle s'en garda bien. Elle n'avait obtenu qu'une seule bouteille d'alcool dans le magasin de la vieille grincheuse et elle avait bien l'intention de la siroter toute seule, par petites gorgées, la nuit, tandis qu'elle chercherait le courage de se débarrasser de Calliope. Et si elle la saoulait avant de l'entraîner sur un étroit sentier grimpant le long d'une montagne rocailleuse surplombant une dangereuse cascade ?

Après avoir provoqué un véritable raz-de-marée de voix aiguës et énamourées, ces femmes étaient à présent toutes les six installées en cercle devant elle, immobiles et silencieuses.

— À quoi dois-je le plaisir de votre visite, mesdames ? demanda Priscilla, assise sur le canapé, les jambes croisées.

— Oooooh ! couina Lovisa.

Priscilla sursauta.

— Lovisa, contiens-toi ! dit froidement Irene. Madame Greenwood, vous n'avez pas idée de combien nous sommes ravies de vous avoir ici, à Tigliobianco.

— Ravies ! se mit à hurler Lovisa.

L'autre la foudroya du regard.

— Excusez-la, madame Greenwood. Elle est bouleversée.

Incrédule, Priscilla les observa l'une après l'autre.

— Nous pensions que vous étiez américaine. Sur vos livres, il est indiqué que vous vivez dans un ranch.

— Oui, eh bien…

— Et pourtant, vous êtes là ! Avec nous ! se réjouit Lovisa. Mais… comment dire… nous vous imaginions différente… du genre, euh…

Elle ne put terminer sa phrase, fixant la tenue de Priscilla : une paire de leggings arrivant à mi-mollet, un tee-shirt noir légèrement informe, les cheveux attachés n'importe comment.

Priscilla poussa un gros, très gros soupir.

— Vous savez, nous avons lu tous vos livres ! s'exclama Eleonora pour tenter d'arranger les choses.

Lovisa ne savait jamais comment s'y prendre, et Irene devait toujours rattraper le coup.

— Nous savons tout de Calliope ! reprit Eleonora. Ainsi que de ses soupirants. Le comte Edgar Allan, le pirate Jack Raven… Personnellement, je serais incapable de choisir. Exactement comme Calliope !

— Nous sommes folles de vos livres ! enchaîna Marisa. Dès qu'ils sortent, nous nous précipitons pour les acheter. Oh, s'il vous plaît ! Dites-nous qui va épouser Calliope !

— Si je peux donner mon avis sur cette affaire… commença Irene d'un ton professionnel.

Mais Priscilla retrouva l'usage de la parole :

— Non, vous ne pouvez pas.

Et pourquoi pas, après tout ? L'espace d'un instant, l'idée que les lectrices décident pour elle lui traversa l'esprit.

Irene se tut, interdite, et se tourna vers Laura pour trouver son soutien, mais la pauvre femme était inerte comme une pierre, le regard aussi fixe que vide.

Qu'est-ce qu'elle avait, celle-là, encore ? Elle avait toujours été un peu bizarre, mais depuis quelques jours, ça n'avait fait qu'empirer.

— Pardon ? demanda-t-elle, visiblement perdue.

Priscilla en profita pour ajouter :

— Merci beaucoup, mesdames. Mais vous n'êtes pas venues ici pour me conseiller sur la façon de mener les intrigues de mes romans, n'est-ce pas ? Parce que j'ai un plan précis, défini depuis longtemps, mentit-elle sans hésitation.

— Oh ! Et que prévoit-il ? l'interrogea Marisa, les mains jointes.

Mais Irene fut plus rapide.

— Nous aimerions que vous participiez en tant qu'invitée d'honneur à la prochaine session de notre club de lecture. Qu'en dites-vous, vous ne trouvez pas ça merveilleux ? gazouilla-t-elle non sans une certaine morgue, tout en se tournant de nouveau vers Laura afin qu'elle lui prête enfin main-forte.

Mais rien. Laura semblait ahurie. Justement aujourd'hui, alors qu'elles avaient une mission à accomplir !

Priscilla ferma les yeux durant un long moment. Et c'était parti ! Après s'être enfuie à la hâte de chez elle pour trouver un havre de paix qui pourrait l'inspirer, voilà qu'elle se retrouvait, brusquement et sans aucun préavis, entourée de femmes bruyantes qui lui proposaient de passer un après-midi à parler de Calliope du Topaze et de ses éternels prétendants entre deux verres de limonade et quelques biscuits. C'en était trop. Comment faire pour se montrer polie sans leur laisser pour autant le moindre espoir ? Comment paraître à la fois honorée et inflexible ? Priscilla Verdebosco, alias Priscilla Greenwood, cette autrice capable de trouver les mots pour que des millions de femmes tombent amoureuses de personnages chimériques, fut prise de court et ne parvint qu'à répondre un catégorique :

— Non.

Même pas un « je vais y réfléchir » ou un « je ne sais pas si c'est le bon moment pour moi ». Ce qui sortit de sa bouche fut un simple « non ».

Les six femmes restèrent immobiles, un biscuit à la main pour certaines, la bouche pleine pour d'autres.

Irene, en sa qualité de présidente, sentit qu'il était de son devoir d'être la première à se reprendre.

— Excusez-moi ? dit-elle, avec le vain espoir d'avoir mal compris.

Bien qu'il fût difficile de se méprendre sur un « non », tout était encore possible, et elle ne comptait pas laisser passer sa chance.

Mais Priscilla était plongée dans ses pensées : comment se faisait-il qu'elle ne réalise que maintenant combien il était merveilleusement facile de dire « non » plutôt que de se lancer dans des explications abracadabrantes pour atteindre exactement le même but ? Et, chose tout aussi importante, pourquoi le seul fait de prononcer ce mot magique lui procurait-il autant de plaisir ?

Voilà qu'à cet instant précis, devant ces six femmes qui l'observaient, stupéfaites, elle fit l'expérience unique d'une double révélation : si elle s'était sentie aussi libre de dire « non », pourquoi cette pauvre Calliope du Topaze ne pouvait-elle pas en faire autant ? Après des années de tourments, cette blondinette à moitié nue pouvait-elle enfin sortir Priscilla de l'embarras ? Parvenue au huitième tome, pouvait-elle faire un cadeau à sa créatrice en abandonnant ce ridicule triangle amoureux ? Comment se faisait-il qu'à aucun moment au cours de ces derniers mois éprouvants ne lui soit venue à l'esprit cette idée aussi simple que brillante de faire dire « non » à Calliope, ne serait-ce que parce que ses prétendants l'ennuyaient profondément ?

Priscilla toisa la brochette de femmes alignée devant elle et sourit.

— Mesdames, si vous vouliez bien être assez aimables pour me laisser seule, j'ai un roman à écrire.

Et, sur ces paroles, elle se leva.

Elle venait de sortir d'une impasse dans laquelle elle était coincée depuis des mois, et un frisson d'excitation la parcourut.

11

Tandis qu'elle marchait en direction du village en faisant claquer ses talons avec la même détermination qu'Hitler lors de l'invasion de la Pologne, Irene fomentait les détails de sa vengeance envers la romancière qu'elle appréciait encore quelques heures plus tôt.

Elle allait faire disparaître de la circulation tous les exemplaires des romans de cette scribouilleuse. Pratiquer la tactique de la terre brûlée à Tigliobianco constituait un acte de représailles particulièrement sophistiqué à ses yeux. Rien ne pouvait être pire.

— Où va-t-on ? se risqua à demander Eleonora.

— Chez Ernesto.

Les cinq femmes qui marchaient à sa suite échangèrent un bref mais éloquent coup d'œil. Irene avait quelque chose en tête. Fallait-il l'écouter ? C'était un dilemme auquel elles avaient souvent été confrontées et qu'elles avaient tout aussi souvent résolu sans tarder : la suivre jusqu'à la défaite.

Dès qu'elles disparurent au détour d'un virage, Agata se matérialisa devant Agnese et Elvira. Elle était équipée d'une carte de Tigliobianco téléchargée sur Google Maps, d'un bloc-notes et d'un bout de crayon coincé dans l'élastique de sa couette droite parce qu'il n'arrêtait pas de tomber si elle le mettait derrière son oreille.

— Qu'est-ce qui leur est arrivé, à ces six-là ? demanda-t-elle aux deux vieilles, qui étaient encore en train de les suivre du regard.

— Elles ont importuné la romancière qui a emménagé à la Villa Edera et qui les a chassées comme elles le méritaient, répondit Elvira, qui avait le don précieux de la synthèse.

— Voilà, ajouta Agnese pour ne pas être en reste.

Elle semblait être parvenue à mettre un terme à la guerre qui l'opposait à sa voisine depuis cinquante ans et ne voulait pas laisser échapper l'occasion de lui manifester son accord.

Agata reçut l'information avec une bonne dose d'indifférence.

— Elvira, je suis juste venue te dire que je quadrille tout Tigliobianco et que, pour le moment, je n'ai pas encore trouvé Dracula, mais je n'abandonne pas.

Elvira sentit son cœur se serrer. Son Dracula…

— Je suis aussi passée chez Penelope, continua Agata. Il ne me reste plus que la Villa Edera, mais ce n'est sans doute pas le bon moment d'aller sonner à la porte…

— Non, en effet, murmura Agnese. Et puis que ferait le chat là-bas ?

— Il doit bien être quelque part, non ? s'exclama la détective. Eh bien, moi, je le trouverai !

Tandis que ses six nouvelles ennemies se dirigeaient vers la papeterie d'Ernesto pour tenter d'arriver avant la fermeture, Priscilla, pleine d'ardeur, s'assit devant son ordinateur. Elle avait enfin résolu son dilemme, l'écueil insurmontable qui la bloquait depuis des mois. Elle éprouvait même quelque chose qui ressemblait à de la gratitude pour ces drôles de lectrices. Non qu'elle envisageât de donner suite à ce sentiment insensé en se rendant à une réunion du club de lecture – ça, jamais – mais peut-être, si elle se sentait le cœur généreux avant de partir, ferait-elle don d'un exemplaire dédicacé de *La passion ne meurt jamais* à la bibliothèque du village, à condition qu'il y en eût une.

Mais, pour le moment, elle avait du travail. Calliope était sur le point de ressusciter, et elle allait sortir du brouillard dans toute sa splendeur.

À l'instant précis où Priscilla avait prononcé le « non » fatidique, elle avait pris la décision d'offrir à son héroïne le même instant de liberté sauvage. Elle l'avait conçue, l'avait accompagnée durant des milliers de pages, entre drames et passions, elle l'avait poussée dans des pièges et sauvée *in extremis* des douzaines de fois, elle l'avait ballottée d'un homme à un autre pendant des années. Mais, dans son engouement à user jusqu'à la corde le triangle amoureux Candy-Fersen-Albator, il y avait une chose qu'elle n'avait encore jamais expérimentée : créer pour l'indécise Calliope celui qui incarnerait à la fois l'esprit d'aventure du pirate Jack Raven et l'élégance du comte Edgar Allan.

Mais l'heure était venue. Elle allait le doter d'une large culture générale et, pourquoi pas aussi, d'une bonne dose d'humour espiègle. En résumé, elle allait offrir un Rhett Butler à Calliope. Et face à Rhett Butler, personne n'avait aucune chance.

Ses doigts la démangeaient, pressés de donner naissance à l'homme parfait, celui qui ferait oublier l'éternelle bataille que se livraient les deux bellâtres. En définitive, elle permettrait à Calliope d'opposer un « non » catégorique à ses deux soupirants de toujours et l'enverrait à La Nouvelle-Orléans avec son nouvel amant : grand, brun, avec une petite moustache. Elle allait mettre un terme à cette maudite série et pourrait enfin passer au roman noir en utilisant un nouveau nom de plume. Prissy Chandler, par exemple.

Toute à sa joie de retrouver la créativité débordante qui lui avait fait défaut, elle ne remarqua pas que l'homme idéal qu'elle venait de créer était de nouveau le portrait craché du docteur Cesare Burello.

À Tigliobianco, il n'y avait pas de véritable librairie, mais on trouvait dans la boutique d'Ernesto tout ce qui touchait de près ou de loin au papier, des agrafes de bureau à une quantité non négligeable de romans divers et variés.

Le propriétaire était justement en train de baisser le rideau de fer, prêt à rentrer chez lui, où sa femme l'attendait avec un plat de pâtes au pesto, quand un soulier à talon de couleur saumon se glissa dans l'interstice.

Ernesto se figea : il connaissait bien ce pied. Ne pouvant le trancher net pour d'évidentes raisons, il fut obligé d'interrompre son geste.

— Irene, je suis en train de fermer. Fais-moi plaisir, reviens plus tard, dit-il, dans une vaine tentative.

— Hors de question ! obtint-il pour toute réponse.

Ainsi finit-il par céder. Inutile de résister, cela ne ferait que prolonger l'agonie. Il remonta donc le rideau.

— Seigneur, mais vous êtes toutes là ?! s'exclama-t-il, horrifié.

— Si tu collabores, ça ne prendra qu'une minute, annonça Irene, dans une parfaite bien qu'involontaire imitation d'un mafioso italo-américain de Brooklyn.

Ernesto envisagea – et ce n'était pas la première fois – la possibilité de tout laisser en plan et de déménager au Brésil afin d'y tenir un camion-pizza.

— Tu connais cette scribouillarde à deux sous de Priscilla Greenwood ? commença Irene.

— Mais ce n'était pas votre idole ? fit observer Ernesto, stupéfait. « La meilleure romancière de tous les temps », qui ferait passer Jane Austen pour une tocarde ?

Irene le foudroya du regard.

— Eh bien, maintenant, on la déteste, expliqua Marisa, qui avait le don d'aller droit au but.

— Je vois. Et donc ?

— Et donc nous sommes venues te dire que tu dois arrêter de vendre ses livres.

Ernesto éclata d'un rire aussi enjoué qu'incrédule.

— Vous plaisantez ? Vous souhaiteriez que je renvoie tous les romans de Priscilla Greenwood, qui, soit dit en passant, se vendent comme des petits pains, sous prétexte que, depuis ce matin, vous avez décidé de la détester ?

Indignée au plus haut point, Irene écarquilla ses yeux menaçants. Comment osait-il ? Les cinq femmes qui se tenaient derrière elle retinrent leur souffle.

— Ernesto, commença-t-elle avec la voix calme qu'Osvaldo, son mari, craignait depuis déjà longtemps. Tu n'as pas l'intention de garder ses livres dans ta boutique contre notre volonté, n'est-ce pas ?

— Tu veux parier ? s'exclama-t-il dans un élan de courage incroyable, conféré autant par l'aspect comique de la situation que par la perspective des pâtes au pesto qui l'attendaient.

— Je suis certaine que nous allons trouver un compromis, poursuivit Irene, qui, à dire vrai, n'avait pas envisagé une éventualité aussi improbable. Comment pouvons-nous te convaincre ?

— Mesdames, il n'y a qu'une seule façon pour qu'il ne reste plus aucun roman de Priscilla Greenwood dans ma librairie.

— Laquelle ? demanda rageusement Irene, visiblement prête à toutes les bassesses.

— Les acheter, déclara Ernesto en souriant, convaincu de l'absurdité de sa proposition.

Au comble de l'indignation, Irene ne saisit ni l'ironie ni l'aberration – et encore moins l'humour – du libraire.

D'un geste arrogant, elle dégaina sa carte de crédit.

— Eh bien, mets-les-moi dans un sac.

Ernesto, incrédule et craignant qu'elle ne change d'avis, se dépêcha d'obéir.

12

Tandis que Tommaso consacrait sa journée à disputer une partie de *Kingdom Hearts*, qui allait, à n'en pas douter, marquer un tournant dans sa vie de jeune geek, Virginia retrouvait Margherita et les jumeaux.

— Ze zuis tellement cotente ! hurla la plus jeune en lui embrassant les genoux.

— Moi aussi, répondit la baby-sitter. Qu'est-ce que vous voulez faire ? Une partie d'échecs, ça vous dit ?

Les enfants adoraient les échecs. Les règles étaient simples : tout était permis, il fallait simplement reproduire les bruits de guerre, y compris les hurlements déchirants des pièces sacrifiées. Un roi vainqueur était couronné à chaque partie ; parfois, la reine s'enfuyait avec le roi adverse, déclenchant un scandale dans le camp de celui-ci. Dès lors, le souverain trompé commençait à la traquer impitoyablement, généralement avec l'aide de la reine adverse, qui s'alliait avec ses ennemis. Au cours de ces parties épiques, Virginia abreuvait les enfants de récits mythologiques, si bien qu'ils étaient devenus incollables au sujet du cheval de Troie et des amours clandestines de Zeus.

Une fois la partie commencée, peu de choses étaient à même de distraire les quatre joueurs. À l'exception de l'agitation provoquée par un aréopage devant le bar d'Anita.

— Qu'est-ce qui se passe ? demanda Tobia en quittant des yeux le corps sans vie d'un pion.

Il venait juste d'abattre un cheval gravement blessé pour lui éviter de souffrir.

Virginia, Andrea et Margherita suivirent son regard. Anita sortit de son bar avec un verre d'eau fraîche, tout en parlant avec animation au téléphone. Les autres étaient agglutinés, observant quelque chose à terre.

— J'en sais rien, répondit Virginia.

— Allons voir ! hurla le garçon en se mettant à courir, aussitôt suivi des trois autres.

Vladimiro, immobile, était étendu sur le sol.

— L'ambulance arrive ! s'exclama Anita pour tranquilliser tout le monde.

— Oui, enfin, elle sera là dans une vingtaine de minutes, objecta Evelina sans qu'on pût lui donner tort, tandis que Rosamaria et Claretta fustigeaient le manque d'efficacité des secours.

Elles avaient abandonné leur poste dès qu'elles avaient vu l'homme s'effondrer, et personne ne les aurait fait bouger de là.

— Appelons Ettore, suggéra Agata, qui s'était jointe au groupe, équipée de son inséparable bloc-notes.

Ettore était son éternel héros. Sans compter qu'il était aussi médecin.

— Il est pédiatre, tint à préciser Claretta.

(Elle le consultait malgré tout deux fois par semaine.)

— Et alors ? s'offusqua Agata, qui n'admettait pas qu'on s'immisce entre elle et celui qu'elle admirait passionnément. Il s'y connaît toujours plus que vous en médecine !

— Très bien, appelons Ettore, annonça Anita.

Et elle passa un nouveau coup de fil.

— Vladimiro, Vladimiro, réveille-toi, murmura Virginia, accroupie près de lui. Que s'est-il passé ? ajouta-t-elle à l'intention du groupe.

— Qu'est-ce qui s'est passé, d'après toi ? répliqua Rosamaria. Il se promène avec son manteau par cette chaleur, pas étonnant qu'il s'évanouisse !

Le chien de Vladimiro s'était échappé du caddie et avait trouvé refuge sous une table, contre un mur.

— Attends, Vladimiro, je vais te retirer ton manteau, d'accord ? reprit Virginia en essayant de manipuler le corps du pauvre homme, sans grand résultat.

Aussitôt, le petit groupe de joueurs de belote se joignit à elle, et Vladimiro fut enfin libéré.

— Voilà Ettore ! s'exclama Agata avec une joie certaine malgré la situation tragique – l'inquiétude, c'est bien, mais l'amour reste l'amour.

Accompagné de Cesare, le pédiatre se fraya un passage.

— Laissez-moi regarder, dit-il avec l'assurance que lui conférait sa blouse blanche.

Agata joignit les mains, admirative.

— Ce n'est rien, il se réveille. Laissez-le un peu respirer, voyons ! Vladimiro, tu m'entends ? Allez, tu vas boire un peu d'eau, lui dit-il en approchant le verre des lèvres du malade.

Margherita tendit sa petite main et tâta d'un geste ferme la joue de Vladimiro.

— Za va mieux, maintenant ?

— Oui, il est réveillé, répondit Virginia. Ne t'inquiète pas.

— On a appelé une ambulance, dit Anita à Ettore.

— Vous avez bien fait. C'est sûrement un coup de chaud, mais un petit séjour à l'hôpital ne lui fera pas de mal. Une analyse de sang, deux ou trois repas corrects…

— On l'a toujours bien soigné et nourri, notre Vladimiro ! protesta Anita.

Il était le seul sans-abri du village, raison de plus pour bien le traiter.

— Je sais, je sais… mais ça lui fera quand même du bien, se défendit Ettore.

— Évidemment que ça lui fera du bien ! intervint Agata, toujours prête à prendre parti pour l'amour de sa vie, qui la gratifia d'un sourire en retour.

— Portons-le à l'intérieur pour qu'il puisse s'asseoir en attendant l'ambulance.

Vladimiro fut remis délicatement sur pied et installé au bar, où on lui servit un verre d'eau citronnée et sucrée.

— Tu veux un sandwich ?

— Un croissant ?

— Du pain et du saucisson ?

— Ça te dirait, une part de pizza ?

— Ou une pomme ?

— Un petit verre de grappa ?

— Et si on faisait une belote ?

Tout le village commença à affluer dans le bar, à l'exception du chien de Vladimiro, qui était toujours blotti sous la table.

— Ton chien veut un peu d'eau ?

— Du jambon blanc ?

— Un reste de lasagnes ?

— Un collier antipuce ?

Deux petites silhouettes, à l'air un peu louche, étaient restées dehors. Deux enfants de six ans, en short et tee-shirt dinosaures, qui se tenaient à quelques mètres de l'objet de leur convoitise, laissé sans surveillance : le caddie de Vladimiro.

Incrédules devant une chance si providentielle, Tobia et Andrea s'approchèrent en douce, les yeux écarquillés. Ils étaient sur le point d'explorer un véritable trésor. Leur émotion était si grande qu'ils en avaient la bouche sèche, mais leurs mains tremblaient d'excitation. Ils se précipitèrent sur le caddie à la vitesse de l'éclair. Mais à peine avaient-ils commencé à fouiller qu'une sirène retentit au loin.

— Cachons-le, vite ! souffla Tobia.

Et aussitôt, ils se volatilisèrent dans la première ruelle venue avec le caddie magique lancé à plein régime, hors de la vue de tous. De tous sauf Cesare, que cette scène avait beaucoup amusé.

Lorsque Claretta sortit pour accueillir l'ambulance d'un « Déjà là ? Bah tiens ! Voyez-vous ça ! », les jumeaux et leur butin étaient bien loin.

Vladimiro parti, conscient mais sonné, et le calme revenu, Virginia se rendit compte qu'elle tenait Margherita par la main mais que les jumeaux avaient disparu. Sans trop s'inquiéter, elle regarda autour d'elle d'un air pensif. Il ne lui fallut qu'un instant pour comprendre : si les jumeaux et le caddie de Vladimiro n'étaient plus là, c'était que tous devaient être au même endroit.

« Six ans et déjà des crapules… » songea-t-elle, non sans une pointe d'admiration.

— Viens, Margherita. Allons chercher tes frères.

Et elle se dirigea d'un pas assuré vers le terrain de foot, où elle était certaine de les trouver.

Cet après-midi-là, Priscilla se promenait sans but précis le long des ruelles étroites. Il y avait un va-et-vient incroyable pour un si petit village, et tous semblaient très affairés. Puis elle aperçut l'ambulance stationnée sur la place.

Tandis que les gens étaient plongés dans la vie réelle, Priscilla, elle, faisait le tri dans ses idées, en attendant de trouver la bonne, tel un cadeau, une offrande. Perdue dans ses pensées, elle regardait distraitement l'ambulance emmener le type au caddie et la petite foule agglutinée devant le bar. Quand, soudain, elle le vit. Immobile au milieu de l'agitation. Le sosie de Roger MacMillan, sorti comme par magie de l'un de ses romans. Un homme dangereux. Très dangereux.

De dos, légèrement penché en avant, il semblait chercher quelque chose sur le sol. Bien qu'elle eût senti le danger comme un chien de la brigade des stup' devant un sachet d'héroïne, elle s'arrêta pour l'observer. Qu'est-ce qui pouvait bien avoir attiré l'attention de cet homme bronzé sur le bas-côté d'une route de Tigliobianco ? Roger MacMillan, à sa place, serait vraisemblablement en train de sauver un bébé abandonné. À coup sûr, même.

Au milieu de la confusion générale, elle fit quelques pas dans sa direction pour tenter d'en savoir plus. Le chien aux oreilles pendantes qu'elle avait vu dans le caddie du type qui avait fait un malaise ! Il avait trouvé refuge sous une table, et l'homme avait l'air de lui parler.

Il est étonnant de voir combien d'actions extraordinaires sont faites de petits gestes. Des gestes qu'on perçoit à peine. Voici ceux qui furent accomplis à cet instant précis : Priscilla s'approcha de l'homme comme si elle était aimantée. Celui-ci tendit la main et caressa la tête du chien en lui murmurant quelques mots. Ce fut alors qu'elle le vit. Elle ne se contenta pas de regarder le geste ; non, elle le *vit.* Elle vit un homme qui avait remarqué un chien apeuré et désorienté, qui s'était arrêté près de lui et qui avait décidé de consacrer quelques secondes de son existence à lui faire savoir qu'il n'était pas seul. Qui pouvait bien être cet homme qui prenait le temps de rassurer le chien d'un sans-abri ? Certes, il ne sauvait pas des enfants d'une école en feu, comme Roger MacMillan, et pourtant, il y avait tant d'humanité dans ce geste en apparence anodin – une caresse et quelques mots glissés à l'oreille – que Priscilla en fut littéralement charmée.

Dès l'instant où la petite fille tapie en elle se mit à regarder, les tissus de son cœur commencèrent à cicatriser à l'endroit où une aiguille avait été plantée, et un timide bourgeon fit son apparition dans la fissure délimitant la frontière entre l'avant et l'après.

Et dire que son frère soutenait qu'il ne se passait jamais rien à Tigliobianco ! Cesare n'était là que depuis deux jours, mais il avait déjà assisté à un évanouissement, à un vol de caddie, et avait reçu une lettre d'amour. Sans parler de cette femme tout droit sortie d'un roman victorien qui était en train de l'observer, immobile, ni trop près ni trop loin, et qui semblait avoir vu un fantôme. C'était la Fifi gothique qu'il avait aperçue dans le magasin de Claretta, celle qui avait posé un peu trop bruyamment ses courses sur le comptoir. Elle n'avait plus ses tresses, mais c'était bien elle.

Cesare la regarda à son tour et se dirigea vers elle. Lentement. Très lentement pour qu'elle ne s'échappe pas. Les créatures dans son genre ont tendance à se réfugier dans des endroits invisibles dès qu'elles ont peur. Mieux valait faire doucement. Mais Priscilla écarquilla les yeux avant de tourner les talons et de s'enfuir à toutes jambes.

— On peut savoir qui c'est, celle-là ? demanda Cesare sans s'adresser à personne en particulier, tout en étant certain d'être entendu par le trio des commères.

— C'est la romancière qui loge à la Villa Edera, répondit Rosamaria. Elle voulait du jambon sans conservateurs, tu te rends compte !

— Au moins, elle ne manque pas d'audace, observa Cesare.

— Mais je ne lui en ai pas donné, intervint Claretta.

— Et donc, personne ne sait rien d'elle ?

— Non, tu vois le genre.

— Pas même son nom ?

— Ah, ça, si ! Priscilla Verdebosco, l'informa Evelina. Mais elle utilise aussi un faux nom, ajouta-t-elle d'un air de conspiratrice. Amanda est au courant de tout.

Aussitôt, Cesare se programma une visite à la bibliothèque.

13

Tobia et Andrea n'en croyaient pas leurs yeux. Cachés derrière les arbres qui entouraient le terrain de foot, ils s'étaient mis à fouiller le caddie. Et ce qu'ils y avaient trouvé jusqu'à présent était tout simplement extraordinaire : une radio qu'ils n'étaient pas parvenus à faire fonctionner mais que Vladimiro devait probablement utiliser pour communiquer avec les extraterrestres, un vieux pot de chambre ébréché qu'Andrea posa aussitôt sur sa tête, une statuette en forme de cheval qui changeait de couleur selon la météo, une cafetière, une fleur en plastique, un vieux pot d'un kilo de yaourt aux fruits des bois rempli de vis et de boulons, une écharpe en laine, un exemplaire du *Corriere della Sera* datant de 1988, un plaid et une paire de chaussures pointure 23.

Tandis qu'ils tentaient, sans grand succès, de dévisser la cafetière, Virginia et Margherita les trouvèrent enfin.

— Je le savais que vous y étiez pour quelque chose !

Accroupis sur le sol, les garçons sursautèrent et levèrent brusquement leurs petites têtes blondes. Virginia, bien droite, les dominait du haut de son mètre soixante-cinq.

— Alors ? s'exclama-t-elle.

— Alols ? répéta leur petite sœur avec un air indigné, essayant de se tenir, elle aussi, bien droite du haut de ses quatre-vingt-douze centimètres.

Les jumeaux se regardèrent, semblant chercher une histoire plausible à raconter. Mais ce n'était pas simple, même pour eux qui étaient pourtant passés maîtres dans l'art d'inventer des excuses.

— On peut savoir ce que vous avez trouvé ?

— Oui, on peut zavoir ?

Les garçons passèrent de l'embarras à la joie pure en un dixième de seconde.

— Regardez ! s'exclamèrent-ils en chœur en montrant les trésors qu'ils avaient soigneusement alignés sur l'herbe.

Virginia et Margherita s'assirent près d'eux tandis que Tobia sortait un nouvel objet du caddie.

— Oh ! s'exclama la baby-sitter. Un exemplaire de *Ne tirez pas sur l'oiseau moqueur* ! Je dois justement le lire pendant les vacances. Je suis sûre que Vladimiro me le prêterait volontiers.

Elle prit le livre des mains du garçon et poursuivit :

— Qu'est-ce qu'il y a d'autre ?

Les enfants sortirent, dans l'ordre : une toupie en bois, une poêle rouillée, une boîte de six œufs vide, un béret de chasseur alpin et deux autres petits livres.

Virginia s'en empara.

— Voyons voir : *Guide pratique des ovnis.* Super ! Ça, ça pourrait vous plaire. Et l'autre… Il n'y a pas de titre. D'ailleurs, ce n'est pas un livre mais un cahier.

Elle tourna la première page du simple carnet ligné semblant avoir bien vécu. Sur la couverture noire était inscrit en lettres soigneusement dessinées le nom de la propriétaire : Luisa Bottini. À l'intérieur figuraient des listes d'ingrédients et des indications pour préparer du gâteau de riz au caramel, des tartelettes à la ricotta et au chocolat, de la pâte feuilletée au beurre, de la crème au mascarpone, des écorces d'orange confites... En somme, un recueil de délices.

— Un vieux cahier de recettes ! s'écria Virginia, ravie.

Avec une bienheureuse inconscience, elle tenait entre ses mains le cahier perdu de Luisa. Et, avec une tout aussi bienheureuse inconscience, elle était convaincue qu'un cahier plein à craquer de recettes datant des années soixante-dix était une véritable antiquité. De nature distraite et étourdie, elle n'avait pas encore compris de quoi il s'agissait.

Pendant que Virginia et les enfants vidaient le caddie de Vladimiro avec enthousiasme, Cesare se rendait à la bibliothèque d'un pas flâneur. Après tout, il était en vacances. Et il avait une mission à remplir : découvrir qui était cette mystérieuse femme aux romans. Cela ne lui arrivait pas tous les jours : quand avait-il couru après une femme pour la dernière fois ?

Mais cette Fifi Brindacier gothique, avec sa façon d'apparaître et de disparaître constamment, semait derrière elle un chemin de petits cailloux. À la fois ténébreuse et lumineuse, elle se cachait. Cesare ne savait pas encore pourquoi, mais il sentait dans sa chair qu'elle portait en elle quelque chose qu'il n'avait jamais rencontré ailleurs. Dans son esprit, il voyait les cheveux rouille de Priscilla se déployer silencieusement tout en formant des nœuds.

Naturellement, comme tous les habitants de Tigliobianco, il ne connaissait pas les horaires d'ouverture de la bibliothèque. Aussi, lorsqu'il trouva porte close – comme, avant lui, Claretta, Evelina et Rosamaria –, il se dit qu'il pouvait peut-être tout de même tenter sa chance. Et, exactement comme les trois femmes avant lui, il eut la bonne idée de jeter un coup d'œil à l'intérieur.

Adossée au rayon des livres du XXe siècle – plus précisément celui des guides touristiques, dont la majorité avait été publiée avant 1993 –, Amanda échangeait un langoureux baiser avec son nouvel amoureux. Et quel baiser… Elle ne sentit même pas la couverture reliée du guide de l'Océanie, posé à plat, lui rentrer dans les côtes. Lors d'une courte pause, elle laissa échapper un soupir de béatitude.

Au même instant, elle entendit un léger coup contre la vitre. Son cœur se serra brusquement : quelqu'un les avait-il découverts ? Elle aperçut alors Cesare secouer la tête, feignant la réprobation.

Son frère et la bibliothécaire ? Pour une surprise, c'était une surprise !

Une minute plus tard, ils étaient tous trois assis autour de l'unique table de la bibliothèque. Amanda fixait intensément ses chaussures : Ettore et elle s'étaient fait pincer comme des adolescents et, à présent, Cesare se faisait un malin plaisir de se moquer d'eux.

— Voilà donc ce qu'il se passe dans les petites bibliothèques de village… attaqua-t-il pour les mettre dans l'embarras.

— Arrête ça tout de suite ! répliqua son frère en le pointant du doigt.

— On peut savoir pourquoi vous vous cachez ? Enfin, *vous cachez*… On ne peut pas vraiment dire que vous soyez des champions.

— Détrompe-toi, on ne se cache pas, répondit Ettore en prenant la main d'Amanda, qui rougit.

— Eh bien, euh… Peut-être que si… un peu… confessa-t-elle.

— Tu as honte de mon frère, c'est ça ? Remarque, je te comprends, plaisanta Cesare.

— Bien sûr que non, voyons ! Ça n'a rien à voir, répondit Amanda.

— Ça a à voir avec quoi, alors ?

Ettore intervint :

— Laisse-la tranquille, s'il te plaît.

— Amanda ? insista Cesare.

Elle soupira, puis avoua :

— C'est à cause d'une certaine chose qu'il faut que je fasse avant qu'on puisse se balader main dans la main et s'embrasser dans la rue, OK ?

— D'accord, d'accord. Mais alors il vaudrait mieux ne pas vous embrasser devant la fenêtre, non plus. Enfin, je dis ça pour vous. Parce que si ç'avait été Claretta, vous seriez fichus.

Amanda fit une grimace où la peine le disputait à l'effroi. Ettore posa un bras sur ses épaules.

— Dis-nous plutôt ce que tu fais là, toi.

— Je cherche des romans de la fille qui loge à la Villa Edera.

— Toi aussi ?! s'exclama Amanda.

— Qui d'autre ? s'étonna Cesare.

— Claretta et ses copines. Elles voulaient en savoir plus sur elle.

— Ah ! Vous voyez que vous avez manqué de vous faire prendre par Claretta ! Naïfs que vous êtes… Bon, où sont ces romans ?

La bibliothécaire indiqua un rayon derrière elle.

— Ils sont sur cette étagère. Ce sont ceux avec le dos doré.

— Mais il y en a des dizaines ! s'exclama Cesare.

— En réalité, il y en a sept, corrigea Amanda. Mais certains titres figurent en plusieurs exemplaires, car elle est toujours très demandée.

Puis elle le questionna, suspicieuse :

— Je ne savais pas que ce genre de livres t'intéressait.

— En fait, c'est surtout celle qui les a écrits qui m'intéresse, expliqua Cesare, qui devait s'avouer peu enclin à la littérature. Mais n'allez pas imaginer quoi que ce soit. Cette nana aux tresses rousses me regarde de travers et s'enfuit chaque fois qu'elle me croise.

Ettore leva les yeux au ciel.

— Et cela ne t'était jamais arrivé, j'imagine.

— Exactement. Je vais donc lire un de ses romans, en espérant découvrir quelque chose sur elle.

Cesare se dirigea vers l'étagère et choisit un volume mal rangé, avec une blonde à moitié nue en couverture.

— J'en choisis un au hasard ou il vaut mieux que je commence par un en particulier ? demanda-t-il.

Il observa le livre un long moment : il allait vraiment lire un roman d'amour, qui plus est affublé d'une telle couverture ? Il y avait de quoi se poser sérieusement la question.

— Le premier tome s'intitule *Entre les vagues du désir*, l'informa Amanda.

Elle observait avec un petit sourire amusé Cesare, qui tournait et retournait le livre entre ses mains, indécis.

— Si tu ne débutes pas par celui-ci, tu ne vas rien comprendre à l'histoire.

Il se mit à suivre les romans du doigt pour chercher celui qu'Amanda venait de lui conseiller.

— Au fait, tu as ta carte ? ajouta-t-elle, moqueuse, tandis qu'Ettore ricanait.

14

Tandis que Vladimiro se rétablissait doucement à l'hôpital, son chien prit possession du bar. Chaque tentative de Cesare pour l'emmener chez lui s'était révélée vaine. Son maître ayant disparu à cet endroit, c'était là qu'il l'attendrait.

Anita lui confectionna une sorte de niche en plaçant un panier sous une table, juste devant le bar, près de la porte. La petite boule pleine de puces, à taches blanches et marron, s'habitua rapidement aux lieux.

À six heures et demie précises, comme tous les matins, Elvio s'était assis à sa place habituelle et était plongé dans ses mots croisés.

— Anita, en onze lettres : « William dramaturge anglais ».

— Je n'ai pas le temps, Elvio. Je dois préparer les sandwichs et donner sa pâtée à la bestiole.

— Tu parles du chien ?

— Oui, celui de Vladimiro. On ne lui a même pas donné de nom…

— Jambonneau, ça lui irait bien.

Elle lui jeta un regard en coin.

— Et pourquoi pas Sandwich, tant que tu y es ? soupira-t-elle. Laisse tomber…

— Si tu lui donnes un sandwich et qu'il le mange, on l'appellera Sandwich. Sinon on choisira un nom comme Bobby ou Médor.

Anita réfléchit un instant, puis disparut dans la cuisine.

— Tu en prépares un ? demanda Elvio en se levant.

— Oui, mais uniquement parce qu'il me reste un vieux morceau de jambon ! répondit Anita, suffisamment fort pour qu'il l'entende.

Elvio sourit et se pencha vers le chien tapi sous la table.

— On va voir ce qu'elle t'apporte. Si ça ne te plaît pas, je t'aiderai à finir.

Quelques minutes plus tard, Anita était de retour avec un sandwich jambon blanc-mozzarella-roquette.

— J'ai fait comme pour les humains. Maintenant, voyons s'il le mange…

— Allez, champion ! s'exclama Elvio en s'adressant au chien. Fais voir à la dame de quoi tu es capable.

Le chien leva la tête et se risqua à remuer timidement la queue.

Anita s'accroupit et lui mit le sandwich sous le nez.

— Est-ce que tu en veux ?

L'animal renifla le petit pain, la truffe humide et frémissante, mordit dedans avec une certaine délicatesse et le fit disparaître en quelques secondes.

— Sandwich ! hurla Elvio, triomphant, en tendant la main sous la table pour ébouriffer le poil de l'animal.

— Alors ce sera Sandwich… concéda Anita, qui savait perdre avec élégance. Mais arrête de hurler, tu vas réveiller tout le village.

Elvio l'ignora, reposa les yeux sur ses mots croisés et reprit :

— Bien, alors, en quatre lettres : « la première caravelle ».

Comme d'habitude, Elvira s'était levée à l'aube et, comme d'habitude, elle était allée ramasser les œufs de Clara, Bella, Ginevra et Circe. Mais, ce matin-là, elle n'en avait pas retiré le même plaisir serein qu'à l'accoutumée. Bien qu'elle eût fini par se convaincre que Dracula avait disparu pour toujours, elle n'avait pu s'empêcher de regarder tout autour d'elle, dans l'espoir de voir surgir son chat noir, prêt à se frotter contre ses jambes en quête d'un câlin et d'une sardine. Elle en avait d'ailleurs acheté quelques boîtes la veille, au cas où. Mais du chat, aucune trace.

Abattue, les œufs dans la poche de son tablier, elle était sur le point de rentrer chez elle quand elle tomba nez à nez avec Agata. La fillette avait attaché ses cheveux roux en deux couettes basses et portait une petite robe vert clair.

— Ah, Elvira ! Je vais à la Villa Edera voir si je trouve Dracula. J'ai déjà passé tout le village au peigne fin.

Elvira lui lança un regard attendri.

— Laisse tomber, ma petite.

— Hercule Poirot ne laisse jamais tomber. Et moi non plus ! s'exclama fièrement la gamine. J'y vais, ajouta-t-elle.

— Reste là ! ordonna Elvira. Il n'est que huit heures du matin. On ne fait pas le tour des maisons à cette heure-ci. Je vais te préparer un bon petit déjeuner et après, si tu veux, tu pourras y aller. Même si tu perds ton temps…

Agata la considéra, indécise. Dans les romans policiers, personne ne s'arrêtait jamais en pleine enquête pour déjeuner. Était-ce également valable pour le petit déjeuner ?

Elvira parut saisir son hésitation.

— Qu'est-ce que tu dirais d'un grand verre de lait et d'une tranche du gâteau que je pensais présenter au concours ?

Agata ne se le fit pas répéter deux fois. Même Miss Marple aurait accepté une tranche de gâteau aux fraises.

Comme tout le monde à Tigliobianco, le père Casimiro prenait, lui aussi, un petit déjeuner composé de tranches de gâteaux aux fraises. Il n'en avait pas moins de six parts dans son frigo, qui lui avaient été offertes pour tenter, en vain, de le corrompre.

Seule Amanda mangeait autre chose. Un bol rempli de lait et de céréales à la main, elle regardait une rediffusion des *Aventures de Flynn Carson*. Le personnage principal – un bibliothécaire interprété par un acteur qui, peu de temps avant, jouait encore un jeune médecin dans *Urgences* – passait sa vie à récupérer des trésors perdus et des reliques sacrées en se battant contre des ninjas et des démons assoiffés. Amanda aussi voulait partir à la chasse aux objets précieux. Elle aussi rêvait de travailler dans une bibliothèque où seraient conservés le Saint Suaire ainsi que des manuscrits vieux de trois mille ans portant le symbole du roi Salomon et l'épée Excalibur.

Au lieu de ça, elle se retrouvait avec de mauvais romans et les horribles dames du club de lecture. Sans parler du bénévole que la commune de Tigliobianco, dans son infinie générosité, lui avait collé quelques jours plus tôt. En l'espace d'un seul après-midi, il avait réussi à faire planter la photocopieuse et à perdre une quinzaine d'ouvrages. Il avait également parfois un étrange comportement : il se figeait brusquement, regardait dans le vide durant quelques minutes, puis choisissait un rayon sur lequel poser le front. Il restait ainsi, les yeux fermés, pendant une période qui pouvait durer de deux à vingt minutes – Amanda l'avait chronométré.

Elle était désespérée. Comme si ce n'était pas suffisant d'avoir à gérer Irene et ses compagnes maléfiques, voilà qu'elle devait en plus s'occuper de ce garçon lunatique. Pendant ce temps, Flynn Carson se baladait au milieu de fouilles archéologiques pour sauver le monde. Il n'y avait vraiment aucune justice.

— Qu'est-ce que tu fais là ? l'interrogea Carolina, sa mère, en traversant silencieusement le salon dans son fauteuil roulant. On dirait que tu as été envoûtée. Tu n'es pas censée travailler ?

— Si, si…

La femme lui jeta un regard en coin.

— Je te trouve un peu bizarre, ces jours-ci. Je ne suis ni aveugle ni bête, tu sais.

— Tout va bien, maman. Je te le jure, la rassura Amanda.

Tandis que Flynn Carson découvrait une salle secrète à l'intérieur d'un site romain et qu'un mystérieux franc-maçon lui confiait la clé des mines du roi Salomon en lui ordonnant de se rendre au Kenya pour trouver, sans qu'on comprenne bien comment, les seins de Shiva, Amanda éteignit la télé et embrassa sa mère. Il était temps d'y aller. Que Flynn parte à la recherche de trésors perdus ! Elle avait des lettres de relance à envoyer.

Tout en laçant ses chaussures, elle réfléchit au fait que, tôt ou tard, elle devrait trouver le courage d'annoncer à sa mère qu'elle était amoureuse et qu'Ettore voulait qu'elle vienne vivre avec lui. Mais comment Carolina se débrouillerait-elle sans elle ? Amanda avait toujours eu la fâcheuse tendance à ruminer durant des jours quand elle était face à un dilemme, jusqu'à ce qu'elle n'en puisse plus. Cette fois, cependant, les circonstances semblaient justifiées.

C'était tout de même autre chose que cette histoire de franc-maçon et de roi Salomon. Elle, elle devait faire face à un vrai problème.

Le ventre plein, Agata sortit de chez Elvira et se dirigea vers la Villa Edera. Elle était certaine d'y trouver Dracula : il ne pouvait être ailleurs. Son instinct de détective ne lui faisait jamais défaut. En plus, c'était le seul endroit où elle n'avait pas encore cherché.

Romeo, l'homme à tout faire de la villa, était justement en train de partir.

— Bonjour ! le salua gaiement Agata.

Cet homme lui était sympathique : il parlait peu et faisait tout ce qu'elle aurait aimé faire, comme réparer des vélos, peindre des maisons et parler aux fleurs.

Elle le bombarda de questions :

— Tu viens de la Villa Edera ? Elle est comment, la romancière ? Qu'est-ce qu'elle écrit ? Tu as vu le chat noir d'Elvira ?

Romeo réfléchit un instant.

— Aucun chat, ma petite. J'ai réparé le portail de derrière, qui grinçait et gênait la dame. Mais, à mon avis, il ne grinçait pas. Enfin, je l'ai quand même graissé, comme ça, il grince encore moins.

La jeune détective refit un essai :

— Tu veux bien me faire entrer ? Je dois lui parler. Tu sais ce qu'elle est en train d'écrire ?

— Aucune idée.

Puis il poursuivit comme s'il se parlait à lui-même :

— J'ai vérifié le portail avant son arrivée, quand je suis venu tondre la pelouse, retirer les draps sur les meubles et rouvrir l'eau et l'électricité. Il ne grinçait pas. C'était inutile d'appeler madame Ludovica. À mon avis, c'est autre chose qu'elle a entendu grincer. Certainement pas le portail.

Agata sourit et s'engagea d'un pas déterminé sur le sentier.

Assise à son poste, sur la terrasse, Priscilla tapait sur le clavier de son ordinateur. Tel un phénix blond décoloré, Calliope renaissait des cendres de sa créativité. Et, à présent, elle agissait brillamment à chaque page. Calliope lui avait manqué, pensa-t-elle entre deux paragraphes.

Priscilla était en train de donner naissance à l'homme parfait, celui qui mettrait d'accord toutes ses lectrices romantiques : sûr de lui, impertinent et légèrement canaille pour satisfaire les admiratrices de Jack Raven, mais aussi élégant, langoureux et suffisamment sentimental pour charmer les partisanes du comte Edgar Allan.

Comment diable avait-elle fait pour ne pas y penser plus tôt ? L'éternel triangle s'était transformé en rectangle, et Calliope en ressortirait triomphante au bras de son nouvel et – bon sang, enfin ! – ultime amour.

Ils se rencontraient lors d'un bal masqué. Calliope était somptueusement vêtue d'une robe de dentelle et de brocart, découvrant avec un rien d'ostentation la peau laiteuse de ses seins. Elle portait également un masque de plumes et d'argent – une merveille. Mais Priscilla était encore en train de réfléchir à la tenue de l'homme parfait lors de cette première apparition quand elle entendit sonner à la porte.

On ne pouvait donc jamais avoir la paix dans ce village ?

L'espace d'un instant, elle envisagea de faire semblant d'être absente et de laisser sonner – le visiteur ou la visiteuse finirait bien par capituler. Mais si c'étaient encore ces cinglées du club de lecture ?

Soudain, elle entendit une voix enfantine :

— Madame la romancière, vous pouvez m'ouvrir, s'il vous plaît ?

Priscilla soupira et jeta un regard depuis la terrasse pour voir si, par miracle, elle pouvait se débarrasser de sa visiteuse, quelle qu'elle fût, sans trop de dégâts.

Elle aperçut en contrebas une petite tête rousse décoiffée et deux yeux bleus qui la fixaient.

— Excusez-moi de vous déranger, madame ! Romeo m'a ouvert. Tant que j'y suis, je l'ai entendu dire qu'il avait huilé le portail, qui, de toute façon, ne grinçait pas. Vous n'auriez pas vu un chat noir, par hasard ?

La romancière ne put s'empêcher de sourire.

— Il a disparu depuis quatre jours, et je remue ciel et terre pour le retrouver. J'ai déjà passé le village au peigne fin, il ne me reste plus que votre villa. Dracula vit juste à côté. Je voudrais vérifier qu'il n'est pas enfermé quelque part. Ça ne vous dérange pas ?

— Le chat s'appelle Dracula ? demanda Priscilla tandis qu'une idée commençait à faire son chemin dans son esprit, comme une bulle dans une casserole d'eau frémissante.

— Oui. Parce qu'il est tout noir, expliqua la fillette.

— Comment t'appelles-tu ?

— Agata. Comme Agatha Christie ! Vous savez qu'elle écrivait, comme vous ?

Priscilla éclata de rire. Cette gamine lui était déjà sympathique.

— Attends-moi là, je viens t'ouvrir.

Bien sûr ! Le déguiser en vampire était une idée géniale, pensa-t-elle en descendant l'escalier. Quelques années plus tôt, les adolescentes – mais pas que ! – étaient folles d'Edward Cullen dans la saga *Twilight*.

Tout le mérite en revenait à cette gamine aux cheveux roux. Décidément, ce séjour à Tigliobianco se révélait providentiel. Même les dames du club de lecture, bien qu'infiniment exaspérantes, s'étaient révélées utiles.

— Veux-tu un verre de thé glacé ? proposa Priscilla à Agata en la faisant entrer.

Quelques minutes plus tard, la fillette était assise sur le canapé, le dos bien droit et les mains posées sur ses genoux. Elle observait cette femme qui semblait à peine plus âgée qu'elle, du moins à en croire sa façon de s'habiller. Ce n'était pas l'image qu'elle se faisait d'une écrivaine, avec son short en jean et son tee-shirt arborant un pistolet fumant.

— Je ne vous ai pas réveillée ? demanda-t-elle avec une timidité qu'elle n'éprouvait pas quelques secondes plus tôt en traversant le jardin.

— Absolument pas ! J'étais déjà au travail depuis un moment, la rassura Priscilla en remplissant les verres.

— Merci, madame.

— Appelle-moi Priscilla. Priscilla Greenwood, dit la romancière en imitant James Bond.

— Quel joli nom ! Un peu étrange mais joli, commenta la fillette.

— Je m'appelle Priscilla Verdebosco.

— Pourquoi m'avez-vous dit Greenwood ?

— C'est mon nom de plume. Comme ça, celles et ceux qui lisent mes romans pensent que je suis américaine et que je vis dans un ranch en Californie, expliqua Priscilla en lui adressant un clin d'œil.

— Un quoi « de plume » ?

— Un nom de plume. C'est mon nom d'écrivaine, si tu préfères. Un nom que j'ai voulu différent du mien pour figurer sur la couverture de mes romans. Mais parle-moi du chat disparu.

La gamine se détendit et but une gorgée avant de sortir son bloc-notes.

— Il s'appelle Dracula et il est tout noir. Elvira, sa maîtresse, ne l'a pas vu depuis quatre jours et elle est triste. Alors, vu que je veux être détective comme Hercule Poirot quand je serai grande, je le cherche pour elle.

— Et donc, comme ça, tu aimes lire ?

— Beaucoup. J'ai lu tous les livres jeunesse de la bibliothèque d'Amanda et, maintenant, je suis en train de lire tous ceux d'Agatha Christie. Ils sont géniaux ! Vous n'écrivez pas des romans policiers, par hasard ?

Priscilla sourit.

— Non, moi, j'écris des romans d'amour.

Agata écarquilla les yeux et la pointa du doigt.

— Avec ce tee-shirt ?

Priscilla baissa le nez et regarda le pistolet fumant sur sa poitrine. La fillette n'avait pas tout à fait tort.

— Des livres dans lesquels tout le monde tombe amoureux et s'embrasse, et gnagnagni et gnagnagna ? poursuivit la fillette avec un certain mépris.

— Plus ou moins, admit Priscilla.

Une description qui pourrait figurer sur le bandeau de son prochain roman, songea-t-elle, amusée.

— Ah… Ce n'est pas du tout ce que j'aime. On y trouve toujours plein de personnages qui « tombent en pâmoison ». Moi, je ne suis pas du genre à m'évanouir.

— Qu'est-ce que tu aimes, alors ? l'interrogea Priscilla.

— Quand il y a un enquêteur. Comme Hercule Poirot ou Nancy Drew.

— Nancy Drew ? Tu as des goûts vintage, ça me plaît bien. Mais il y a une chose que tu ignores sans doute à propos de ton écrivaine préférée.

Agata la considéra avec défiance.

— Si c'est pour me dire qu'elle a disparu pendant onze jours et que personne n'a jamais su où elle était passée, je suis déjà au courant. Je l'ai lu sur Internet.

— Ce que tu ne sais peut-être pas, c'est qu'Agatha Christie a aussi écrit des romans d'amour. Comme ceux que j'écris, moi.

Agata, parfaite incarnation de la stupeur indignée, ouvrit grand les yeux et la bouche. Elle traversait cette phase de la vie où la moindre référence à l'amour lui inspirait du dégoût. Aussi, découvrir que son idole, cette autrice chevronnée de romans policiers, ait pu se perdre dans les méandres de la romance l'ébranla fortement.

— Impossible ! protesta-t-elle.

Même ses taches de rousseur semblaient avoir disparu.

— Si, je t'assure, insista Priscilla. Mais elle utilisait un autre nom.

Agata resta silencieuse.

— Ne t'inquiète pas, elle n'était pas très bonne dans ce genre, de toute façon, ajouta Priscilla en toute hâte.

L'adolescente semblait paniquée.

— Dans ce cas, peut-être qu'elle a juste tenté et qu'elle a tout de suite arrêté ?

— Oui, elle n'en a écrit que quelques-uns, et ils n'étaient pas très réussis, la rassura Priscilla. Autant ne pas les lire puisque personne ne s'en souvient.

— Et les vôtres, des gens les lisent ? demanda Agata, un peu vexée.

— Bien assez. Mais moi, je suis douée pour écrire des romans d'amour. Même avec ce tee-shirt.

— Alors qu'Agatha Christie ne l'était pas ?

— Elle, c'était la reine du policier.

— Et si, par hasard, j'avais envie de lire l'un des romans d'amour d'Agatha ?

La fillette était prête à tout essayer pour son idole. Priscilla sourit.

— Eh bien, on fera en sorte de t'en procurer un.

Ce fut alors qu'elle leva la tête et soupira, agacée.

— Voilà, tu l'entends ? Le portail fait encore ce bruit, et l'huile n'y a rien changé. C'est bien ce que je disais ! Il a grincé toute la nuit.

Agata ne bougea pas mais ouvrit grand les yeux, plus brillants que jamais. Puis elle sourit d'un air triomphal.

— Madame la romancière, ce n'est pas le portail qui fait ce bruit…

Tout aussi matinale, Virginia, qui venait juste de récupérer les enfants, se dirigeait vers le bar d'Anita pour saluer le chien et demander des nouvelles de son maître.

— Moi, je lui ai apporté de la mortadelle ! hurla Andrea.

— Et moi, de la viande hachée ! renchérit Tobia.

— Et moi, une ponne ! s'écria Margherita en exhibant fièrement une pomme rouge dans un panier qu'elle serrait contre elle.

Les jumeaux, quant à eux, avaient déposé leurs cadeaux dans le caddie de Vladimiro, qu'ils souhaitaient remettre à son propriétaire ou, tout au moins, déposer au bar en attendant son retour.

Virginia avait glissé dans son sac *Ne tirez pas sur l'oiseau moqueur* et le vieux cahier de recettes parce que l'écriture lui plaisait. Elle prévoyait de les lire attentivement avant de les rendre à Vladimiro dès qu'il reviendrait.

— Le foilà ! hurla Margherita en voyant le chien dans son panier. Il est dans zon tanier !

Suivie de près par ses frères, elle se précipita sur l'animal, dévoilant ses petites jambes potelées.

— Tu es très zoli, murmura-t-elle en lui caressant le museau.

— On t'a apporté de la mortadelle, répéta Andrea.

— Et de la viande hachée ! ajouta Tobia.

— Sauf que la viande hachée, il faut la faire cuire, intervint Anita, attirée par toute cette agitation. Ah ! À propos, on l'a appelé Sandwich.

— Sandwich ? s'exclamèrent en chœur les jumeaux.

— Zandwich ? hurla Margherita.

— J'ai perdu un pari avec Elvio, alors, maintenant, il s'appelle comme ça. Ç'aurait pu être pire, non ?

— Oui, il aurait pu s'appeler Gorgonzola ! dit Andrea.

— Ou Ragoût ! proposa Tobia.

— Ou Tilamizu ! dit Margherita.

Virginia sourit et ébouriffa les cheveux de la fillette.

— Eh bien, Tiramisu est un très joli nom.

— Quoi qu'il en soit, pour le moment, on l'appellera Sandwich. Et quand Vladimiro reviendra, on lui demandera son nom.

Puis Anita reprit son rôle et proposa en se frottant les mains :

— Lait au chocolat pour tout le monde ? Je viens juste d'en préparer.

Au même instant, le père Casimiro arriva : il revenait de l'hôpital. Il avait trouvé Vladimiro plutôt en forme, et particulièrement propre. On lui avait même rasé la barbe. Le père Casimiro lui avait dit que son chien allait bien et qu'il était choyé par tout le village à coups de tranches de mortadelle et de sauce bolognaise. Il lui avait semblé le voir esquisser un sourire. L'hôpital allait le garder encore quelques jours, le temps qu'il reprenne des forces.

De bonne humeur, le prêtre entra dans le bar pour partager ces nouvelles. Et la première chose qu'il entendit, à peine le seuil franchi, fut un juron imagé, suivi d'un joyeux :

— Oh, excusez-moi, mon père ! Je ne savais pas que vous étiez là.

Les mains jointes, le prêtre leva les yeux au ciel.

— Elvio, il ne faut pas prononcer le nom de Dieu en vain.

— Mais ce n'était pas en vain ! se justifia l'autre en désignant Vittorino. Ce zig-là vient juste de couper à l'atout !

Don Casimiro soupira.

— J'étais juste passé vous dire que Vladimiro va bien et qu'il sortira dans quelques jours.

— Parfait ! s'exclama Anita derrière son comptoir.

Elle était occupée à mélanger du thon et de la mayonnaise dans un bol.

— C'est pour le chien, expliqua-t-elle. Il adore les sandwichs au thon.

Le prêtre jeta un coup d'œil à l'animal, qui avait abandonné son panier pour venir s'allonger sous la table où Elvio, Vittorino et Cesare étaient en train de jouer aux cartes. Il avait l'air d'aller on ne peut mieux, avec le foulard rose que quelqu'un lui avait noué autour du cou, sur lequel on pouvait lire : *Kiss me. I'm Fabolous.*

Sa veste en lin suspendue sur le dossier de sa chaise, Cesare était assis en bout de table, avec une bonne suite de cartes en main. Il n'avait pas encore remarqué le billet qui dépassait de sa poche.

Ni la femme qui l'observait de loin, mal dissimulée derrière un arbre.

15

De retour à la maison, Virginia s'était assise à la table de la cuisine. La fenêtre donnant sur la place était ouverte et, autour d'elle, les enfants feuilletaient le cahier de recettes. Elle voulait essayer de faire des biscuits pour le goûter, ce qui aurait également le mérite de les occuper pendant quelque temps.

— Et si on faisait toutes les recettes ? proposa Tobia.

— Je crains que ce ne soit compliqué, temporisa-t-elle. Certaines sont très difficiles. Commençons par les biscuits.

— On y arrivera même si c'est difficile ! protesta Andrea.

— Z'est vai ! ajouta Margherita.

— Voilà ce qu'on va faire : aujourd'hui, on prépare les biscuits, et si la recette fonctionne et qu'ils sont bons, demain, on en essaie une autre. Mais je vous préviens tout de suite : je n'ai pas la moindre idée de ce que peut bien être de la crème de tartre et je l'ai déjà vu écrit au moins trois fois.

— Je crois que c'est un truc qui bouge, dit Tobia.

— Et qui fait du bruit, renchérit Andrea.

— Une sorte de guerrier ! ajouta son frère.

— Ou alors quelque chose qui explose ?

— À mon avis, ça pue, conclut Tobia.

— Tu n'as qu'à trouver une recette sans ce truc au tartre.

— Eh bien, il y a un gâteau au chocolat et un autre aux noix, dit Virginia en lisant le cahier. Et aussi du nougat aux amandes.

— Du nougato zamandes ! exulta Margherita.

— Et puis, voyons voir… flans, pâte feuilletée, gâteau aux fraises…

Les jumeaux bondirent sur leurs pieds et hurlèrent à l'unisson :

— Virgi !

Apeurée, Margherita fit un bond sur sa chaise. Virginia sursauta à son tour et regarda autour d'elle pour s'assurer qu'aucun enfant n'était en danger.

— Qu'est-ce qui se passe ?

— Le gâteau aux fraises ! hurlèrent les jumeaux.

Virginia garda le silence un instant, puis comprit :

— Vous ne voulez quand même pas que je prépare ce gâteau pour le concours ?

— Oh non, répondit Tobia. Pas toi.

— Nous ! corrigea Andrea.

La baby-sitter regarda les trois paires d'yeux suppliants posées sur elle.

— D'accord, dit-elle enfin. Va pour le gâteau !

Les hurlements s'échappèrent par la fenêtre ouverte et résonnèrent jusqu'au magasin de Claretta. Celle-ci secoua la tête d'un air de réprobation : cette gamine était vraiment incapable de s'occuper d'enfants.

Après être sortie précipitamment du salon de la Villa Edera, Agata traversa le jardin en courant en direction du portail. Gagnée, elle aussi, par une certaine excitation, sans trop savoir pourquoi, Priscilla la suivit.

La fillette s'immobilisa à côté du petit portail entouré d'hortensias, à l'arrière de la maison.

— Vous voyez, il est fermé. Ça ne peut pas être ça qui grince, madame la romancière.

— En effet... admit Priscilla, songeuse.

— C'est donc autre chose qui provoque ce bruit. Et ça vient forcément d'ici, sinon vous n'auriez pas cru que c'était le portail.

— Oui, c'est logique. Qu'est-ce qu'on a de ce côté ?

— Le garage et la cabane à outils ! s'exclama triomphalement Agata.

— Le chat noir ne peut pas être dans le garage : je l'ai ouvert à mon arrivée et, s'il y avait été, il se serait enfui et serait rentré chez lui.

Agata réfléchit un instant.

— Exact. Jetons un coup d'œil à la remise.

Elle était sur le point de rejoindre la cabane en bois, mais Priscilla lui fit remarquer :

— Romeo a dû y aller pour prendre la bouteille d'huile.

La jeune détective soupira.

— On peut quand même essayer ?

— Bien sûr, accepta Priscilla en posant une main sur son épaule.

La fillette semblait si déçue que l'écrivaine avait envie de la serrer dans ses bras.

Mais Dracula n'était pas dans le garage. S'y trouvaient, en revanche, des cartons que la petite inspecta avec soin, un vélo posé contre un mur et des étagères où étaient rangés des pots de peinture, des pinceaux et l'huile pour le portail.

Agata s'en saisit et se tourna vers Priscilla.

— Si l'huile est ici, alors peut être que…

Mais Priscilla était déjà sortie et se dirigeait d'un pas rapide vers la cabane. Inutile de résister, elle s'était fait embarquer : il fallait retrouver ce chat.

Agata la suivit en courant, la bouteille d'huile toujours à la main. Ses couettes voltigeaient et son cœur battait fort. Elles s'immobilisèrent soudain devant la porte fermée de la minuscule remise.

— À toi l'honneur, dit Priscilla.

Agata l'observa un instant en retenant son souffle, puis elle poussa la porte tout doucement.

Elvira était assise devant sa maison. Elle avait l'impression d'être là depuis toujours et, effectivement, on ne pouvait pas lui donner tort. Depuis que Dracula avait disparu, ce petit tabouret était devenu son endroit favori, car, de là, elle pouvait surveiller la rue, sa cour et même son poulailler, où, heureusement, tout se passait bien.

Elle restait assise bien sagement, dans l'espoir – de plus en plus faible à chaque heure qui passait – de revoir son chat. Elle n'avait pas eu le courage de dissuader la petite Agata de pousser ses recherches jusqu'à la Villa Edera, mais elle savait qu'il fallait se rendre à l'évidence : son Dracula avait disparu, et elle ne verrait plus jamais cette petite boule noire courir dans l'herbe ou dormir dans son fauteuil. Elle n'entendrait plus jamais ce *miaou* éraillé lorsqu'il réclamait à manger, comme s'il n'avait rien avalé depuis des jours.

Habituée à discuter avec lui et à sentir sa présence, Elvira avait l'impression d'être désormais entourée d'une immense bulle de vide. Qui aurait pensé qu'un chat puisse être aussi important ? Certainement pas elle. Élevée dans une maison où les chiens vivaient attachés dans la cour et où les chatons finissaient enfermés dans des sacs, Elvira s'étonnait d'avoir le cœur aussi tendre. C'était une autre époque, songea-t-elle tristement, se rappelant comment elle dormait avec Dracula pelotonné contre elle.

Elle se leva, se répétant qu'il était temps d'abandonner son poste et de tuer tout espoir en elle. Mais, à l'instant où elle passait le seuil de sa cuisine, elle sentit quelque chose de doux se frotter contre ses jambes, avant d'entendre le hurlement d'Agata :

— Je l'ai trouvééé !

Maigre et tout ébouriffé, Dracula était là. Effrayé et plus noir que jamais, il regarda Elvira dans les yeux et émit un très explicite « *Miaoouuu* ».

Ses couettes rousses voletant toujours derrière elle, la fillette la rejoignit en courant, suivie de la romancière, elle aussi tout ébouriffée. Elvira soupira, poussa un petit cri et fondit en larmes.

De l'autre côté de la route, Agnese souriait comme si elle venait de remporter le premier prix du concours « Ramène ta fraise ! ».

— Aujourd'hui, vous êtes toutes invitées à déjeuner chez moi, annonça-t-elle. Même vous, madame la romancière. Et même le chat !

Puis elle rentra précipitamment chez elle, parce qu'elle aussi commençait à pleurer.

Après avoir disputé sa partie de cartes et découvert avec une stupeur légitime un billet mauve sur lequel était écrit : « Tu es un homme, un vrai. Un véritable prince de la virilité », Cesare savourait à présent son footing matinal.

En courant, il parvenait enfin à se détendre, ce qui n'était pas rien si l'on considérait qu'il travaillait en moyenne douze heures par jour, un rythme qui ne lui laissait que peu de temps pour lui. Aussi la course à pied était-elle devenue une sorte de refuge, comme de très courtes vacances, durant lesquelles il consacrait l'essentiel de son énergie à placer un pied devant l'autre, à respirer et à sentir son cœur battre de plus en plus vite. S'il courait assez longtemps, le quotidien quittait ses pensées, glissant depuis son cerveau jusqu'à ses baskets. Il se sentait alors libre.

Ce matin-là, Cesare avait prévu d'effectuer son parcours habituel, celui qu'il suivait chaque fois qu'il revenait à Tigliobianco, une sorte de périple le long des ruelles qui délimitaient le village, avant d'emprunter le chemin qui menait à la Villa Edera. Une bonne quarantaine de minutes au total.

À mi-parcours, ses jambes couraient presque toutes seules, et il atteignait cet état second, se sentant enfin débarrassé de toute pensée. Sur le sentier qui conduisait à la résidence victorienne, il aperçut devant lui une femme vêtue d'un short en jean et d'un tee-shirt, qui, même vu de derrière, semblait avoir connu des jours meilleurs. Elle se dirigeait vers l'entrée de la propriété. Cesare reconnut aussitôt l'écrivaine qui s'enfuyait chaque fois qu'elle le croisait.

Mais, à présent, elle ne pouvait plus lui échapper, pensa-t-il tandis qu'il se préparait à effectuer son numéro de charme bien rodé. Il avait commencé à lire son premier roman et, à force d'entendre parler de pirates et de vêtements déchirés, il avait fini par trouver ça amusant. C'était vraiment cette femme aux cheveux hirsutes qui racontait de tels mélos ? Il se retint d'éclater de rire.

— Bonjour, lança-t-il en la dépassant.

Puis il s'arrêta, et Priscilla se figea. Elle eut une étrange sensation, comme quand on sort d'un rêve matinal et qu'on n'est pas sûr d'être vraiment éveillé ni d'où l'on se trouve exactement.

Le fantôme de Roger MacMillan en personne venait donc de la rattraper. Et maintenant ?

Elle le regarda comme s'il était un extraterrestre souriant derrière une barbe de pirate poivre et sel.

— Bonjour, répondit-elle.

Il y avait peu de risques qu'elle fasse une gaffe en le saluant simplement.

— Vous êtes la romancière qui occupe la Villa Edera cet été, n'est-ce pas ?

Priscilla émit un marmonnement affirmatif. Mieux valait être prudente.

— Nous nous sommes vus dans le magasin de Claretta, vous vous souvenez ?

— Oui. La petite vieille revêche.

Il sourit.

— C'est bien elle. Je m'appelle Cesare, se présenta-t-il en lui tendant la main.

— Priscilla, enchantée.

Puis elle demanda :

— C'est vous, le chirurgien cardiaque en pédiatrie ?

— Je suis chirurgien esthétique, à vrai dire, répondit Cesare, amusé.

Priscilla l'observa attentivement, s'attardant sur ce fragment de peau en sueur qui se trouvait là, tout tendre, niché entre la mâchoire et le cou. Un petit triangle parfait.

Elle y aurait volontiers posé ses lèvres.

— Ç'aurait été pire que tout… commenta-t-elle en essayant de se donner des airs.

Mais il se mit à rire.

— Vous auriez préféré que je sois chirurgien cardiaque en pédiatrie ?

— Mon Dieu, non ! Ç'aurait été terrible, lâcha-t-elle.

— Sans doute.

Puis il ajouta :

— Vous m'offririez un verre d'eau ?

Priscilla ne trouva aucun prétexte pour refuser. Peut-être même n'avait-elle pas beaucoup cherché.

Ce fut ainsi qu'ils se retrouvèrent, un peu gênés, assis sur la terrasse autour de la table en fer forgé sur laquelle était posée une carafe d'eau citronnée. Deux parfaits étrangers partageant soudain un moment d'intimité, entre cheveux en désordre et gouttes de sueur.

Elle, silencieuse, sentait l'étrange petite plante pousser contre son sein gauche. Si c'était le signe d'une crise cardiaque, elle était entre de bonnes mains.

Lui, silencieux, sirotait son verre, observant autour de lui et se demandant pourquoi cette femme semblait se tenir en équilibre entre le réel et un monde parallèle. La sensation qu'il éprouvait n'annonçait rien de bon.

— La villa te plaît ? finit-il par demander, histoire de dire quelque chose.

Aucun doute, il aurait pu faire mieux.

Il regardait ce visage qui paraissait tout droit sorti d'une toile de maître comme Superman devant un morceau de kryptonite.

— Cette maison est hantée, répondit-elle d'un air rêveur. Ici, les idées se cachent derrière les portes, et on entend les pensées filer le long des couloirs.

Cesare posa son verre. Et voilà, cette femme manipulait les mots comme un prestidigitateur sortant des rubans de couleur de son chapeau. Elle voyait des choses qui n'existaient même pas avant qu'elle y pense. Quelque part en lui, un minuscule cadenas s'ouvrit soudain, avec un imperceptible déclic.

— Tu sais que cette maison est née d'une vengeance ? dit-il pour reprendre une contenance.

Priscilla tendit l'oreille. Qu'est-ce que c'était que cette histoire ?

— Personne ne t'a parlé de Gualtiero del Pizzo ? ajouta-t-il en voyant son air interrogateur.

Elle secoua la tête. Cette villa avait donc une histoire qu'elle ignorait ?

— Si tu veux, je te la raconte. Mais, en échange, tu m'expliques d'où te vient cette fixette sur la chirurgie cardiaque pédiatrique et pourquoi, l'autre jour, tu t'es enfuie à toutes jambes quand nous nous sommes rencontrés.

Priscilla garda le silence et replia une jambe sous ses fesses : comment annonce-t-on à quelqu'un qu'on l'a confondu avec un personnage de roman ?

— Je t'ai confondu avec un personnage de roman.

Voilà, c'était dit.

Cesare ne s'attendait pas à ça. Les femmes lui avaient dit toutes sortes de choses, mais aucune d'elles ne l'avait encore comparé à un personnage de roman. Naturellement, il en fut très flatté. Et amusé.

Priscilla entrouvrit les lèvres et le regarda dans les yeux.

— À toi, maintenant. Raconte-moi.

« Raconte-moi », dit la femme qui inventait des histoires. Elle sentit que la petite fille en elle cessait de pleurer et se rapprochait avec confiance de la surface, de plus en plus près de la peau, jusqu'à transparaître dans ses yeux.

« Raconte-moi », dit-elle seulement. Il lui sembla ne jamais avoir donné autant de pouvoir à quelqu'un.

Et maintenant ?

Pendant que Cesare racontait son histoire à Priscilla, une femme était en train d'écrire, d'une main tremblante, une phrase débordant d'amour sur une feuille de papier épais couleur glycine. Un billet portant de très grands espoirs.

La décision de confier l'avenir de sa vie amoureuse à des billets raffinés pouvait aisément s'expliquer par le retour inattendu de celui que cette femme aimait depuis toujours, d'une passion aussi dévorante qu'absolue.

Aussi, cet été, s'était-elle décidée à se déclarer en parsemant les vacances de Cesare de billets colorés – et anonymes, craignant son jugement.

Elle n'avait pas encore réfléchi aux conséquences possibles de ce plan parfait. Écrire ces billets était déjà en soi un acte d'une indicible audace. Une chose à la fois, sinon elle risquait de perdre son sang-froid.

16

Agnese prépara une salade d'œufs durs et de pousses d'épinards cueillies dans son jardin. Recevoir Priscilla Greenwood à déjeuner, ce n'était pas rien. Mais voir Elvira assise à sa table était aussi un événement. Une vie entière à se regarder en chiens de faïence… et maintenant, sa voisine était là, devant elle, en train d'écaler les œufs.

Agata, heureuse comme peut l'être une adolescente de douze ans, n'arrivait pas à tenir en place. La fierté due à son exploit avait teinté ses joues d'un rose vif : elle s'était enfin élevée à la hauteur de son idole, Hercule Poirot.

Priscilla avait, elle aussi, du mal à comprendre pourquoi elle se sentait si à l'aise en compagnie de parfaites inconnues, elle qui, en général, sortait à reculons de chez elle, même avec ses amies de toujours. Des années et des années à fuir les dîners après les rencontres en librairie, à éviter les salons du livre, à esquiver les invitations à l'étranger… Et maintenant, elle était là, assise à une table de cuisine, à côté d'une gamine de douze ans qui voulait devenir détective et de deux vieilles femmes qui l'observaient avec un mélange d'étonnement et de confiance. Et elle se sentait bien.

Elvira et Agnese étaient habitées d'une douceur particulière ; même chez Elvira, la plus rugueuse des deux, on percevait un côté tendre qui se manifestait dans les regards émus qu'elle jetait à son chat Dracula – enfin retrouvé – et dans la gentillesse digne d'une grand-mère avec laquelle elle veillait à ce que Priscilla et Agata se resservent. Il était évident que retrouver un chat perdu créait des liens. Et puis cette Agnese savait cuisiner.

Sans parler du docteur Burello, qu'Agnese avait invité à se joindre à elles avec un enthousiasme maternel, une proposition que Cesare avait acceptée avec joie. Après avoir fait un saut chez lui pour se changer après son footing, il était revenu avec une bouteille de vin rouge. Seul homme dans ce groupe de femmes d'âges si variés, il se comportait avec un tel naturel que Priscilla avait l'impression de participer à un repas de famille détendu et chaleureux. Et puis il mangeait avec un appétit qui comblait Agnese : elle ne cessait de remplir son assiette de pain maison et de légumes du jardin.

Elvira tenait Dracula dans ses bras. Après s'être empiffré de sardines, il ronronnait bruyamment, heureux d'être enfin en sécurité.

— Vous savez que Priscilla écrit des romans d'amour ? dit soudain Agata.

Cesare leva les yeux vers la romancière, un sourire narquois sur les lèvres.

— Madame Priscilla écrit les romans de Calliope ! confirma Agnese, qui attendait ce moment depuis des heures et n'en pouvait plus de garder pour elle son admiration.

L'intéressée, qui avait initialement décidé de faire profil bas, comprit qu'elle se trouvait dans une situation sans issue. Il fallait qu'elle dise quelque chose.

— Oui, j'en ai écrit quelques-uns. Mais j'essaie d'arrêter…

— D'arrêter ? s'exclamèrent en chœur ses deux fans, horrifiées.

— Je ne peux pas vivre toute ma vie avec Calliope assise sur mon épaule, expliqua Priscilla, l'air découragé.

Puis elle prit conscience de la confidence qu'elle venait de faire à ces inconnus. Où avait-elle trouvé l'élan pour se livrer de la sorte ?

D'abord, Cesare qui, sur la terrasse, lui racontait des histoires du village. Et maintenant, ça. Elle avait l'impression d'être revenue dans un petit coin qu'elle connaissait depuis toujours, alors qu'elle y venait pour la première fois.

Cesare l'arracha à ses pensées.

— Et tu as l'intention de la tuer ? demanda-t-il, les yeux brillant d'amusement. C'est ça, tu la descends ? Dans le plus pur style *Misery*[1] ?

À cet instant, le téléphone de Cesare se mit à sonner.

— Excusez-moi, je dois répondre, dit-il en s'éloignant. C'est la banque de tissus.

— La banque de quoi ? interrogea Agata, la bouche pleine.

— De tissus, il me semble… répéta Elvira.

— Mais… il n'est pas médecin ? reprit la fillette, ébahie. Pourquoi achète-t-il des étoffes ? À la banque, en plus ?

— Je ne pense pas qu'il s'agisse d'étoffes, risqua Priscilla.

Cesare revint à table juste à temps pour dissiper les doutes.

1. Roman de Stephen King (1987) dans lequel une lectrice torture son écrivain préféré après avoir découvert qu'il a fait mourir son héroïne (NdT).

— Qu'est-ce que tu achètes à la banque de tissus ? lui demanda Agata.

Le médecin hésita : il ne voulait pas perturber la toute jeune convive. Puis, cédant à son insistance, il répondit :

— En général, un morceau de peau à greffer sur une personne qui en a besoin.

Agata écarquilla les yeux.

— De peau ? Comme dans *Le Silence des agneaux* ?

— Qu'est-ce que tu sais, toi, du *Silence des agneaux* ? Tu n'as que dix ans... s'étonna-t-il.

— J'en sais que je l'ai vu ! Et je n'ai pas dix ans, mais douze ! rétorqua-t-elle.

Elle enchaîna, impitoyable :

— Et la peau, comment ils te la donnent ?

— En coupons, intervint Priscilla sans parvenir à retenir un sourire.

Cesare leva les yeux sur elle, surpris. Et il sourit à son tour. Dans son regard, elle ne décela pas cette condescendance irritante que les hommes réservent aux femmes quand elles ont dit quelque chose qu'ils jugent étrange. Ni cet air de supériorité de celui qui n'a pas le temps de jouer. C'était un vrai sourire.

— En coupons ? répéta Agata.

— Oui. Tu entres dans cette banque où ils gardent sous clé et en sécurité des mètres et des mètres, ou plutôt des kilomètres de peau, tu vois ? Disposée sur de gros rouleaux. Alors tu dis ce dont tu as besoin, du genre : peau bronzée de femme, peau boutonneuse de jeune adolescent...

— Mais... bredouilla Agata.

Sérieux comme un pape, Cesare poursuivit :

— Le vendeur prend un rouleau et t'explique les caractéristiques : celle-ci est d'excellente facture, celle-là n'a aucun défaut, cette autre, en revanche, est lisse et élastique. Sinon on a aussi celle-là, en solde. C'est le reste d'un lot et quelques grains de beauté la déparent, mais elle est très résistante.

Agata plissa les yeux : essayait-il de la mener en bateau ? Mais il resta impassible et se mit à écaler un nouvel œuf en toute tranquillité.

— Je ne te crois pas, dit finalement la gamine.

— Et tu as tort ! J'y vais dans quelques semaines, je peux t'emmener.

Priscilla, qui avait cessé de manger depuis que Cesare avait commencé ce récit haut en couleur, l'avait écouté avec attention. Était-il possible que cet homme ait à la fois de l'imagination et de l'humour ? Il avait inventé au pied levé une histoire digne d'un film de Tim Burton. Priscilla se trouvait donc – peut-être – devant l'un des spécimens les plus rares au monde : l'Homme avec de l'Imagination.

Toutefois, il valait mieux vérifier avant d'exulter et d'appeler le *National Geographic*.

— Et quelle peau vas-tu prendre ? s'enquit Agata avec un air de défi.

Cesare n'hésita pas une seconde.

— Avant tout, deux bons mètres de peau d'adolescent, mais sans boutons. Très rare. Je l'ai attendue pendant des mois et elle est enfin arrivée. Ça va me coûter un rein, mais qu'est-ce que tu veux, ce qui est rare est cher, expliqua-t-il avec un soupir découragé. J'ai aussi besoin de quelques centimètres de peau de petite fille, pas beaucoup, juste pour raccommoder une joue. Enfin, je jetterai un coup d'œil aux occasions, on ne sait jamais : un coupon avec un grain de beauté parfait est toujours précieux à garder en réserve. Certains feraient des folies pour l'avoir, tu sais.

Il fit un clin d'œil à la gamine, qui grimaça.

— Je savais que tu me faisais marcher ! jubila-t-elle, triomphante.

— Un peu, sourit Cesare. Mais je ne me moquais pas de toi : je te racontais une histoire.

La mimique de Priscilla dut trahir son admiration, car il la regarda.

— Revenons-en à notre discussion, dit-il. Tu veux donc tuer ton héroïne ? Tu nourris ce sinistre dessein ? Dis-nous tout !

Elvira et Agnese ouvrirent grand les yeux, et Priscilla, l'espace d'un instant, eut une fugace mais très nette vision d'elle attachée à un lit tandis que les deux vieilles la menaçaient avec un gros marteau.

— Non, non ! Je ne veux pas la tuer ! les rassura-t-elle en levant les mains. Je veux lui offrir une parfaite fin heureuse et la laisser poursuivre son chemin… accompagnée du grand amour.

Les deux femmes la considéraient avec défiance.

— Je le jure, affirma-t-elle.

— Le grand amour… intervint Cesare. Avant-garde totale…

— *Gnagnagna* ! l'imita Priscilla, en femme douée de maturité et d'un soupçon d'autodérision.

Il faillit s'étrangler en avalant de travers, puis lui sourit. Ces vacances se révélaient un régal. Un régal inattendu.

— Pour le dessert, gâteau aux fraises, annonça Agnese en se levant. Mais pas celui que je prévois pour le concours : celui-là, j'y travaille encore. Un gâteau normal.

— Ils sont tous normaux, précisa Elvira. Sauf le Suprême.

Priscilla ne comprenait pas à quoi elles faisaient référence.

— Quel concours ? Et c'est quoi, le Suprême ?

Cesare se laissa aller à un grand éclat de rire.

— Oh, le Suprême… Vous êtes toujours à la recherche de la recette ?

Puis il s'adressa à la nouvelle venue :

— Le Suprême est une légende du village. On raconte que c'était le meilleur gâteau aux fraises du monde. Sa recette a été perdue avec la mort plutôt spectaculaire de son inventrice, la bonne Luisa, foudroyée sur le parvis. Je m'en souviens comme si c'était hier. Depuis, son cahier de recettes s'est volatilisé, et avec lui l'ingrédient secret du Suprême. Trente-deux années de recherche et… rien. Personne n'a jamais réussi à le dénicher.

Priscilla retint son souffle. Décidément, Tigliobianco était un creuset d'histoires incroyables.

Et Cesare s'en aperçut :

— Tu veux venir avec moi à la chasse au cahier fantôme ?

Et là, assise à la table d'Agnese, au milieu des œufs durs, d'un chat et d'une fillette, alors qu'un homme lui demandait le plus naturellement du monde de l'accompagner à la chasse au cahier de recettes disparu, Priscilla se retrouva tout à coup accrochée au bord du précipice de l'amour.

Et elle essaya de toutes ses forces de ne pas tomber.

Une heure plus tard, tout en marchant en direction de la Villa Edera avec un sachet de tomates qu'Elvira avait cueillies pour elle dans son jardin, Priscilla se demandait si elle était réellement victime du plus diabolique des clichés. À savoir être à la merci :

a) d'un quasi-inconnu,

b) d'un évident coureur de jupons,

c) d'un chirurgien esthétique.

En substance, d'un chirurgien esthétique inconnu et coureur de jupons. Bref, un personnage d'une banalité éhontée.

Risquait-elle vraiment de succomber au charme d'un homme qui avait l'air de sortir d'un roman ? De ces personnages dont il est écrit qu'ils te tromperont et te briseront le cœur ?

Même Calliope n'en était pas arrivée là. Elle était follement amoureuse d'un pirate et d'un comte. Priscilla se surprit alors à penser au visage hâlé de Cesare, à son ombre de barbe, à ses yeux noirs, à sa chemise blanche qui le faisait paraître encore plus bronzé, exactement comme un pirate. À ses mains élégantes et à sa manière d'être, à la fois masculine et raffinée, comme ce satané comte.

Elle pensa qu'elle pouvait, si elle le voulait, céder à l'irrésistible et indécente tentation de succomber à un coup de foudre pour un personnage de roman.

Tomber amoureuse d'un tel personnage est, à vrai dire, assez simple, et comporte plusieurs avantages. Par exemple, l'objet de cet amour ne pourra jamais décevoir parce qu'il est condamné à n'adopter que deux types de comportement : celui dont la personne qui l'a créé l'a doté et celui que le lecteur imagine. Ce qui fait d'une telle relation, il faut bien l'admettre, l'une des formes d'amour les plus sûres au monde. La contrepartie est évidemment un côté frustrant, un homme de papier restant incapable de satisfaire certains désirs, mais ce sont des choses qui se supportent, en regard de l'absolue perfection de tout le reste.

Quand on tombe, au contraire, amoureux d'un personnage de roman qui s'est glissé, par on ne sait quelle sorcellerie, dans le monde réel – et ils sont malheureusement peu nombreux –, les choses ont tendance à se compliquer. Premièrement, on ne sait pas comment ça va finir, et ça, c'est un sacré problème. Car qui garantit la fin heureuse ? Aucune plume magnanime et infiniment clémente ne fait cette promesse. Personne ne s'intéresse à ce qu'on appelle l'horizon d'attente, fondamental dans tout roman d'amour. Si les choses se détériorent, on ne vivra pas cette douleur comme le prix à payer pour un bonheur mérité. La récompense pourrait ne jamais être offerte. Et les péripéties seraient seulement des péripéties. La vie ne trouve pas toujours les bonnes fins. Parfois, elle emmêle sa trame juste pour le plaisir de s'emmêler et laisse les fils défaits derrière elle.

Priscilla avait-elle atterri dans ce patelin paumé pour tomber amoureuse ? Après tout ce temps, après s'être retranchée derrière des murs qu'elle pensait sûrs, après s'être infatigablement défendue, cela pouvait finir ainsi ? *Paf*, du jour au lendemain, elle était victime d'un improbable coup de foudre pour un homme qu'elle venait de rencontrer, comme dans les films romantiques ?

Elle retrouva soudain l'envie d'écrire, d'inventer des mots nouveaux, juste pour lui. Des mots flamboyants qui n'auraient jamais été utilisés, des mots qui lui apporteraient la liberté et non une étroite définition de celle-ci. Elle sentait les murs qu'elle avait érigés autour de son cœur se couvrir de minuscules fissures et céder peu à peu. En elle, l'espoir luttait contre la peur.

Bien sûr, si elle devait vraiment tomber amoureuse, autant faire les choses à fond et explorer tout le répertoire. Se consumer et désirer ardemment. Se laisser envahir, en opposant d'abord une résistance digne, puis en s'abandonnant, parce qu'on ne fait la guerre à l'amour que pour le plaisir d'être vaincu. Tomber amoureux à moitié, avec des réserves, cela n'a aucun sens.

Peut-être qu'elle pouvait temporiser, faire semblant de rien pendant un moment, rester cachée au milieu des feuillages dans l'attente de découvrir comment finirait la sanglante bataille entre la peur et l'espoir. Elle les imaginait très bien : l'espoir, vêtu de blanc et paré de deux immenses ailes, et la peur, un être sans forme précise, une boue noire, gluante, qui parvenait à s'insinuer partout.

Elle prit quelques minutes pour bien se représenter la bataille et soupira : ce n'était pas une bonne idée.

Toutefois, en attendant de trancher, ils pouvaient toujours partir ensemble à la chasse au cahier.

Tandis que Priscilla méditait sur le destin de son cœur, Cesare se dirigeait d'un pas décidé vers la papeterie d'Ernesto, dans le but de s'acheter un bon roman policier estival pour contrebalancer les battements de cœur de Calliope du Topaze. Un de ces romans un peu datés, présentant d'élégants crimes commis dans des pièces fermées de l'intérieur.

Mais ses pensées étaient ailleurs : elles rôdaient près de Priscilla, cette femme qui ressemblait à un elfe farouche et qui écrivait de vibrantes histoires d'amour à l'eau de rose. En y réfléchissant, c'était un étonnant contraste. Peut-être était-ce pour cela que son image et sa voix s'étaient nichées juste derrière son oreille, comme un minuscule insecte, produisant un bruit presque imperceptible mais constant. Une femme acouphène.

Il secoua la tête pour la chasser. D'où sortait cette irrépressible envie de la voir sourire ? Et comment se faisait-il qu'il parvienne à lire aussi bien en elle ? Pourquoi savait-il qu'elle avait besoin d'une existence romanesque ? Et, surtout, pourquoi voulait-il être celui qui aurait le privilège de satisfaire son désir ?

Cesare était envahi d'une joie inédite. Une joie qui revêtait les habits de la tendresse et de l'attente. La joie qu'on éprouve en découvrant quelque chose qui s'emboîte de manière parfaite là où rien ne s'était jamais emboîté. Dans le creux des désirs les plus secrets du cœur.

Tout en marchant, il entendit des vociférations excitées et se rendit compte qu'elles provenaient de la papeterie. Lorsqu'il entra, il se retrouva face à une scène surréaliste : six femmes furieuses brandissaient sous le nez d'un Ernesto très amusé des exemplaires des romans de Priscilla – Cesare était maintenant capable de les reconnaître.

— Tu veux bien nous donner une explication pour ça, oui ou non ? hurlait Irene, belliqueuse.

— Eh bien, je ne sais pas si vous l'avez remarqué, mais cette boutique est aussi une librairie. Et ceci, ce sont des romans, mesdames. Des romans qui se vendent et donc que je vends, comme vous le savez très bien, étant donné que vous en avez acheté deux pleins sacs il y a quelques jours à peine.

— Nous les avons achetés justement pour que tu ne les vendes plus !

— Irene, je voudrais que tu t'écoutes une seconde. Et que tu modères ta colère, temporisa-t-il.

— Je ne modérerai rien du tout ! reprit-elle.

Elle semblait avoir atteint l'extrême limite de la férocité, à tel point que son mascara commençait à couler.

Ernesto intercepta le regard de Cesare, qui, sur le seuil, retenait un rire, mais ses yeux trahissaient sa jubilation. C'était bien de lui de ne pas intervenir ! Il était déjà comme ça à l'école maternelle.

— Si tu pouvais arrêter de toujours tout trouver amusant… soupira le libraire, qui tentait, lui aussi, de maîtriser son hilarité devant le visage furibond d'Irene.

Comme un seul animal, enragé mais curieux, les femmes tournèrent la tête vers l'intrus. À la vue du médecin, leur colère se transforma en une série de gazouillis de bienvenue.

— Que se passe-t-il donc pour que de si belles dames soient en colère ? interrogea Cesare de sa voix la plus enjôleuse.

Ne jamais manquer une occasion de parfaire son entraînement.

Derrière son comptoir, Ernesto mima le geste d'enfiler deux doigts dans sa gorge pour se faire vomir. Cesare lui fit un clin d'œil.

— Nous avons été traitées d'une manière monstrueuse ! explosa Irene, désireuse de se faire un allié.

— Pas si vite, se défendit Ernesto.

— Allez, dis la vérité, le taquina Cesare. Qu'as-tu fait de terrible à ces charmantes personnes, espèce de monstre sans cœur ?

L'autre se contenta de lever les yeux au ciel et de tendre le bras vers Irene comme pour inciter celle-ci à s'expliquer. Elle saisit l'occasion au vol et se lança dans le récit de la manière dont elles avaient été offensées par cette garce ingrate de Priscilla Greenwood, avec pour conséquence leur décision de faire disparaître tous ses romans. Or, Ernesto, avec la mauvaise foi la plus éhontée, les avait de nouveau commandés auprès de son fournisseur. N'était-ce pas un comportement scandaleux ? N'y avait-il donc plus aucun respect ?

Cesare écouta l'histoire avec un air sérieux et compréhensif, acquiesçant aux bons moments avec une admirable habileté, tandis qu'Ernesto le regardait, hilare, en secouant la tête et en marmonnant des insultes créatives.

— Mesdames, je vous en prie, n'en dites pas plus. Je comprends parfaitement la situation et votre indignation plus que légitime. Je trouve honteux que cette romancière n'ait pas adopté vos précieuses suggestions. Quelle audace ! Elle a tout simplement rejeté vos idées pour s'en tenir aux siennes ? C'est d'une impolitesse !

Cinq têtes convaincues acquiescèrent, à l'exception de celle d'Irène, qui avait perçu la légère ironie dissimulée dans les phrases mielleuses du médecin.

— Sans parler du comportement d'Ernesto ! poursuivit ce dernier en jetant un regard désapprobateur au libraire. Se fournir de nouveau en romans de cette indigne personne, malgré votre mécontentement ! Vraiment, je ne peux que me rallier à votre cause. D'ailleurs, je viens de prendre une décision.

— À savoir ? questionna Irene.

Les bras croisés, elle dissimulait à grand-peine ses soupçons.

— Pour vous donner la preuve de ma solidarité, j'ai décidé que, ici et maintenant, j'achèterais tous les romans de Priscilla Greenwood qu'Ernesto a en magasin.

D'abord, toutes les femmes présentes dans le magasin retinrent leur souffle. Puis elles laissèrent échapper un gémissement.

Ernesto, lui, laissa tomber sa tête entre ses bras posés sur le comptoir.

Et enfin éclata de rire.

17

À Tigliobianco, Agata dormait, fière et soulagée d'avoir retrouvé Dracula. Et Dracula dormait, lui aussi, lové contre Elvira, plongée dans un profond sommeil, la main posée sur la fourrure noire de son chat. Les jumeaux dormaient dans leurs lits superposés, de même que Margherita, serrant dans ses bras son lapin en tissu dont les longues et douces oreilles lui chatouillaient les joues.

Cesare dormait également, une pile de romans d'amour près de son lit. Ce fut peut-être pour cette raison qu'un rêve le visita aux premières lueurs de l'aube. Il rêva que toutes les femmes de sa vie – et il y en avait pas mal – se trouvaient réunies dans une salle de bal : une parade de magnifiques Cendrillons dans leurs somptueuses robes du soir. Et pourtant, un détail lui causait une légère insatisfaction. Il aurait voulu se laisser séduire par leurs bijoux, par leurs yeux, par leur charme. Mais il n'éprouvait que de la frustration. Lorsqu'il se réveilla, il se sentit gagné par un agacement grandissant.

Allongé dans son lit à l'heure où le village commençait à s'étirer, il soupira. Il comprenait enfin que ce qui lui avait toujours été refusé, c'était le luxe de laisser libre cours à son imagination. Les fantômes de ses conquêtes passées ne pouvaient lui offrir ce luxe : elles étaient superbes, mais il n'y avait rien à découvrir au-delà de leur apparence.

Observant le plafond d'un œil distrait, il songea que Priscilla, au contraire, semblait cacher un monde infini. Sous sa peau se dissimulaient des labyrinthes et des sentiers inextricables, des portes et des escaliers en colimaçon, des passages secrets s'ouvrant derrière des bibliothèques, tout un château enchanté. Elle était enfermée dans la plus haute tour, au-delà des douves profondes. La raison de cette claustration ? Elle avait peur d'être trouvée, Cesare en était certain.

Et, si étrange que cela puisse paraître, cette pensée le rendait étonnamment heureux.

18

Le bar d'Anita était bondé ; un concours de belote auquel participaient presque tous les hommes du village était en effet organisé ce jour-là. Même ceux qui ne jouaient pas étaient venus, histoire de glaner des nouvelles de Vladimiro. Le père Casimiro était parti à l'aube pour l'hôpital et l'on attendait son retour d'un moment à l'autre.

Les heures passaient, entre cafés et verres de vin blanc glacé, et la chaleur devenait de plus en plus étouffante. En face du bar, assises sur leurs petits tabourets devant l'*Empire des Délices*, les trois commères s'éventaient nerveusement tout en surveillant la rue qui débouchait sur la petite place. Même mortes, elles n'auraient pas voulu manquer l'arrivée du père Casimiro.

— Regardez donc qui vient là ! s'exclama soudain Claretta.

Les deux autres, à la vue de la haute silhouette du médecin qui s'approchait tranquillement du bar, un livre à la main, hochèrent la tête avec satisfaction.

Il les salua avec un sourire et un geste de la main – celle qui tenait le livre.

— Qu'est-ce qu'il tient là ? demanda Evelina en plissant les yeux.

— Un livre, répondit Rosamaria, avec un air indigné. Lui aussi. Peut-être un de ceux de la romancière.

Les trois têtes s'agitèrent d'un même mouvement. Ça, elles ne pouvaient vraiment pas le digérer.

Les commères ne se trompaient pas : c'était bien un livre de Priscilla. Précisément, il s'agissait du premier volume que Cesare avait emprunté à la bibliothèque et qu'il voulait rendre à Amanda puisqu'il avait, depuis, récupéré la série complète chez Ernesto. Mais, avant tout, fidèle à son habitude quand il séjournait à Tigliobianco, il entra dans le bar, où la plupart des habitants du village étaient réunis. Il y fut accueilli par une espèce d'ovation.

— Une petite partie de belote, docteur ? Allez, c'est le concours ! s'exclama Vittorino en approchant une chaise de sa table.

Cesare s'y laissa tomber avec un soupir de contentement. Ça, c'était la belle vie. Des journées tranquilles, sans emmerdements, loin de tout. Ici, personne n'attendait rien de lui, à part qu'il participe à un tournoi de belote. Il se promit de revenir plus souvent.

À quelques tables de lui, les dames du club de lecture, qui s'étaient autorisées à fêter leur triomphe mérité de la veille avec six cappuccinos et six croissants, ne le quittaient pas des yeux : n'était-ce pas un roman de *cette femme* que le docteur venait de poser sur sa table ? Incroyable !

Irene gonfla la poitrine d'indignation, aussitôt imitée par toutes les autres. *Presque* toutes les autres, à vrai dire, car l'une d'entre elles, en voyant apparaître le beau médecin, avait – comme toujours – pratiquement cessé de respirer et ne parvenait pas à le lâcher des yeux.

Avait-il lu son billet ? se demandait-elle. Avait-il compris qui le lui avait envoyé ? Devait-elle lui en écrire un autre ? Se déclarer ? Avouer son amour fou et sa passion ardente ? Le suivre dans une ruelle sombre et l'embrasser sans lui laisser le temps de réagir ? Pourquoi Cesare promenait-il au café un livre de cette Greenwood ? Il ne manquait plus que la romancière, pensa-t-elle en serrant son cappuccino au lait de soja entre ses doigts tremblants. Elle s'obligea à regarder ailleurs et croisa les yeux attentifs d'Agata, occupée à caresser les douces oreilles de Sandwich, désormais tout propre et rassasié.

Près d'elle, à ce qui était devenu la table attitrée des enfants, se trouvaient Virginia, les jumeaux et Margherita. Cette dernière bavardait avec Sandwich de choses connues d'eux seuls, mais qui devaient être importantes, car la fillette, assise par terre, murmurait à son oreille depuis un bon moment. Ses jambes potelées dépassaient de sa petite robe à imprimé tournesol ; elle était pieds nus car, détestant porter des chaussures, elle avait enlevé ses sandalettes et les avait abandonnées avec insouciance au milieu du bar.

Agata plissa le front : la raison pour laquelle l'une des femmes du club de lecture, Laura, se tenait en retrait lui échappait. Elle la scrutait sans discrétion, prête à mettre en pratique ses dons d'observatrice et à saisir tout geste qui pourrait trahir ce qui se passait.

Personne ne s'occupait jamais de ses affaires ici, pensait Laura au même moment, en particulier cette gamine aux cheveux carotte et au visage criblé de taches de rousseur. Elle baissa les yeux sur sa tasse et épia Cesare à la dérobée : il était sublime avec sa chemise blanche qui rehaussait son bronzage. Comme elle aurait voulu qu'il l'enveloppe de ses bras rassurants ! Oui, elle trouverait peut-être au fond de son cœur l'audace de lui écrire un nouveau billet…

À cet instant entrèrent Agnese et Elvira, portant chacune un sachet de papier brun rempli d'aubergines.

— Et le père Casimiro ? demanda Agnese.

— Il n'est pas encore rentré, répondit Anita en faisant mousser le lait d'un énième cappuccino. Asseyez-vous, je vais vous préparer quelque chose. Vu que nous sommes tous réunis, attendons ensemble : il ne va sûrement pas tarder.

Les deux voisines prirent place à une table située près de l'entrée afin d'embrasser la rue du regard, puis Elvira tapota l'épaule de Cesare.

— Alors, docteur, ça fait du bien, les vacances à la maison ? Tu sais que je t'ai préparé une petite caisse de courgettes du jardin, tu pourras passer les prendre tout à l'heure.

Cesare sourit à Elvira et Laura frissonna à distance.

— Formidable ! Merci, Elvira.

— Dis donc, Docteur Folamour, lâcha Vittorino tandis qu'Anita déposait un biscuit devant Cesare, si tu joues, ça va. Mais si tu dois rester planté là juste pour te faire bichonner par toutes les femmes du village, on n'en finira jamais !

— Désolé ! dit Cesare en riant.

— À propos, ça se passe comment avec les femmes ? intervint Elvio avec un clin d'œil complice.

— Ah, les femmes… répondit Cesare évasivement.

Le visage de Priscilla venait de surgir à nouveau dans son esprit. Il avait envie d'effleurer du doigt la courbe de sa joue pour vérifier si une alarme se déclenchait, comme pour les œuvres d'art. Aucune des femmes qu'il avait rencontrées, pas même celles qui étaient en train de l'attendre patiemment à Venise, ne lui avait jamais fait un tel effet. Les yeux de Priscilla recelaient un aimant.

Laura, qui, bien entendu, n'avait pas pu s'empêcher d'écouter la question de Vittorino et surtout la réponse de Cesare, se figea sur sa chaise, aux aguets. Quelles femmes ? Où ça ? Lesquelles ? Et, surtout, *combien* ?

Ce fut alors qu'on entendit distinctement le cliquetis d'un vélo. Agnese passa la tête par la porte et vit le facteur grimper avec peine la côte qui menait au village.

— Dumbo arrive ! annonça-t-elle d'une voix forte.

— Qu'est-ce que ça doit être fatigant de pédaler avec ces oreilles qui flottent contre le vent ! fit remarquer Vittorino en riant.

Les verres de vin blanc qu'il avait sifflés les uns derrière les autres commençaient à faire effet.

En réalité, le facteur, pour l'état civil, s'appelait Oreste. Mais il était affligé depuis sa naissance des oreilles les plus décollées qu'on eût jamais vues, et cette particularité l'avait transformé en Dumbo. Personne à Tigliobianco ne l'appelait par son vrai nom.

Dumbo détestait être surnommé ainsi et nourrissait pour ses oreilles une haine profonde. Toute une existence empoisonnée par deux pavillons auriculaires énormes et incroyablement proéminents. Il avait appris avec le temps à ne pas protester en entendant son surnom et s'était résigné, non sans tristesse. Mais, au fond de lui-même, il rêvait d'oreilles parfaites.

Essoufflé d'avoir pédalé et la tête cuite par le soleil, Oreste descendit de son vélo et le posa contre le mur du bar. Par cette chaleur, il méritait bien une boisson fraîche avant de débuter sa tournée.

— Donnez à boire à Dumbo, il va y laisser sa peau ! s'exclama Elvira lorsque le facteur fit son entrée. Mais aussi, poursuivit-elle d'un ton grondeur, quelle idée de garder ta veste sur ton vélo par un temps pareil ! Tu n'es pas très malin.

— C'est son uniforme, précisa Ettore, qui entrait et se dirigeait vers son frère. Il doit le porter, c'est le règlement.

Les yeux d'Agata s'illuminèrent : le médecin était, sans le moindre doute, l'homme le plus merveilleux du monde. Elle comprit soudain ce qu'elle avait vu quelques minutes plus tôt dans le regard de Laura : l'amour ! Laura avait regardé Cesare avec la même dévotion – la même, exactement.

Anita, pendant ce temps, avait servi un thé glacé à Dumbo.

— Du courrier pour moi ?

— Tu es verni, aujourd'hui, tu peux faire ta distribution en une seule fois, ajouta Elvira en ricanant. Presque tout le monde est là !

Le sac rebondi d'Oreste était posé à ses pieds. Il le hissa sur ses genoux et en sortit un gros paquet d'enveloppes.

— Elvira, tu as du courrier, dit-il en lui tendant quelques lettres. Ensuite, voyons voir…

Agata s'approcha de lui.

— Si tu laisses les lettres sur la table pendant que tu bois ton thé, est-ce que je peux appeler les destinataires ? le supplia-t-elle.

Oreste accepta et la laissa faire. Agata, très fière de ses nouvelles responsabilités, commença à farfouiller dans le sac.

Les jumeaux la rejoignirent dans la seconde.

— On peut t'aider ? l'implora Andrea.

— D'accord. Moi, je dis les noms, et vous, vous apportez la lettre à la bonne personne. Ça vous va ?

Les blondinets acquiescèrent avec enthousiasme.

— Celle-ci est pour Anita, commença Agata.

Les jumeaux coururent derrière le comptoir, l'enveloppe à la main.

— Désolé, je crois que c'est une facture ! claironna l'un des garçons.

— Celle-ci est pour Evelina, qui est dehors sur son tabouret avec ses copines... Attendez que je regarde s'il n'y a pas quelque chose pour les deux autres. Qui est Amaranta Viola ? demanda l'adolescente en examinant une lettre d'un air suspicieux.

Ne connaissant personne de ce nom, elle retourna l'enveloppe froissée entre ses mains.

— Amaranta, c'est la vieille Penelope, expliqua Agnese.

— La lettre vient d'Amérique.

Le silence s'abattit sur le bar. Toutes les têtes se tournèrent vers Agata. On pouvait entendre ronfler Sandwich sous la table des enfants.

— Qu'est-ce qui se passe ? demandèrent en chœur Tobia et Andrea, qui ne comprenaient jamais rien aux bizarreries des adultes.

— Oui, c'est quoi, le problème ? répéta Agata. Penelope ne peut pas recevoir de lettres ?

— Donne-la-moi ! s'exclama Elvira. Elle vient d'un endroit qui s'appelle « Wisconsin », lut-elle avant de lever les yeux sur l'assemblée.

Oreste se redressa sur sa chaise.

— Ça ne va pas, je le savais. Rendez-moi ces lettres !

— Tais-toi, Dumbo ! le réprimanda Elvira en serrant fermement l'enveloppe entre ses doigts. Tu ne comprends donc pas ?

— Non ! Et nous non plus ! hurla un Tobia frustré qui, du haut de ses six ans, n'avait aucune idée de ce que le mot « patience » signifiait.

— Mais alors, la vieille Penelope est encore vivante ? s'étonna Cesare.

— Bien sûr ! Vivante, en bonne santé et toujours en train d'attendre, lança Anita de derrière son comptoir.

— D'accord. Mais quelqu'un peut-il nous expliquer ? protesta Agata, quelque peu énervée.

Ce fut Agnese qui prit la parole.

— Quand elle était jeune, la vieille Penelope s'appelait Amaranta. Nous l'avons surnommée Penelope parce qu'elle a passé sa vie à attendre le retour de son amoureux, comme la Pénélope d'Ulysse.

— Je sais qui est Pénélope ! se défendit la gamine.

— Bien. Bref, quand Amaranta avait environ vingt ans, elle était fiancée à un jeune homme qui s'appelait Francesco. Elle était très amoureuse de lui. Et puis il est parti en Amérique pour trouver du travail et faire fortune ; il avait promis de revenir la chercher quand il aurait gagné assez d'argent.

— Et il n'est jamais revenu ? demanda Virginia.

Elle tenait dans ses bras Margherita, toujours pieds nus.

— Jamais, reprit Agnese. Au début arrivaient des lettres pleines d'amour : il lui disait qu'elle lui manquait terriblement et qu'il était impatient de pouvoir enfin l'embrasser à nouveau. Puis, petit à petit, les lettres s'espacèrent, en même temps que l'amour diminuait, probablement, jusqu'à ce qu'enfin elles cessent d'arriver. Francesco disparut dans la nature et ni Amaranta ni personne d'autre n'en entendit plus parler.

— Oh… gémit Agata. Qu'est-ce qui s'était passé ?

— Personne ne le sait. Depuis ce jour-là, Amaranta n'a jamais arrêté de l'attendre et de l'aimer, elle est devenue comme Pénélope. Mais Francesco, contrairement à Ulysse, n'est jamais revenu. Pas une seule fois en soixante-dix ans.

— On sait tous qu'il s'est trouvé une belle Américaine et qu'il a oublié Penelope, allez ! intervint Vittorino. Il n'y a qu'elle qui ne l'a jamais compris.

Virginia réfléchit.

— Donc cette lettre pourrait être...

— ... envoyée par ce drôle de coco de Francesco dell'Aglio, conclut Elvira, qui avait toujours été dotée d'un esprit de synthèse développé.

Un silence lourd comme du plomb tomba sur le bar. Personne ne bougea. Ces moments où l'on sait que tout peut arriver se produisent rarement dans une vie. Il suffit d'un geste, d'un souffle, et tout peut changer. Si l'on y fait bien attention, on découvre que ces heures décisives sont toujours précédées de quelques instants de silence assourdissant.

Dans le bar d'Anita, l'un de ces instants était en train de s'étirer entre tasses de café et verres de vin blanc. Il dura moins d'une minute – c'est dire à quelle vitesse sont parfois prises des décisions dont la nature peut bouleverser bien plus qu'une vie.

Cette décision fut entérinée par les mots d'Agata. Une gamine de douze ans échevelée aux couettes couleur carotte. Cinq, pour être précis. Cinq mots.

— Mais on ne peut pas.

Cela pouvait vouloir dire : on ne peut rien y faire ; on ne peut pas interférer dans la vie de Penelope ; on ne peut pas lutter contre le destin. Et pourtant tout le monde, dans le bar de ce petit village, savait que ce n'était pas cette sorte de *on ne peut pas*.

En fait, c'était tout le contraire. Agata, ses yeux bleus pleins de tristesse, venait d'énoncer un fait accablant, supposant une responsabilité non moins écrasante : elle venait d'affirmer que les personnes présentes ce matin-là ne pouvaient pas laisser le destin s'occuper de ça.

Cinq petits mots, et une vie pouvait changer pour toujours.

Anita fut la première à réagir :

— Donnez-moi cette lettre.

— N'y touchez pas ! hurla Dumbo en bondissant sur ses pieds, la main tendue vers Elvira, qui tenait encore l'enveloppe.

Hormis Cesare, toute la table de belote se leva d'un seul mouvement et trois hommes se jetèrent sur le pauvre facteur avant de le repousser sur sa chaise.

— Vous ne pouvez pas ! insista-t-il, prêt à défendre son rôle et la vie privée des personnes à qui il distribuait le courrier.

— Donnez-moi cette lettre, répéta Anita.

Elvira la rejoignit en zigzaguant entre les tables.

— Ettore, fais quelque chose ! implora Oreste, accablé.

— Cette lettre doit être lue, intervint Ettore. Penelope a plus de quatre-vingt-dix ans. On veut vraiment prendre le risque que la dernière chose qu'elle voie soit une lettre qui la blesse ?

— Mais…

— Mais rien du tout. En tant que médecin traitant de Penelope, j'ai le droit, je dirais même le devoir de veiller au bien-être de ma patiente la plus âgée.

— Bravo, mon frère ! s'exclama Cesare. C'est comme ça que je t'aime : prêt à enfreindre la loi.

— Mais on ne peut pas déchirer l'enveloppe, fit remarquer Agnese.

Les yeux d'Agata s'illuminèrent.

— Non, mais on peut l'ouvrir avec de la vapeur, comme dans les romans et les films policiers ! proposa-t-elle avec enthousiasme.

— Je vais faire chauffer l'eau, répondit Anita en se précipitant dans sa petite arrière-cuisine.

Deux minutes plus tard, presque tout le bar était réuni autour de la casserole d'eau bouillante.

— Ça marche vraiment ? demanda Tobia, sa petite tête blonde surgissant sous les bras levés d'Anita, qui maintenait l'enveloppe au-dessus du nuage de vapeur.

Il fallut vingt bonnes minutes pour mener l'opération à terme. Et, durant ces vingt minutes, il se passa trois choses.

Laura, profitant de la confusion, parvint à se faufiler jusqu'à Cesare ; elle s'enivra de son parfum et glissa un billet rose dans la poche arrière de son jean.

Agata aperçut la main de Laura au moment où celle-ci mettait le papier dans la poche de Cesare.

Et, pile au moment où Anita ouvrait enfin l'enveloppe amollie par l'humidité, le père Casimiro, que tout le monde avait oublié, franchit la porte et cria, presque offusqué :

— Mais qu'est-ce qui se passe ici ?

Des dizaines d'yeux paniqués se posèrent sur lui. *Et voilà*[1] ! Pris en flagrant délit par le prêtre !

Ce fut Agnese qui rompit le silence coupable de celui qui a été pris la main dans le sac :

— Mon père, que ce soit bien clair : Enfer ou pas, on va lire cette lettre.

Cinq minutes plus tard, une fois le prêtre mis au courant du plan, les nécessaires promesses de repentir formulées la

1. En français dans le texte (NdT).

main sur le cœur et les nouvelles de Vladimiro délivrées – il allait beaucoup mieux et reviendrait sous peu –, Anita s'assit à une table et se mit à lire :

Amaranta,

Je t'écris cette lettre car je suis sur le point de mourir et je ne veux pas aller en Enfer.

Il s'est passé plus de soixante-dix ans depuis ma dernière lettre et je ne sais même pas si tu es encore vivante, mais il y a quelque chose que je dois te dire avant la fin. Ici, dans le Wisconsin, je suis tombé amoureux d'une autre femme, je l'ai épousée et nous avons trois enfants, huit petits-enfants et dix-neuf arrière-petits-enfants. Peut-être aurais-je dû te le dire avant, mais tu sais comment va la vie. Désolé.

Bien à toi,

Francesco.

— C'est tout, dit Anita d'une voix résignée.

— C'est tout ? Comment ça, c'est tout ? protesta Virginia. Penelope attend depuis soixante-dix ans et lui… c'est tout ce qu'il lui écrit ?

— J'ai toujours pensé que c'était une crapule, murmura Vittorino, qui avait connu Francesco par le passé.

Agata n'en croyait pas ses oreilles. Les histoires ne finissaient pas comme ça. Il devait bien exister un moyen de changer ces horribles paroles et de provoquer un dénouement heureux.

— Cette lettre ne peut pas être remise, décida inopinément le père Casimiro.

— Même le prêtre s'y met, maintenant ! se lamenta Oreste. Mais, oui ou non, vous comprenez que moi, cette lettre, je dois la remettre à sa destinataire ?

— Eh bien, peut-être pas précisément celle-ci... susurra Agata.

— Qu'est-ce que tu as dit, ma grande ? l'interrogea Elvira.

— Je dis que, s'il doit remettre une lettre, ça pourrait être une belle lettre. Qui rende Penelope heureuse. Pas *cette* lettre.

Des dizaines d'yeux la fixaient, mais personne ne pipait mot.

— Parce que nous, on pourrait changer la fin de l'histoire, non ? demanda-t-elle, pleine d'espoir, comme seule une enfant de douze ans est capable de l'être. On le peut, n'est-ce pas ?

Elvira et Agnese se regardèrent en souriant et hochèrent la tête, toutes fières.

— Bravo, petite, c'est une excellente idée !

— Échanger cette lettre avec une autre, alors ? murmura Cesare, qui sentait une vivifiante bouffée d'excitation courir dans ses veines.

— Oui, mais comment on fait ? Qui parmi nous est capable d'écrire une lettre qui parviendra à soulager comme par magie soixante-dix ans de chagrin et d'attente inutile ? Juste avec des mots ? demanda Anita, découragée.

— Nous, certainement pas. Mais peut-être...

Le médecin regarda Agata et lui fit un clin d'œil.

— La romancière ! hurla la gamine. Priscilla ! Priscilla en est capable.

— Je vous préviens, intervint Oreste, toujours maintenu sur sa chaise par des poignes fermes, que si vous échangez cette lettre contre une fausse missive, je vous dénonce. Je vous dénonce tous, y compris les enfants !

— Trop bien ! s'exclamèrent en chœur les jumeaux.

Ce fut alors que Cesare se leva et se dirigea d'un pas tranquille vers le facteur.

— Dumbo, Dumbo, Dumbo, commença-t-il. Quelle malédiction, ces oreilles, n'est-ce pas ? Je parie qu'elles t'ont gâché la vie.

Oreste cessa ses protestations et leva les yeux vers lui.

— Ce que je veux dire, continua Cesare d'une voix douce, c'est que ça a dû être terrible de supporter depuis l'enfance les moqueries, les surnoms, les méchancetés… Imagine… Et si, un matin, tu te réveillais en n'ayant plus les oreilles décollées ?

Oreste paraissait hypnotisé. Mais qu'est-ce qu'il racontait, celui-là ?

Ettore, assis à la table voisine, enfouit son visage dans ses mains : était-il possible que son frère fût réellement en train de faire *ça* ? Seul Cesare pouvait aller jusqu'à tenter de soudoyer le facteur en lui faisant miroiter une otoplastie gratuite.

— Parce que je le peux, tu sais ? Je peux te débarrasser de ces oreilles décollées en un rien de temps et personne ne t'appellera plus jamais Dumbo. Si seulement tu nous laissais écrire une lettre… Tu auras non seulement deux oreilles neuves, mais tu délivreras un message qui permettra à une femme de mourir heureuse. Tu n'as donc pas de cœur ? De morale ?

Et Oreste, qui pendant toute son existence avait été appelé Dumbo et l'avait supporté sans rien dire, connut une seule et unique seconde de faiblesse : il céda.

— C'est bon, écrivez-la, cette stupide lettre, s'il le faut vraiment !

Au milieu des applaudissements, on l'entendit clairement murmurer :

— Elles ont intérêt à être parfaites, mes nouvelles oreilles.

Cesare, satisfait du succès de sa manœuvre, lui donna une tape amicale sur l'épaule. L'affaire était réglée.

— Et donc, maintenant, on va chez Priscilla pour qu'elle nous écrive la lettre ? demanda Agata, tout sourire.

— Je ferme le bar et on va tous à la Villa Edera, décida Anita. Prenez aussi le chien !

La foule se déversa sur la place sous le regard méfiant des trois commères, comme toujours assises à leur poste de surveillance. Rien n'avait jamais échappé à leurs yeux attentifs.

Rien, à part cette unique fois où, dans un bar on ne peut plus banal d'un village perdu, entre des tasses de café vides et un chien qui dormait sous une table, quelqu'un avait décidé de réécrire un destin et d'offrir une fin différente et plus belle à la triste histoire d'une vie.

Et, tout à fait par hasard – mais c'est souvent ainsi que ces choses se passent –, d'infléchir le cours de deux autres histoires.

19

Ils étaient là, massés devant le portail de la villa, avec Dumbo, qui s'était fait une raison et pensait à sa nouvelle et parfaite paire d'oreilles. Le facteur, désormais résigné, ne voulait pas manquer la suite de l'histoire.

Agata fut la première à réagir.

— Alors, on y va ou on reste plantés là comme des bornes ? s'exclama-t-elle en poussant le portail.

Elle était impatiente de tout raconter à Priscilla et de la regarder écrire, car l'écrivaine aurait sans aucun doute une idée géniale pour sauver la vieille Penelope du désespoir.

En ce matin de l'été de ses douze ans, avec la moitié de Tigliobianco sur ses talons le long du sentier traversant le jardin de la Villa Edera, la gamine prit pour la première fois conscience que, parfois, seul un mensonge peut nous sauver de la réalité. Toute la vie de Penelope serait illuminée d'un nouvel éclat, infiniment plus doux et bienveillant. Pour elle, une nouvelle réalité allait supplanter la douleur insupportable qui la déchirait et laisserait la place au regret, peut-être à une nouvelle forme de souffrance, mais plus douce. Supportable parce que comprise. Et Agata savait que l'histoire qu'ils étaient sur le point d'inventer allait redonner un sens à une existence entière et, donc, sauver une vie. Rien de moins.

Comme à son habitude, Priscilla était sur la terrasse en train d'écrire lorsqu'elle entendit d'abord les voix excitées et ensuite les pas de ce qui était assurément un groupe important de personnes. Que se passait-il ?

— À votre avis, elle va se mettre en colère ?

— À mon avis, oui.

— Elle va ze mettre en colère ?

— Non, à mon avis, non.

— Mais vous êtes sûrs qu'elle arrivera à l'écrire ? Je veux dire… comme il faut ?

— Si elle n'y arrive pas, alors aucun de nous n'y arrivera.

— On reviendra à la case départ, et alors autant remettre à Penelope la lettre de cette crapule !

— Mais si, elle en sera capable !

— Oui, mais si elle peut mais ne veut pas ?

— On la convaincra.

— On peut peut-être la payer… Vous avez de l'argent sur vous ?

— Elle vend des livres dans le monde entier et elle aurait besoin des trente-huit euros et quelques qu'on pourrait réunir pour se laisser convaincre ?

— Quoi qu'il en soit, qui va lui demander de l'écrire ?

— Mais on doit d'abord tout lui raconter. Toute l'histoire de Penelope, je veux dire. Sinon elle va nous prendre pour des fous. Et refuser de se laisser entraîner dans un truc illégal. Parce que c'est illégal.

— OK, on lui raconte, alors !

— Attention, tu marches sur les glaïeuls !

— Les jumeaux aussi ont marché dessus !

Priscilla, les coudes appuyés sur la balustrade, n'en croyait pas ses oreilles. Une seconde plus tard, elle vit un groupe de personnes de tous âges se frayer un passage au milieu des massifs de fleurs. Avant de s'immobiliser sous sa fenêtre, entre l'acacia et le magnolia.

— C'est un traquenard ? demanda-t-elle avec un sourire.

Quelqu'un marmonna :

— En quelque sorte.

Anita intervint aussitôt :

— Mais qu'est-ce que vous racontez, vous allez lui faire peur !

— Ce n'est pas une embuscade, promis ! lui fit écho Elvira.

— Vous nous faites entrer, s'il vous plaît ? demanda Agnese. Nous avons juste une chose à vous demander.

— Écrire une lettre, c'est tout, précisa Vittorino, expéditif.

— Oui, mais on ne devait pas d'abord lui raconter toute l'histoire ? ronchonna quelqu'un.

— C'est une question de vie ou de mort, cette histoire ! la supplia Agata.

Priscilla n'avait jamais entendu une histoire ainsi qualifiée, sauf peut-être dans les *Mille et une nuits*. Shéhérazade avait risqué sa peau, on ne pouvait pas le nier.

Pourtant, les seuls mots qu'elle prononça furent :

— La porte est ouverte.

L'instant d'après, ils étaient tous dans son salon, debout devant elle, sauf Margherita, qui, installée sur le sol, était occupée à se défaire de ses sandalettes.

Parmi eux, naturellement, il y avait Cesare, qui observait Priscilla avec un demi-sourire et une certaine attente : allait-elle accepter ? Et quelle invention merveilleuse allait surgir de son cerveau d'artiste ?

Priscilla croisa son regard et sentit son cœur faire un petit saut, là, devant la moitié du village. Embarrassée, elle détourna les yeux et se ressaisit avec ce qu'elle croyait être une incontestable aisance.

— Racontez-moi, dit-elle.

Et Agata commença à raconter.

Bien entendu, les seules qui n'avaient absolument pas envisagé de se rendre à la Villa Edera étaient les six membres du club de lecture. Une fois délogées du bar, elles s'étaient assises, aussi raides que dédaigneuses, sur les bancs de la place.

— Voilà qu'elle devient une héroïne nationale, celle-là. Vous verrez ! Ils vont donner son nom à une rue !

Toutes les six savouraient à l'avance une longue discussion délicieusement pleine d'aigreur avec le maire quand, soudain, Laura éclata en sanglots. Cinq têtes stupéfaites se tournèrent pour la regarder. Le visage entre ses mains, elle pleurait désespérément.

— Qu'est-ce qu'il y a ? demanda Lovisa, pleine d'empathie.

— Oh, Laura… Pourquoi tu pleures ?

Irene lui tapotait l'épaule.

— Mais enfin, qu'est-ce qui se passe ? On ne pleure pas comme ça sans raison !

— C'est parce que tout le monde est allé chez la romancière et pas toi ?

— Je la déteeeeste, sanglota Laura.

— Oui, bon, nous aussi, on la déteste. Mais ça ne sert à rien de pleurer comme ça.

— Vous ne comprenez pas…

— Oh, mais enfin, quoi ? Oui, quoi ? s'énerva Irene, qui n'avait assurément pas l'instinct d'un bon Samaritain.

Peut-être à cause de la terreur que lui inspirait la colère d'Irene, ou peut-être par pur découragement, Laura leva du creux de ses mains sa face rougie et striée de larmes et de mascara, et hurla d'une voix brisée :

— Je l'aime !

Les cinq autres se figèrent, interdites.

— Ah, voilà, fit Lovisa. Mais de qui parles-tu ?

Laura confessa alors à ses amies son amour éternel bien que tourmenté pour le docteur Cesare Burello, chirurgien esthétique en vacances dans son village natal.

Mais la confession de la pauvre femme fut accueillie par un silence glacial et consterné. Ce qui la laissa encore plus abattue. Elle regrettait déjà d'avoir révélé son secret.

En réalité, toutes attendaient la réaction d'Irene. Tant que celle-ci ne s'était pas exprimée, elles ne pouvaient s'autoriser à avoir une opinion. Elles restaient donc silencieuses, dans l'expectative, tandis que Laura s'essuyait le nez avec l'ourlet de sa jupe.

Irene, quant à elle, était indécise : d'un côté, elle trouvait inacceptable que cette Laura – qui cachait bien son jeu ! – puisse penser avoir une chance avec l'homme le plus séduisant du coin ; mais, d'un autre côté, elle restait l'une des leurs, docile et facile à manipuler, tandis que la romancière était leur ennemie jurée. Par conséquent, Irene se sentait écartelée : quelle pire perspective devait-elle envisager ? Que Laura se sente en droit d'être à la hauteur de Cesare Burello ou que la romancière lui mette le grappin dessus ? Quel dilemme !

Contrairement aux membres du club de lecture, Priscilla garda le silence un instant, juste pour le plaisir de se laisser traverser par le délicieux frisson qui la parcourait toujours quand elle se trouvait face à une belle histoire.

Puis elle murmura :

— C'est Miss Havisham…

— Qui est-ce ? demanda Claretta. L'une de vos amies ?

Priscilla sourit.

— C'est le personnage d'un roman de Dickens, *Les Grandes Espérances*. Une femme qui, après avoir été abandonnée le jour de son mariage, s'enferme chez elle, toujours vêtue de sa robe de mariée, et reste ainsi pendant des années, tandis que son banquet de mariage se décompose, dévoré par les insectes, et que sa toilette nuptiale tombe en lambeaux sur son corps vieillissant.

— C'est dégoûtant, commenta Agata, qui estimait que l'amour ne valait pas la peine de gâcher un banquet.

Il ne fallut pas plus d'une minute pour emporter la conviction de la romancière, qui annonça :

— C'est d'accord, écrivons cette lettre !

— Je le savais, je le savais ! exulta Agata, tandis que toutes les personnes présentes se précipitaient sur Priscilla pour lui serrer la main ou lui taper sur l'épaule en signe d'amicale approbation.

— OK, OK, calmons-nous. Vous devez me laisser une demi-heure, d'accord ?

Tous acquiescèrent, empressés.

— Oui, oui, on va attendre !

— Bien sûr qu'on va attendre !

— Dumbo, de toute façon, tu n'avais rien à faire, n'est-ce pas ?

Priscilla insista :

— Entendu, mais ce que je voulais dire, c'est que vous devrez attendre en silence. Comment puis-je inventer une lettre au débotté si vous discutez autour de moi ?

— Elle n'a pas tort, dit quelqu'un.

— À partir de maintenant, on reste tous silencieux, d'accord ? déclara Agnese.

— Oui, on se tait et on te regarde, c'est tout, répondit une voix.

— Non, vous ne me regardez pas ! protesta Priscilla, qui ne s'était même pas rendu compte que tout le monde s'était mis à la tutoyer. Vous restez ici, dans la maison ou dans le parc, et moi, je vais sur la terrasse, toute seule, et j'écris la lettre. Mais vous parlez doucement, on est d'accord ?

Elvira proposa :

— Moi, si tu veux, je te fais un peu de ménage dans la cuisine. Parce que je n'arrive pas à rester sans rien faire.

— Et si on préparait des pâtes pour tout le monde ? suggéra Dumbo.

— Mais écoutez-le, celui-là ! Voilà qu'il a faim, maintenant…

La maîtresse de maison lâcha un soupir bruyant afin d'attirer l'attention sur elle.

— Écoutez, faites ce que vous voulez. Il suffit que vous me laissiez tranquille une demi-heure. Faites des pâtes, ramassez les feuilles, mais ne me dérangez pas !

En un instant, tous se volatilisèrent. Et Priscilla, de retour à son poste sur la terrasse, rassembla sa chevelure sur le sommet du crâne et commença à réfléchir.

Non loin d'elle, tandis que Virginia et les enfants discutaient à voix très basse, mais avec animation, au pied de l'acacia, Cesare et Agata, dans un silence respectueux, s'assirent côte à côte sur un banc de pierre, sous le magnolia. Leur regard restait pointé vers la terrasse. Précisément sur la nuque de Priscilla, qui apparaissait de trois quarts de dos. Agata pensait à cet instant que la présence de Priscilla était bien l'événement le plus extraordinaire qui fût jamais arrivé à Tigliobianco et que ce n'était pas grave si elle n'écrivait que des romans d'amour : elle était super forte, quand même. Elle était vraiment impatiente que la romancière eût terminé.

Cesare pensait plus ou moins la même chose. Mais une question, et non des moindres, le titillait : que devait-on éprouver si l'on se penchait sur cette nuque nue pour l'effleurer des lèvres avant d'y déposer une série de minuscules baisers et de se risquer, enfin, à la mordiller ?

Bref, un homme reste un homme, et cette femme, il fallait le dire, le rendait fou, d'autant qu'elle s'était installée dans son oreille droite par on ne savait quelle sorcellerie. De là, elle s'était mise à bourdonner. Elle lui semblait être un mélange savant de piquant et de douceur. Et puis personne ne l'avait jamais comparé à un personnage de roman, et ça aussi, c'était charmant. Il avait l'intuition qu'elle était en permanence entourée de murailles élevées pierre par pierre depuis des années ; le défi d'y trouver une brèche ne pouvait qu'exciter sa virilité. En résumé, comment fait-on pour franchir certains murs ? Comment accède-t-on à la petite pièce au sommet de la tour ?

Paresseusement allongé à l'ombre, Cesare passait en revue ses meilleures techniques de séduction, mais il les trouvait toutes trop banales pour une femme comme Priscilla Greenwood.

Il fut distrait de ces pensées par la voix d'Agata :

— Tu m'écoutes ?

— Hein ? Désolé... Tu disais ?

— Je disais que tu as quelque chose dans la poche de ton jean. Je crois que Laura y a glissé un billet.

Cesare se leva et, après avoir tâté ses poches arrière, sortit un billet rose de celle de droite.

— Je te le disais bien. Qu'est-ce que c'est ? demanda Agata en passant sa petite tête couleur carotte par-dessus le bras du docteur pour déchiffrer le message.

Ma vie, tu es ma vie. Pose tes yeux virils sur moi, embrase ma féminité avec tes mains qui ressemblent à des colombes.

— Waouh ! s'exclama la fillette en sifflant.

Cesare, abasourdi, dut relire plusieurs fois ces deux lignes.

— Qui l'a mis dans ma poche, déjà ? demanda-t-il.

— Laura ! Elle est dans le groupe de celles qui se font commander par Irene. Tu vois de qui je parle ? Les femmes du club de lecture.

Le petit groupe se matérialisa dans l'esprit de Cesare, qui écarquilla les yeux. Alors c'était elle, la créature mystérieuse qui lui écrivait des billets enflammés ? Laura, cette petite souris apeurée ?

Les femmes ne cesseraient jamais de le surprendre.

— Qu'est-ce que tu vas faire, maintenant ? demanda Agata.

— Je ne sais pas, répondit-il en soupirant.

— Mais tu es un adulte, tu dois forcément le savoir !

Cesare se tourna vers elle.

— Tu crois donc que les adultes savent toujours quoi faire ?

— Ma maman le sait toujours, précisa-t-elle.

— Les mamans, peut-être. Moi, non.

— Ah… se contenta de répondre Agata. Alors c'est un problème. Elle te plaît, Laura ?

— Non. Ce n'est pas du tout mon genre.

— À moi non plus, en fait.

Puis elle prit son courage à deux mains et demanda :

— Qui te plaît, alors ?

Cesare, sans même y penser, leva les yeux vers la terrasse.

Agata sourit.

— Tu as raison, conclut-elle d'un ton ferme.

— Comment tu ferais, toi, pour faire sortir un petit insecte de son repaire ? interrogea Cesare.

Les enfants pouvaient parfois avoir des idées inattendues.

Agata ne parut pas surprise par cette demande. Elle s'accorda juste un instant pour penser sérieusement au problème.

— Eh bien, soit avec de la lumière, si c'est un papillon, tu vois, ou un moustique. Ou bien avec quelque chose de sucré ? Du genre, tu sais, quand on dit qu'on prend plus de mouches avec du miel qu'avec l'autre truc, tu vois de quoi je parle ? Ou peut-être aussi avec des fleurs, ça marche bien en général, non ? En plus, les fleurs attirent les insectes comme les abeilles et les papillons.

— Des lumières et des douceurs, donc… et des fleurs, murmura Cesare tandis que l'esquisse d'un plan se frayait un chemin dans son esprit.

Des fleurs pour Priscilla Greenwood ? Trop banal, peut-être. Mais… Il se mit à méditer en caressant doucement sa barbe.

À cet instant précis, la romancière se leva et annonça :

— J'ai fini.

Amaranta, mon amour.

Amaranta, papillon et abeille. Amaranta, ombre et velours, vague et toile d'araignée.

J'aurais passé ma vie dans tes bras, enveloppé dans ton âme. Au lieu de cela, j'ai adressé des suppliques au ciel et à Dieu, qui ne m'ont pas accordé leur soutien.

Mon Amaranta, miroir, lune et coquillage. Pas un jour ne s'est passé sans que je me souvienne de tes lèvres, de la courbe de ta nuque, de la tendresse de ta joue posée sur ma main, de tes cheveux sous mes doigts caressants.

J'ai disparu, Amaranta, mais pas mon cœur. Je suis resté prisonnier, je me suis noyé mille fois, j'ai pris feu, je suis devenu un fantôme. J'ai perdu tous mes mots.

Aucune explication n'a le pouvoir de nous redonner ces années d'exil. Aucun pardon ne m'est permis. Mais avant de m'en aller pour toujours, je désobéis au Destin et je t'envoie ces mots, les derniers.

Pour toi, je me libère des chaînes qui m'ont retenu prisonnier pendant si longtemps, je me libère de la honte et je te parle pour que le silence ne demeure pas entre nous pour l'éternité.

Je suis un vieil homme, Amaranta, et je me souviens d'une jeune fille à la peau resplendissante. Et seul ce souvenir de toi, le vain espoir de pouvoir te caresser de nouveau, m'a maintenu en vie pendant que j'attendais. J'attendais et je me consumais.

Je ne raconte pas, je ne t'explique pas, je ne demande pas un pardon que je ne mérite pas. Mais je t'offre aujourd'hui, au terme de mon voyage, à nouveau, un amour qui a brûlé durant tout le chemin qui m'a éloigné de toi.

Amaranta, si la flamme de cet amour a encore la force de te réchauffer, alors je te l'offre aujourd'hui mille fois, comme j'aurais voulu le faire chaque jour de ma vie.

Ce n'est pas l'oubli qui m'a retenu au loin, mais des chaînes. Des chaînes qui ont blessé mes bras, mon cœur, mon âme.

Rien ne m'a jamais autant ému, dans cette vie, que le souvenir de ton sourire.

Priscilla reposa la feuille et leva les yeux sur le groupe silencieux rassemblé autour d'elle.

— Alors ? demanda-t-elle avec une certaine impatience.

Elle était très fière d'elle.

— Eh bien, répondit Cesare, à part le fait qu'aucun homme réel n'écrirait quelque chose de ce genre, je dirais que c'est parfait.

— Et ils devraient apprendre à le faire ! s'exclama Anita avec une légitime indignation.

— C'est une très belle lettre, sanglota Agnese en essuyant une larme.

— Oui, elle est vraiment très belle, dit Virginia. Maintenant, il ne nous reste plus qu'à la remettre. Tu t'en occupes, Dumbo ?

Ce dernier sortit de sa torpeur en protestant :

— D'accord. Mais vous ne devez plus m'appeler Dumbo, désormais !

— Oui, oui. Les oreilles neuves ne sont pas encore faites, hein ? fit remarquer Elvio en pinçant amicalement l'une des immenses esgourdes du facteur. Nous venons de faire un miracle, alors cours porter cette lettre. Pour tes oreilles, le miracle sera accompli par le docteur Cesare. Allez, file !

Anita était en train de glisser la feuille dans l'enveloppe lorsque Agata bondit sur ses pieds.

— Attends !

— Seigneur, qu'est-ce qui se passe encore ? demanda Priscilla.

— Ça ne va pas. C'est une écriture de femme !

Tous les romans policiers qu'elle avait lus devaient au moins servir à quelque chose.

— Mais Penelope a au moins cent ans, vous pensez qu'elle s'en apercevra ? demanda Virginia.

— Après tout ce qu'on a accompli, on peut bien faire un dernier effort, trancha Elvira, pragmatique. Docteur, réécrivez-la !

— Quel docteur ? demanda Ettore. Mon frère ou moi ?

— Peu importe.

Cesare intervint :

— Donnez-moi un stylo et du papier.

— Quel honneur… murmura Priscilla avec un petit sourire insolent.

— Toi, la scribouillarde, tais-toi, répondit Cesare, provocateur, en lui donnant une tape sur la main.

Priscilla regarda le dos de sa main, puis les yeux de Cesare et, miracle, éclata de rire.

— Demain, je t'emmène à la chasse au cahier, chuchota-t-il.

Et elle, en silence, fit « oui » de la tête. En se rendant compte qu'elle était en train de dire « oui » à beaucoup de choses.

20

La lettre fut donc remise par un Dumbo tout heureux. Et le village attendit pendant des jours. Il paraissait plus silencieux. Même les jumeaux, en passant devant la maison de la vieille Penelope, ralentissaient et parlaient à voix basse.

Mais la maison demeura, elle aussi, silencieuse. Et l'attente, peu à peu, commença à se dégonfler. Pourtant, la question que tout le monde se posait resta suspendue dans l'air chaud de l'été : n'allait-il vraiment rien se passer ? Après avoir échafaudé et mis en œuvre ce plan remarquable – la séquestration de Dumbo, la lettre ouverte avec la vapeur, l'échange avec la missive écrite par Priscilla –, se pouvait-il que rien ne change ? Comment était-ce possible ?

Le mystère de ce qu'avait pensé et fait Penelope dans la solitude de sa demeure planait au-dessus de toutes les têtes, s'unissant à celui du sort du cahier de recettes de la servante Luisa et de son Suprême.

Seules deux personnes ne semblaient pas partager le sentiment général : Cesare et Priscilla étaient en effet très occupés, l'un à lire, en riant beaucoup, ses romans à elle (tout en mûrissant une idée qui avait germé sur le banc de la Villa Edera), et l'autre à écrire sa nouvelle histoire.

Et puis il y avait la chasse au cahier de recettes. Car Priscilla et Cesare avaient en effet passé des journées entières à se promener dans le village tout en imaginant des théories farfelues.

L'intimité qui était née entre eux n'était pas passée inaperçue, en particulier auprès des trois commères, lesquelles entendaient Claretta faire remarquer au moins trois fois par jour :

— J'avais vu clair dans tout ça, moi. Et je l'avais prédit, oui ou non ?

Leur mécontentement initial – une étrangère se pointait et, comme si de rien n'était, séduisait *leur* docteur, quelle inconvenance ! – avait laissé place à une joyeuse excitation. En très peu de temps, elles étaient passées de l'opposition à l'encouragement et suivaient avec passion cette danse insolite dont les pas capricieux s'exécutaient sous leurs yeux.

On n'avait jamais vu, dans un si petit village, autant d'événements se produire en même temps. Ce qui ranimait, surtout chez les trois petites vieilles, une vitalité débridée et, surtout, une irrépressible envie de s'en mêler. Quand donc une telle occasion se présenterait-elle à nouveau ?

Anita leur avait raconté dans les moindres détails toute l'histoire de la lettre à Penelope et les trois femmes, scandalisées de ne pas avoir été consultées et d'avoir manqué l'unique délit jamais commis à Tigliobianco, trépignaient à l'idée des inévitables conséquences.

Laura, elle, était beaucoup moins enthousiaste. Son secret désormais avoué à ses amies, elle se retrouvait dans une situation qui la terrorisait. Après avoir longuement réfléchi, Irene avait finalement décidé que Laura, en matière d'amourettes, représentait un moindre mal et avait donné sa bénédiction à son union avec Cesare. En outre, son amie devait être guidée, car elle était absolument incapable de gérer seule sa vie sentimentale. Irene avait par conséquent jugé bon de lui inculquer une stratégie de séduction de son cru – un homme comme Cesare méritait des efforts exceptionnels. Laura était donc obligée de suivre les instructions d'une femme pour qui le summum du glamour consistait à présenter ses arguments à l'aide d'un Power Point. Et elle ignorait si elle en éprouvait plus de peur que de tristesse.

Celui qui s'amusait le plus était sans aucun doute Ettore. Observer son frère embarqué dans un concours de séduction – tout à fait inédit – était très amusant. À la Villa Edera, il avait remarqué, comme tout le monde, d'ailleurs, la façon dont Cesare regardait la romancière. De la tendresse, de la curiosité… Son frère avait enfin rencontré une femme qui parvenait à lui tenir tête. Le connaissant parfaitement, Ettore savait aussi que pour Cesare, si brillant et charmeur fût-il, se retrouver face à une créature aussi imprévisible que l'était Priscilla devait être à la fois un défi et une miraculeuse bouffée d'air frais. Son frère avait un esprit audacieux et peu conventionnel ; il était en perpétuelle recherche de quelque chose ou de quelqu'un capable de le surprendre. Cesare n'avait jamais été du genre à se contenter de peu. Comme lui, d'ailleurs.

Mais tandis qu'Ettore patientait tranquillement, son frère avait une âme trop vive et trop rebelle pour attendre que le Destin vienne frapper à sa porte. C'était pourquoi il avait cherché l'impossible toute sa vie. Il n'était pas fait pour l'ennui, pour la routine, mais pour ce qui échappait aux modèles. Quelque chose qui, au lieu de l'obliger à se conformer au monde tel qu'il avait été conçu par les autres, en construise un nouveau avec lui, avec des couleurs qui n'existaient pas auparavant. Son frère était un irréductible visionnaire. Un homme fier d'être libre, caché sous sa discipline et sa rigueur comme sous ses chemises blanches et ses cravates choisies avec soin.

Ettore observait donc les développements de cet étrange été durant lequel un homme qui avait cherché toute sa vie à échapper aux pièges de la réalité se retrouvait, enfin, face à une femme qui semblait sortie d'une autre dimension. Il voyait Cesare plongé dans des romans d'amour qu'il n'avait jamais lus, dans l'univers créé par la plume et l'esprit de Priscilla, il l'observait en train de discuter avec elle d'hypothèses concernant Luisa. Et il secouait la tête avec perplexité. Qu'était-il en train de manigancer ?

De son côté, Cesare se moquait de savoir si le cahier de la bonne Luisa avait été détruit ou non. Mais observer l'imagination de Priscilla s'enflammer était un spectacle charmant.

Ils étaient assis sur un banc de la place tandis qu'en face d'eux, Virginia, Agata et les enfants jouaient à remplir des ballons avec l'eau de la fontaine.

— Qui était présent quand Luisa est morte ? demanda Priscilla. Et a-t-elle vraiment été tuée par la foudre ?

— Tombée raide morte sur le parvis, je le jure, lui répéta Cesare. Devant tout le village, ou presque.

— Hmm, murmura Priscilla, pensive.

Cesare regardait s'agiter les mécanismes bien huilés de son esprit.

— À ton avis, elle l'avait toujours avec elle, son cahier de recettes ?

— Tu veux dire cousu dans la doublure de ses vêtements ? plaisanta-t-il.

Priscilla ne mordit pas à l'hameçon.

— Mais non ! Dans son sac, par exemple. Ou bien elle le gardait chez elle ? Qui vit dans sa maison, maintenant ? Tu sais qui étaient ses meilleures amies ?

— Priscilla, Luisa était une femme insupportable et d'une rigidité on ne peut plus ennuyeuse. Quelles amies aurait-elle bien pu avoir ?

— Il doit bien y avoir ici quelqu'un qu'elle fréquentait ! insista-t-elle. Elle avait des hobbies ?

— Si je me rappelle bien, à part la grande pâtisserie, et quand je dis « grande », c'est une façon de parler, elle prenait un immense plaisir à s'occuper des affaires des autres, dissimulant ce penchant sous des dehors de charité chrétienne. En revanche, pour Vladimiro, elle s'est donné beaucoup de mal. Son sort lui tenait vraiment à cœur ; je m'en souviens très bien.

— Et si elle avait enterré le cahier dans un coin de son jardin ? Et si elle avait eu une pièce secrète derrière une bibliothèque pivotante ? Et s'il était caché sous les lattes du plancher ?

— Priscilla…

Décidément, la dame qui occupait ses pensées prenait cette quête un peu trop au sérieux.

— De quoi vous parlez ? hurla alors une voix d'enfant.

Les jumeaux et Margherita les avaient rejoints, Virginia et Agata derrière eux. Ils étaient trempés comme des soupes.

— Du cahier de Luisa, répondit Cesare. Vous aussi, vous connaissez l'histoire, n'est-ce pas ?

— Bien sûr ! approuvèrent-ils tous les cinq d'une même voix.

— Alors, vous essayez vraiment de le trouver ? demanda Agata, ravie de voir se profiler une nouvelle enquête. Vous avez des indices ? Parce que si vous en avez, Agnese pourrait les acheter à prix d'or, vous savez ?

Priscilla prit la parole :

— Il me semble qu'on en a très peu. S'il n'est pas caché chez Luisa et qu'elle n'avait pas d'amis à qui le confier, le mystère reste entier.

— Elle n'avait pas d'amis ? s'exclama Tobia. Même pas un ?

— Si, Vladimiro, d'après Cesare.

À cet instant précis, l'esprit distrait de Virginia additionna enfin deux et deux. La jeune fille écarquilla les yeux.

Cesare l'observait avec le plus grand sérieux.

— Virginia ? se borna-t-il à demander.

— Oh…, fit-elle avec un air presque coupable. Dites-moi, le cahier de Luisa avait-il une couverture noire ?

Priscilla retint son souffle.

— Ne me dis pas que…

De leur poste d'observation, les trois commères assistaient au deuxième événement miraculeux de cet été tout en s'aérant avec leurs éventails à fleurs.

Et, malheureusement, cette fois-là non plus, elles ne le savaient pas.

21

Assis tous les sept à la table de la cuisine chez Virginia, ils observaient le cahier à la couverture noire posé devant eux. Un objet d'apparence ordinaire, étranger aux vicissitudes qu'il avait déchaînées durant trente-deux longues années.

— Tu as déjà lu la recette du Suprême ? demanda Agata avec curiosité.

— On va le faire ! hurlèrent les jumeaux.

— C'est pour ça que vous vous êtes inscrits au concours ? s'exclama Agata. Agnese va en mourir de jalousie.

— Ah... En fait, nous, on ne savait pas que c'était le Suprême quand on a décidé de participer, se justifia Virginia.

— Et maintenant, vous allez le dire à Agnese ? intervint Cesare.

Baby-sitter et enfants gardèrent le silence. Ils se sentaient coupables.

Cesare éclata de rire.

— À mon avis, vous pouvez profiter de votre découverte et signer un fabuleux *coup de théâtre*[1] lors du concours. Sans aucune culpabilité.

— Tu veux dire qu'Agnese ne se fâchera pas ? osa Virginia, hésitante.

— Je veux dire que vous avez le droit de profiter de votre moment de gloire, sourit Cesare en caressant la petite tête de Margherita, assise à côté de lui. Et puis le temps est venu d'un changement de génération sur la plus haute marche du podium.

Pendant ce temps, Priscilla, poussée par la curiosité, feuilletait le cahier, parcourant les pages rédigées d'une écriture soignée.

Et voilà que, soudain, la recette du célèbre gâteau se matérialisa, comme par magie, devant ses yeux.

Ingrédients

Une barquette de fraises
3 œufs
7 cuillerées à soupe de sucre
1 pincée de sel
1 petit pot de crème fraîche de 125 ml
260 ml de lait
315 g de farine 00
1 sachet de levure
Quelques fleurs d'acacia

Préparation

Tout d'abord, débarrasser les fleurs de leur tige et retirer leur pétiole vert.

---

1. En français dans le texte (NdT).

Séparer les blancs des jaunes d'œufs.

Je blanchis les jaunes avec le sucre et j'ajoute le sel, la crème et le lait. Puis la farine et le sachet de levure bien tamisés, sans rechigner, et je mélange bien.

Je monte les blancs en neige, je les ajoute en mélangeant toujours du haut vers le bas comme il se doit. Puis les fleurs d'acacia tout doucement, sans les abîmer, en mélangeant toujours pareil.

Je verse dans un moule beurré de taille moyenne et je laisse tomber sur la pâte cinq grosses fraises coupées en petits morceaux et roulées dans la farine pour qu'elles ne s'enfoncent pas (ou alors sept fraises normales).

Je recouvre le tout de copeaux de beurre et d'une belle pincée de sucre et je mets au four.

Je fais cuire le gâteau dans le four bien chaud (180°) pendant une heure.

Ensuite, il devrait être cuit mais toujours contrôler avec la pointe d'un couteau, qui doit ressortir sèche.

Quand je le sors du four, je le laisse refroidir, je le nappe de miel d'acacia et je pique dessus les pointes des fraises, les plus rouges que j'aie.

Si le cœur m'en dit, je coupe le gâteau en deux et je le fourre avec une crème qui me plaît et peut-être aussi des fraises coupées en morceaux ou de la confiture. Je peux aussi baigner la pâte dans un mélange de jus de fraise et de marasquin.

Mais seulement si le cœur m'en dit.

— Des fleurs d'acacia, murmura Priscilla. Génial. Qui aurait pu y penser ?

— Un génie du mal, cette Luisa, ajouta Agata, admirative.

— Je ne voudrais pas gâcher ce moment, soyez-en sûrs, mais où trouve-t-on un acacia encore en fleurs au mois de juillet ? demanda Cesare, pragmatique.

Six paires d'yeux le considérèrent avec une certaine compassion.

— À la Villa Edera ! s'écrièrent-ils en chœur comme si c'était la chose la plus naturelle du monde.

Au comble de l'excitation, Tobia lança un cri de guerre et exécuta une petite danse autour de la table. La seconde d'après, tous les enfants – petits et grands – improvisèrent une sarabande sauvage avant de se ruer dehors. Et là, face aux yeux écarquillés et lumineux de Priscilla à quelques centimètres des siens, Cesare fut incapable de résister. Il tendit la main vers ce visage – si intense, si proche – et posa délicatement son pouce sur la lèvre inférieure de la jeune femme.

— Je te vois, chuchota-t-il avec une infinie douceur.

22

Le matin suivant ce qui resterait dans l'histoire du village comme le jour de la Grande Découverte, Cesare, assis sur un transat installé dans la cour, était plongé dans le troisième tome de la série de Calliope du Topaze : *M'enfuir de tes bras*.

Maintenant qu'il avait acheté ces livres, autant les lire, se disait-il, d'autant plus qu'il les trouvait très divertissants. Pour lui, habitué à des ouvrages d'un tout autre genre, se retrouver emporté dans le monde velouté et scintillant de Calliope du Topaze était un incroyable changement.

Amours, enlèvements, duels, échanges d'identité, morts réelles ou simulées… tout le répertoire du roman-feuilleton était dans ces romans. Et, pour une raison obscure, Cesare se surprenait à les trouver étrangement agréables à lire. Désormais, il comprenait mieux pourquoi les femmes du monde entier se passionnaient pour ces aventures et il constatait que l'union de tous les clichés littéraires du genre dans une langue et un style aussi brillants aboutissait à quelque chose d'original et d'inexplicablement frais.

Que Priscilla ait pu imaginer la bonne Luisa soulevant les lattes du plancher de son salon pour y cacher son cahier ne l'étonnait plus.

Il ne s'était pas trompé. Cette femme n'était pas qu'une seule femme : elle en abritait jalousement plusieurs autres, et elle le poussait à toutes les découvrir. Cesare connaissait les femmes : il savait – du moins le croyait-il – comment fonctionnait l'âme féminine. Par expérience, bien sûr, mais aussi par curiosité et grâce à sa vive intelligence. Mais Priscilla était différente. Au fil de ses lectures, il percevait de mieux en mieux, comme si elle était gravée entre les lignes de ses romans, la carte précise de son âme. Cette soif de quelque chose qui allât au-delà de la vie quotidienne, cette volonté de trouver beauté et plaisir dans les choses les plus banales afin de les rendre exceptionnelles. Ce besoin d'inventer un monde qui ne fût pas soumis à l'usure. Entre ces pages étaient déposés des rêves et des désirs, remèdes à de féroces désillusions et à une réalité jamais à la hauteur. Les romans de Priscilla renfermaient le désir immense de sortir du filet qui emprisonnait l'humanité, un désir hurlé avec une passion et une violence éclatantes – pour qui était capable de l'entendre.

Cette femme avait un cœur d'encre et de papier. Tout autour d'elle se dénouaient les écheveaux d'imagination qui proliféraient dans ses livres, avec ses rêves. Comme il serait agréable, pensait Cesare, de passer du temps à suivre ces fils de couleurs variées et de découvrir où chacun d'entre eux le conduirait ! Comme il serait charmant de jouer avec ces pelotes d'imagination et, de temps en temps, de les caresser doucement jusqu'à ce qu'elles laissent Priscilla se reposer un peu… Quel privilège cela serait d'être l'homme qui aurait le pouvoir d'enflammer et d'apaiser cet esprit inquiet !

L'avait-il, ce pouvoir ? Pendant la chasse au cahier de recettes, il avait encouragé Priscilla à imaginer des destins toujours plus insensés pour ce stupide carnet et il s'était délecté à écouter ce qu'elle inventait.

Cesare revoyait le visage de Priscilla le jour ils avaient enfin déniché le cahier perdu. La façon dont elle avait écarquillé les yeux, dont elle avait légèrement rougi sous le coup de l'excitation... À ce souvenir, il sourit.

Lorsqu'elle avait tenu pour la première fois le cahier dans ses mains, on aurait dit qu'elle avait retrouvé le manuscrit perdu d'une œuvre de Shakespeare. Son émerveillement enfantin avait paré ses traits d'une splendeur inconnue. Comme si une forêt s'était soudain transformée en une prairie tapissée de coquelicots.

Cesare ressentait un désir pressant d'offrir à cette femme, dans la vie réelle, tout ce qu'elle était parvenue à imaginer. Réaliser chaque fantasme de Priscilla était une perspective qui le faisait frémir d'impatience. En lisant ces romans que tout le monde dévorait pour alléger les corvées quotidiennes et les blessures de l'âme, il s'était retrouvé face à la collision entre la vie discrète et l'âme ardente de la romancière.

Et, maintenant, il avait même un plan.

Il se demandait s'il allait trouver des lumières de Noël quelque part... Et puis il y avait Ernesto. Il avait absolument besoin d'Ernesto et de sa sagesse livresque, pensa-t-il en posant son roman et en attrapant son téléphone qu'il découvrit de nouveau éteint, Dieu savait depuis quand.

Agata avait raison pour les fleurs. Mais il fallait que ce fussent des fleurs spéciales.

Assise les jambes croisées sur son lit avec une tasse de café, Priscilla ne pouvait s'empêcher de sourire. Le miracle s'était donc produit ! Ils avaient retrouvé le cahier après des décennies de recherches. D'abord, Penelope et la lettre, maintenant, le cahier de recettes : vivre à Tigliobianco, c'était comme être plongé dans un roman.

Elle avait feuilleté le cahier chiffonné de Luisa : un instant de bonheur parfait. Depuis combien d'années ne s'était-elle pas sentie aussi heureuse ? N'avait-elle pas goûté à cette joie pure et pétillante ?

Et ce sentiment d'appartenance qu'elle avait éprouvé l'espace d'un instant pendant le déjeuner avec Elvira et Agnese, après avoir retrouvé Dracula, était réapparu, plus doux, plus émouvant – irrésistible.

Priscilla, tout en regardant une branche d'acacia qui se balançait devant la fenêtre ouverte, sourit.

Elle sourit pour les enfants autour de la table, pour le cahier noir, pour cette impression de faire partie de quelque chose, et pour ce moment où Cesare, tandis que cinq enfants excités dansaient dans la pièce, l'avait regardée. Comme si c'était la chose la plus naturelle du monde, il lui avait caressé la lèvre inférieure pendant une seconde.

« Je te vois », avait-il susurré.

Et Priscilla était restée là, immobile, l'empreinte de son doigt à lui sur sa lèvre et surtout, niché en une seconde dans son âme, un homme qui – enfin – la voyait. Au diable l'amour. Ça, c'était un miracle.

Quant aux trois commères, l'envie de s'en mêler les démangeait. Elles ne pouvaient pas attendre indéfiniment, elles. Elles étaient des femmes occupées. Il fallait que ces deux-là se secouent au lieu de parler à voix basse, assis sur le banc de la place.

Par conséquent, lorsqu'elles virent Cesare se diriger d'un pas pressé vers la librairie d'Ernesto, elles le hélèrent. Sans même le saluer, Claretta, confortablement installée entre les deux autres, attaqua par un :

— Alors ? Cette romancière ? Ici, on n'en peut plus, hein… On ne peut pas attendre jusqu'à la Saint-Glinglin !

Il les observa, stupéfait.

— Sérieusement, vous m'avez appelé pour fourrer vos nez dans ma vie sentimentale ?

Les trois femmes le dévisageaient, impassibles. Il en fallait plus pour les démonter.

— Eh bien, si tu n'es pas capable de faire les choses tout seul…, se défendit ingénument Rosamaria avec un haussement d'épaules.

— Merci, répliqua Cesare, époustouflé par un tel culot.

— Voilà, c'est ça, conclut Evelina, magnanime. Au cas où tu n'y arriverais pas, n'hésite pas à faire appel à nous.

Naturellement, Cesare était plus que capable de se débrouiller tout seul. Il avait une certaine expérience. Mais, cette fois, il ne voulait pas se presser ni hâter le cours du temps. Il voulait admirer le lent spectacle des émotions qui, l'une après l'autre, passaient sur le visage de Priscilla tandis qu'elle essayait de les dissimuler.

S'il avait « fait » quelque chose, ainsi que le lui suggéraient ces trois bonnes femmes, il aurait donné un insupportable coup d'accélérateur à ce magnifique spectacle, et il ne le voulait en aucun cas. Il était raffiné, Cesare : c'était un homme capable de s'offrir ses plaisirs comme de les dédier à autrui. Il savait au fond de lui que Priscilla ne voulait pas se précipiter non plus, que ce qu'elle voulait, c'était s'embraser doucement, avec toute la lenteur que les choses délicates et un peu folles requièrent. Ces choses qui n'ont pas de nom.

Cesare connaissait la structure des châteaux de cartes, il savait qu'on devait les construire d'une main légère, car un seul et minuscule faux mouvement pouvait les faire s'écrouler, en silence, dans un tourbillon de désirs réduits en miettes et d'espoirs anéantis. C'était pourquoi il ne voulait rien « faire », à part accorder à une chose étrange le temps de sortir de son cocon de peur et de commencer à déployer ses ailes, en révélant ce qu'il espérait être enfin de nouvelles couleurs.

Il voulait que Priscilla libère sans peur cette âme insolite que lui – inexplicablement – parvenait à voir. Il voulait l'admirer pendant qu'elle trouvait en elle-même, au plus profond de ses émotions, le courage de s'offrir aux regards.

Bref, alors qu'il savait très bien quelles manœuvres pouvaient conquérir le cœur d'une femme, Cesare s'accordait cette fois le plaisir d'attendre et d'explorer le sens le plus délicieusement authentique du mot « séduire ». Ce mot qui se terminait comme conduire… à soi.

Et puis il n'avait pas encore trouvé les lumières de Noël.

23

Ernesto avait réussi à trouver presque tous les titres que Cesare, lequel avait formulé de bien étranges requêtes, lui avait commandés.

— On peut savoir pourquoi tu en as besoin ? avait-il demandé à son ami quand celui-ci était passé récupérer les livres.

— Pour une femme de papier et des fleurs en papier, avait répondu Cesare, sibyllin.

Il avait enfin trouvé les lumières de Noël : emmêlées dans une boîte rangée dans le grenier d'Ettore, c'étaient celles de leur tante Flaminia. Elles dataient du début des années quatre-vingt, mais il faudrait s'en contenter. Il venait d'acheter du vin et diverses denrées alimentaires chez Claretta : il ne lui restait plus qu'à mettre son plan à exécution et à passer à l'action à la faveur des ténèbres, pour ainsi dire.

Tandis qu'il casait toutes ses affaires dans un grand sac de sport, il se rappela un détail : les bougies. Et maintenant ?

Le magasin de Claretta était fermé depuis longtemps. Il ne voyait plus qu'une seule possibilité.

Quelques minutes plus tard, il se retrouva donc à frapper à la porte du presbytère, son sac de sport à l'épaule.

— Cesare ? le salua le père Casimiro en ouvrant la porte. Il est tard, qu'est-ce qui se passe ? Un sursaut de dévotion ? Tu transportes tous tes péchés là-dedans ? ajouta-t-il en montrant le sac.

— Mon père, vous avez des bougies ?

— Des bougies ?

— Des bougies. Il n'y a pas de bougies, normalement, dans une église ?

Le prêtre soupira.

— Pourquoi as-tu besoin de bougies ?

— Pour conquérir une femme, répondit Cesare avec conviction.

— Ah, c'est donc ça. Un paquet de vingt, ça te suffit ?

— On fera avec.

Ce fut alors que les yeux du prêtre tombèrent sur le goulot de la bouteille qui dépassait du sac.

— C'est quoi, ce vin ? Ce n'est pas le merlot de Claretta, j'espère ?

Cesare se justifia :

— Eh, mon père… si.

Le prêtre soupira de nouveau.

— Alors, pour toi, ce sera un paquet de vingt bougies et un *Sassicaia*[1].

— Vous êtes le meilleur, mon père ! lâcha Cesare en lui donnant une tape sur l'épaule. Je vous dirai comment ça se sera passé, d'accord ?

---

1. Grand vin rouge de Toscane, premier « Super Toscan » à voir le jour, dans les années soixante-dix (NdT).

— Doux Jésus, se lamenta l'homme tandis qu'il allait chercher un paquet de vingt cierges et une bouteille de sa prestigieuse réserve.

De ce genre de choses aussi, le prêtre devait s'occuper.

Pendant ce temps, assise sur un tapis de méditation en forme de mandala étendu sur son balcon situé en face du presbytère, Irene avait interrompu son Salut à la Lune : elle venait de voir Cesare frapper à la porte du père Casimiro. La Mère Lune pouvait bien attendre, car Irene avait des choses plus importantes à faire, comme espionner à travers la balustrade.

Que faisait Cesare à l'église à dix heures dix-huit du soir ? Et pourquoi transportait-il un sac de sport ? Et, surtout, pourquoi le prêtre était-il en train de lui donner un paquet de vingt cierges et une bouteille de vin ?

Le mystère devenait intéressant. En pyjama et chaussée de Crocs, elle descendit furtivement l'escalier. Puis, tel un fantôme, elle suivit le docteur.

Tout cela, selon elle, ne sentait pas très bon.

Mais Irene n'était pas la seule qui avait décidé, ce soir-là, de passer à l'action. Laura, convaincue par elle d'adopter la manière forte, était assise à la table de sa cuisine et regardait avec une authentique mélancolie une pile de feuilles de papier de riz colorées et encore intactes. Elle en avait utilisé très peu : trois ou quatre, judicieusement réparties entre la voiture et les poches de Cesare. Et voilà qu'elle devait les abandonner pour suivre une voie plus concrète et bien plus dangereuse. Et dire qu'elle en avait acheté une rassurante ramette de cent ! Elle devrait les utiliser pour les anniversaires, les Noëls et les fêtes de Pâques à venir, pour les siècles des siècles.

Elle les caressa tristement de sa main aux ongles parfaits et soupira. Ce n'était vraiment pas facile de passer à l'action. Et puis quelle action ? Avec quels risques ? Et, surtout, quel courage ?

Elle plongea un autre biscuit bio sans sucre au blé complet dans le pot de Nutella et se mit à regarder fixement le mur. Sa prof de Karmayoga affirmait en effet que se concentrer sur une surface nue pendant un certain temps – plus ou moins indéfini – pouvait conduire à un état de transcendance miraculeuse. Laura avait donc décroché ses tableaux à petites fleurs achetés chez Ikea et elle se concentrait de toutes ses forces.

Une idée de génie était toujours possible.

Un autre pot de Nutella était posé sur les genoux de Priscilla, laquelle, en revanche, y plongeait directement sa petite cuillère tout en s'adonnant à un zapping morose, à la recherche d'un quelconque film d'horreur. Rien. La télé était désespérément peu coopérative. Et dire qu'un vulgaire zombie, un serial killer de pacotille ou un fantôme même insignifiant lui aurait suffi ! Mais le programme ne lui offrait qu'un défilé de bons sentiments et de films familiaux.

En raclant le fond du pot pour récupérer une dernière cuillerée réconfortante, elle s'enfonça plus profondément dans les coussins du canapé et se décida pour un épisode des enquêtes du *Père Brown*, au titre prometteur : *Homicide au presbytère*. C'était mieux que rien.

Pendant que les premières images défilaient sur l'écran, elle se demanda fugitivement si un roman qui raconterait le mystère de la recette perdue pendant si longtemps, et enfin retrouvée, du Suprême pourrait être passionnant.

Exactement vingt-cinq minutes plus tard, l'attention de Priscilla fut détournée de la dernière scène de *Padre Brown* par les notes d'une chanson des Carpenters, *Close to You*. Que faisaient les Carpenters dans son jardin ? Elle enfila un pull de coton sur son tee-shirt et passa sur la terrasse.

Enveloppé du très doux parfum de l'acacia en fleurs, Cesare était assis sur le banc de pierre, sous le magnolia. Élégamment vêtu, il tenait une bouteille de *Sassicaia* et deux verres à la main. Tout autour de lui brillaient des centaines de lumières, comme mille lucioles nichées dans les branches. Et les Carpenters continuaient de chanter dans son iPhone.

Durant quelques secondes de compréhensible incrédulité, Priscilla resta immobile, puis elle articula :

— Mais tu as perdu la tête ?

— Descends, je t'ai préparé le casse-croûte de… presque minuit, se contenta de répondre Cesare, aussi sûr de lui que peut l'être quelqu'un qui a su organiser un parfait pique-nique nocturne. J'ai même apporté du chocolat.

Priscilla leva les yeux au ciel. Comment résister à un pique-nique nocturne à la lueur des bougies, malgré le risque d'incendie, s'il était assorti d'une quantité suffisante de chocolat ? Et lorsqu'elle descendit, en sweat et pantalon de jogging, et qu'elle se retrouva sous un magnolia où les cierges flambaient entre les loupiotes de Noël, elle pensa que, bon sang, tout était parfait. Y compris Cesare, qui lui tendait un verre de vin. Sur le banc, ceints d'un ruban écarlate comme une gerbe de roses, reposaient sept romans.

— Et ça ? demanda Priscilla.

Les yeux de Cesare souriaient.

— On n'offre pas le même type de fleurs à toutes les femmes.

— Personne ne m'avait jamais offert un bouquet de livres, murmura Priscilla, le souffle coupé par la surprise.

Elle fit glisser entre ses mains *Le Maître et Marguerite, La Dame aux camélias, Le Dahlia noir, Gabriela, Girofle et cannelle, Le Nom de la rose, La Tulipe noire, The Jasmin Farm.*

Dans le château abandonné, en elle, courut un frémissement de vie. La servante avec son balai à la main se réveilla et se frotta les yeux, le cuisinier s'étira en bâillant, les mains pleines de farine, et le garçon dans la cour se remit à courir. Le chat sauta de la chaise où il avait dormi et les poules reprirent leur caquètement. Et là-haut, dans la tour la plus haute, le feu se ralluma dans la cheminée et lui aussi se remit à danser, réchauffant la pièce d'une tiédeur oubliée. Alors, la Belle au bois dormant sursauta légèrement et ouvrit les yeux, étonnée.

Encore incrédule, Priscilla prit son verre, perdue dans ce qui lui semblait être un songe d'une nuit d'été. Et, tandis qu'ils dégustaient à petites gorgées le vin rouge aussi bien que cette impatience fébrile qui depuis toujours accompagne les premiers rendez-vous, aucun des deux ne remarqua la silhouette blanche qui faisait discrètement son apparition sur le mur de pierre, au fond du jardin.

Irene avait suivi Cesare jusqu'au portail de la Villa Edera ; après plusieurs vaines tentatives d'escalade, elle s'était décidée à quitter ses Crocs roses. Puis elle avait enfoncé ses orteils entre les pierres du mur d'enceinte. Maintenant, elle se tenait là, immobile malgré la douleur qui tenaillait ses bras et ses jambes, accrochée au jasmin grimpant qui avait le mérite de la dissimuler tandis qu'elle s'adonnait à l'espionnage. Elle avait assisté, avec une indignation grandissante, aux préparatifs silencieux de Cesare ; elle l'avait vu lancer les guirlandes de lumières sur les branches, allumer les cierges du père Casimiro sur des soucoupes posées sur le sol ; elle l'avait observé pendant qu'il sortait de son sac de sport le vin, les verres, le chocolat, les fraises… et même une nappe blanche et un bol de crème ! Que Dieu la foudroyât si elle ratait ne fût-ce qu'une seconde de cette odieuse petite scène !

De sa cachette, elle vit aussi Priscilla s'asseoir sur le banc. Elle la vit glisser ses pieds nus sous ses cuisses pendant que Cesare lui parlait, elle vit les premiers sourires apparaître sur leurs visages. Elle le vit prendre entre ses doigts une mèche des cheveux roux décoiffés de la romancière. Elle sentit la distance entre eux se réduire, centimètre par centimètre, tandis que l'air semblait se réchauffer et commençait à embaumer. Elle sentit l'indécision et l'attente. Elle assista à tout cela comme si se déroulait sous ses yeux un accident qu'elle était incapable d'éviter. Avec la même frustration enragée.

Elle observa enfin cet instant de déséquilibre pendant lequel, avec la même facilité, deux êtres pouvaient choir dans un précipice ou s'envoler vers un ciel sans nuages. Cesare posa ses mains sur les joues de Priscilla, mêlant ses doigts à ses cheveux, et Priscilla s'abandonna à ce baiser comme si elle avait toujours appartenu à cet homme et qu'elle avait juste retrouvé le chemin de la maison.

Devant ce petit miracle qu'est un tout premier baiser, Irene eut une pensée solitaire et très claire : *Je vais détruire ce couple.*

24

C'était une matinée lumineuse, comme seules peuvent l'être celles des premiers jours de juillet. Allongée sur son lit, la fenêtre de sa chambre ouverte, Priscilla s'étira langoureusement.

C'était donc cela, la passion, une nuit aussi parfumée, tendre et pleine de soupirs…

Tous les mots qu'elle avait écrits étaient sortis de leurs pages et avaient envahi la vie réelle. Étourdie de plaisir et d'émerveillement, elle ne s'en rendait compte que maintenant, avec une stupeur qui la laissait sans voix, mais aussi avec une étrange envie de rire. Et de marcher pieds nus. Et de monter sur une balançoire. Et de jouer à la marelle en sautillant sur le trottoir. Les mains de Cesare sur sa peau, ses yeux lorsqu'ils la regardaient, ce sentiment d'être si timide et si audacieuse à la fois… !

Après des années de froid, elle s'était abandonnée à une chaleur nouvelle qui, douce et rayonnante, se répandait en elle. Priscilla se blottit sous ses draps avec un sourire, tandis qu'un léger frisson faisait resplendir chaque millimètre de sa peau. Son imagination, qui pendant toute sa vie avait été fenêtre, scène et prison, explosait d'une lumière qui inondait la réalité.

Cesare, quant à lui, était assis sur une chaise dans le jardin de son frère, une tasse de café dans une main, son téléphone dans l'autre. L'écran était noir. C'était la troisième fois que l'appareil s'éteignait tout seul : il devait vraiment se décider à le changer, pensa-t-il en le rallumant et en envoyant aussitôt un message à Priscilla.

Ettore le rejoignit à cet instant.

— Alors, qu'est-ce que tu as manigancé hier soir ? lui demanda-t-il. Tu as enfin réussi à séduire la romancière ?

— Je n'appellerais pas ça de la séduction, répondit Cesare avec un sourire coquin. Disons plutôt une conquête.

Ettore entra dans son jeu.

— Carrément ! Donc, ça a marché ?

— Peut-être. Un gentilhomme ne parle pas de certaines choses.

Son frère se tourna pour le regarder, un sourcil levé.

— Donc elle te plaît vraiment… Eh… Qui l'aurait cru ? Une fille comme ça…

— Elle est différente, n'est-ce pas ? murmura Cesare comme s'il se parlait à lui-même.

Ce fut à cet instant qu'Ettore comprit.

— Ne me dis pas que tu es tombé amoureux, conclut-il, sans pitié.

Et Cesare, pour toute réponse, lui sourit.

La nuit d'Irene avait été beaucoup moins agréable. Après s'être tournée et retournée dans son lit, envahie de sombres pensées, elle se tartinait à présent le visage d'un masque au calendula et à l'huile de jojoba dans l'espoir d'atténuer les dégâts. Peut-être un soin contour des yeux aurait-il également été utile…

Depuis qu'elle avait été témoin de la scène inconvenante qui s'était déroulée dans le jardin de la Villa Edera, elle s'était promis que, jamais au grand jamais, elle ne laisserait se produire une telle infamie. Si ces tourtereaux prétendaient monter dans le carrosse de la passion, elle serait là pour leur mettre des bâtons dans les roues. En robe de chambre et le visage recouvert de crème blanche, elle saisit son téléphone et ouvrit la discussion de groupe des filles du club. Elle n'écrivit qu'une phrase :

Je vous veux toutes chez moi dans une demi-heure.

Elle venait d'avoir une idée.

Tandis que Priscilla, toute heureuse, se pelotonnait sous ses draps, Amanda, assise à l'une des tables de la terrasse du bar d'Anita, versait deux sachets de sucre dans son cappuccino.

Sur un banc, non loin de là, Agata lisait un livre à la couverture bleu clair, mais il était évident qu'elle était distraite. Incapable de garder les jambes immobiles, elle n'arrêtait pas de lever les yeux pour espionner Amanda par-dessus sa page. Celle-ci lui fit coucou avec la main, juste pour l'encourager, et Agata se leva aussitôt d'un bond, comme un diable à ressort.

— Tout va bien ?

— Eh bien… répondit la fillette, avec un air quelque peu tragique.

— Qu'est-ce que tu lis ? s'enquit Amanda.

Certaines lectures pouvaient provoquer des comportements étranges, c'était connu.

— Ah, rien, minimisa Agata. *Harry Potter et la chambre des secrets*. Pour la douzième fois.

Amanda l'observa d'un air soupçonneux : mais qu'est-ce qu'elle avait, cette petite ?

— Viens t'asseoir et boire un jus d'orange avec moi.

Agata se laissa tomber sur une chaise.

— Qu'est-ce qui t'arrive ? lui demanda la bibliothécaire. Il y a un problème ?

Elle connaissait la fillette depuis sa naissance et elle devinait que quelque chose n'allait pas.

— Tu veux m'en parler ?

La gamine la regarda d'un air désespéré.

— Allez, raconte-moi, l'encouragea Amanda. Ce n'est peut-être pas si grave.

— C'est très grave, au contraire, répondit tristement Agata.

Devant ce petit visage où chaque tache de rousseur semblait proclamer que la vie était un combat perdu d'avance, Amanda eut presque envie de rire.

— Et tu ne veux rien me dire ? Je ne peux pas t'aider ? On se connaît depuis si longtemps…

— Peut-être qu'il n'y a qu'à toi que je peux le dire.

Elle poussa un gros soupir, puis s'exclama avec une bonne dose de déchirante ardeur :

— Je suis amoureuse.

— Toi aussi ? s'exclama Amanda. Ce n'est pas si grave que ça…

Elle aurait mieux fait de se taire.

— Pas grave ? cria Agata, indignée. Qu'est-ce qu'il peut donc y avoir de plus grave ? Une torture qui dure depuis maintenant cinq ans !

— Mais tu n'en as que douze, lui fit remarquer Amanda en riant.

Puis elle comprit – enfin – que le problème venait de là et qu'elle ne devait pas le traiter à la légère.

— Je t'écoute. De qui es-tu tombée amoureuse ?

Agata regarda la pointe de ses baskets d'un air embarrassé.

— Si je te le dis, tu me jures que tu ne le répéteras à personne ?

— Bien sûr.

La fillette rassembla son courage.

— Ettore.

— Oh..., murmura Amanda en écrasant le biscuit à la cannelle posé à côté de son cappuccino.

Puis elle regarda Agata dans les yeux et avoua :

— Moi aussi.

Ces mots à peine prononcés, elle se rendit compte de ce qu'elle avait fait. Comment avait-elle pu répondre « moi aussi » à la confession de l'amour d'Agata pour Ettore ? Qui donc ferait une telle chose ?

Elle cessa de réduire le biscuit en miettes et chercha le regard de l'adolescente, faisant preuve d'un courage dont elle ne s'imaginait pas capable. Agata l'observait, les yeux écarquillés.

— Agata ? tenta-t-elle. Agata... écoute...

Mais celle-ci l'interrompit en renversant d'un seul geste cappuccino et jus d'orange avant de s'exclamer d'une voix forte :

— Mais c'est merveilleux !

La jeune femme était sidérée.

— Merveilleux ?

— Amanda ! Et lui, il t'aime ? C'est magnifique ! Mes deux personnages préférés qui s'aiment !

— Personnages ? balbutia-t-elle.

Il était peut-être temps qu'Agata cesse de lire trop de romans : elle devenait incontrôlable.

— Et vous allez vous marier ? Quand ? Je pourrai venir au mariage, n'est-ce pas ?

Amanda s'acharnait à essuyer la table avec des serviettes en papier, sans grande efficacité.

— Bien sûr que tu viendras… mais ce n'est pas aussi simple.

— Pourquoi ? Pourquoi ce n'est pas simple ?

— Tu sais, ma mère… Elle est seule et elle ne peut pas marcher. Comment je peux faire ?

— Tu veux dire que toutes les filles des mères qui ne marchent pas ne se marient jamais, alors ?

Amanda cessa de se battre avec les serviettes et regarda Agata. La gamine n'avait pas tout à fait tort.

— Moi, je ne peux pas l'épouser et c'est normal, reprit Agata. Mais si, toi non plus, tu ne l'épouses pas parce que ta mère ne marche pas, alors tout ça ne sert à rien… Je veux dire, qu'on soit triste et qu'on pense à lui et tout le reste.

Et Agata ne comprit jamais pourquoi, à ce moment-là, Amanda la serra très fort dans ses bras.

Priscilla avait reçu deux messages de Cesare ce matin-là. L'un disait qu'il pensait à elle. L'autre comportait seulement un petit cœur. Les deux avaient provoqué un chatouillement au creux de son ventre, faisant disparaître toute autre pensée.

Alors c'était ça, peut-être, le vrai amour ? Cette chose délicate et intense ? Inconnue et pourtant familière ? Cette caresse de mille petites bulles dans l'âme ? Ce gouffre si attirant qui s'était ouvert en elle lorsque Cesare avait plongé ses mains dans ses cheveux et approché son visage du sien ? Les acrobaties de son cœur quand elle avait senti ses lèvres sur les siennes ? Parce que si c'était cette chose légère, bouleversante et si simple à la fois, alors elle ne l'avait jamais connue auparavant.

Ce fut ainsi, avec des papillons dans le cœur et dans la tête, qu'elle décida de faire une promenade jusqu'au village avant de se mettre à écrire. Elle y croisa Amanda et Agata, qui se dirigeaient vers la bibliothèque.

Ce fut la jeune fille qui fit les présentations.

— Voici Priscilla, la romancière qui vit à la Villa Edera, commença-t-elle avant de demander à l'intéressée : C'est quoi déjà, ton nom ? Bon, ça n'a pas d'importance. Voici mon amie Amanda et elle va se marier avec Ettore, le frère médecin de Cesare. Amanda, tu sais que c'est elle qui a écrit la lettre pour Penelope ? Je te l'avais raconté. Quel dommage que tu n'aies pas été là !

Amanda tendit la main à Priscilla.

— Très heureuse.

— Moi aussi. Vous avez une bibliothèque dans un si petit village ? C'est merveilleux. Je passerai certainement te voir.

— Quand tu veux, j'en serais ravie. Seulement tu ferais mieux d'éviter le vendredi après-midi parce que c'est à ce moment-là que viennent les dames du club de lecture.

— J'ai déjà eu le plaisir de les rencontrer. Dès mon premier jour ici. Elles ont sonné à ma porte, et moi, par malheur, j'ai ouvert.

La bibliothécaire lui adressa un sourire complice.

— Aïe…

— Oui. Mais, pour être honnête, j'ai trouvé grâce à elles l'idée que je cherchais pour mon roman.

— Et c'est quoi, cette idée ? demanda Agata, curieuse. Tu sais, Amanda, Priscilla écrit des romans d'amour !

Amanda le savait très bien puisque les romans en question figuraient parmi les plus demandés dans le village.

— Donc, vu qu'elle connaît le sujet sur le bout des doigts, elle peut te dire que tu peux épouser Ettore même si ta mère ne marche pas, à mon avis. N'est-ce pas ?

Les yeux de Priscilla pétillèrent.

— Tu es toujours aussi indiscrète, toi ?

— Toujours ! Je ne sais pas si je te l'ai déjà dit, mais quand je serai grande, je serai détective privée. Alors, j'ai raison ? insista la gamine.

— Eh bien, on ne peut pas se prononcer sur ces choses-là sans connaître toute l'histoire. Et puis je pense qu'Amanda est capable de choisir par elle-même, non ? fit remarquer Priscilla avec un clin d'œil.

La bibliothécaire, touchée par l'inquiétude d'Agata, lui sourit avec tendresse. Puis elle reprit :

— Priscilla, tu passes quand tu veux à la bibliothèque, je t'attends. Mais tu sais, il n'y a pas grand-chose à voir ! Maintenant, je dois aller ouvrir. On se voit bientôt, j'espère. Agata, qu'est-ce que tu fais ? Tu vas te balader ou tu viens avec moi ?

— Je viens avec toi !

Toutes trois se saluèrent joyeusement avant de s'éloigner dans des directions opposées.

Un café et une longue promenade, voilà ce dont Priscilla avait besoin.

25

Si les murs avaient pu parler, comme on dit, ceux de la Villa Edera auraient eu beaucoup à raconter dans les jours qui suivirent.

L'histoire de Priscilla et de Cesare s'écrivait dans chaque pièce de la grande maison, entre rires, paroles et soupirs. Si Priscilla cuisinait, Cesare mangeait les plats qu'elle avait confectionnés en faisant semblant de trouver tout délicieux. Si elle écrivait, il l'observait en silence en faisant semblant de lire un livre. En réalité, il parcourait son corps du regard, centimètre par centimètre.

— Tu peux arrêter ? lui demanda-t-elle, un après-midi, après avoir surpris ses yeux posés sur elle.

— Occupe-toi de tes affaires, toi. Tu ne devrais pas rester concentrée ? répondit Cesare en riant.

Priscilla avait l'impression de se retrouver au Pays des merveilles.

Quand ce n'était pas la passion, c'étaient les rires et les confidences ; c'était Cesare qui s'endormait en la serrant contre lui ; c'était le petit déjeuner pris ensemble sur la petite terrasse avec une tasse de café, du lait frais et du pain chaud beurré ; c'était se balader en bavardant, aller acheter des confitures à l'*Empire* de Claretta, rire de blagues nulles, jouer comme des enfants.

C'était… comme si tout s'était mis en place en produisant un minuscule *clic*, en elle et autour d'elle. Tout ce qui, par le passé, lui avait coûté de la douleur et des efforts devenait si facile qu'elle se demandait, stupéfaite, si elle n'était pas la proie d'une illusion.

Incroyable, pensait Priscilla : voilà que, lorsque tout semble parfait, on se retrouve à se demander si on est en train de se tromper de scénario !

Mais elle souriait de sa propre peur.

Elle n'osait pas penser à ce qu'il adviendrait après ces journées de juillet, parce qu'elle connaissait bien son imagination et elle savait que si elle ne l'avait pas tenue en bride, elle se serait déjà vue en train de se réveiller auprès de Cesare chaque matin, tandis que Venise s'étirait langoureusement tout autour d'eux.

Mais son cœur avait souvent le dessus sur sa raison, et alors qu'elle imaginait Cesare dans sa petite maison vénitienne, elle se rendit brusquement compte qu'elle ne savait rien de sa vie loin de Tigliobianco, où il vivait et avec qui, ce qu'il faisait pendant son temps libre, qui il fréquentait. Et s'il habitait à l'autre bout de l'Italie ? Si elle vivait à Venise et lui à Syracuse ? Ou s'il allait rentrer, disons, à Dubaï, à la fin de ses vacances ? Elle avait lu que, là-bas, les chirurgiens esthétiques gagnaient des millions.

— Cesare, où vis-tu quand tu n'es pas à Tigliobianco ? demanda Priscilla, un après-midi, en levant les yeux du puzzle qu'ils étaient en train d'assembler.

Les *Nymphéas* de Monet, mille pièces, pas un truc qui se fait en une demi-journée.

Perplexe, il l'observa un instant.

— Ah…, se contenta-t-il finalement de dire.

— C'est ça. Il me semble qu'on a oublié d'en parler, fit-elle remarquer.

— Donc, nous pourrions découvrir maintenant que je vis dans le Tyrol et toi dans le sud de la Sardaigne ?

— C'est plus ou moins l'image qui m'est venue il y a quelques minutes.

— On compte jusqu'à trois et ensuite chacun dit sa ville ?

— Non, tu tricherais. On l'écrit sur des bouts de papier et on les ouvre en même temps.

Elle lui tendit un stylo et un Post-it jaune.

Trois secondes après, ils étaient en train de plier leurs feuilles.

— Et si on vivait à plus de cent kilomètres l'un de l'autre ? demanda-t-elle avec anxiété.

— Ce ne serait rien, répondit Cesare. Imagine si on vivait sur deux continents différents.

— Je savais que tu vivais à Dubaï ! s'exclama Priscilla, pour qui un fantasme ne se trouvait jamais qu'à un tout petit pas de la réalité.

Cesare éclata de rire.

— Dubaï, ma chérie ? Mais pourquoi ?

— Écoute, ton métier cartonne là-bas, et…

— Tu veux me donner ton papier ou on continue comme ça éternellement ?

— OK. Mais, avant de l'ouvrir, on se donne un indice. Un seul mot pour caractériser la ville dans laquelle on vit. Genre, si tu vis à Dubaï, tu peux dire par exemple : « chirurgie esthétique ».

Cesare leva les yeux au ciel.

— Et si j'habite un petit village ? Ton idée d'indice ne marchera pas si je vis dans un patelin perdu au sommet des Alpes.

— Alors, tu diras « Heidi ». Et je comprendrai tout de suite. Parce que si tu vivais à Francfort, tu dirais « Clara » ou alors « mademoiselle Rougemont », répondit Priscilla en haussant les épaules comme si c'était la chose la plus naturelle du monde.

Cesare, comme d'habitude, balançait entre stupéfaction et fascination. Cette femme ne cesserait jamais de l'étonner.

— C'est d'accord. À trois, l'indice. Un seul mot. Et après, on met fin au suspense, OK ?

Priscilla ouvrit la bouche pour ajouter quelque chose. Mais Cesare leva un doigt réprobateur et déclama :

— Un, deux... trois ! Gondoles !

— Pigeons ! s'exclama-t-elle en même temps.

Et ils se regardèrent dans les yeux.

— Ne dis rien, la prévint Cesare en dépliant le papier de Priscilla.

— Mais... tu vis à Venise ? murmura-t-elle sans même ouvrir le sien.

Il la considéra avec une certaine sévérité.

— J'espère que tu sais que *pigeons* était un très mauvais indice ? Pour ton information, Priscilla, il y a des pigeons dans la plupart des villes d'Italie, d'Europe et même du monde.

Et elle, les yeux encore rêveurs et pleins d'une incrédulité heureuse, sourit.

En amour, on abuse du mot « magie », pensait-elle tandis qu'elle somnolait contre le corps de Cesare. Et pourtant, si ce n'était pas de la magie, qu'est-ce qui pouvait bien l'être ? Pour dire la vérité, elle-même avait abondamment usé de ce procédé dans chaque aventure de Calliope, comme si un amour intense ne pouvait que glisser dans le monde du surnaturel. Et si c'était vraiment le cas ? Si la seule magie accordée aux êtres humains était la faculté d'aimer profondément ? Aimer profondément et raconter des histoires, ajouta Priscilla pour elle-même. Une bonne histoire est porteuse d'une extraordinaire magie. Amour et histoires sont des bulles hors de la réalité.

Pour autant, les bras de Cesare autour d'elle étaient bien réels, et elle se blottit encore plus étroitement contre le corps de son homme.

Sur la table de chevet, le portable de Cesare s'alluma, dévoilant le début d'un message de la part d'une certaine Bianca. Le message disait : *Tu rentres quand ? Tu me manques.*

Qui donc était cette Bianca ? se demanda Priscilla avant de glisser dans le sommeil. Au fond, elle ne savait rien de Cesare Burello. Il ne suffisait pas de savoir où vivait une personne pour la connaître. Loin de là.

Le lendemain matin, cette pensée s'était nichée dans sa tête.

Les deux amoureux prenaient leur petit-déjeuner dans un silence tranquille. Elle parce qu'elle était en train de mettre mentalement en place la dernière brique de l'intrigue de son roman, lui parce qu'il ressentait quelque chose qui pouvait être de la fatigue mais aussi un peu de fièvre.

Il posa sa tasse de café et se pencha par-dessus la table pour déposer un baiser sur la tête penchée de Priscilla, très absorbée par ce qu'elle griffonnait sur un morceau de papier.

— Je reviens cet après-midi et je te prépare à dîner, d'accord ?

La jeune femme leva les yeux et lui sourit en hochant la tête. Rester seule ne lui déplaisait pas. Dans cette maison hors du temps et quelque peu laissée à l'abandon, elle se sentait chez elle. Un lieu magique, en marge du monde, ancré dans le passé. Comme elle. C'était sa malédiction depuis toujours. Cette façon d'être, irrémédiablement anachronique. De s'attarder sur des choses qui n'existaient plus et qui, peut-être, n'avaient jamais existé. Cette obstination à être, en dépit de ses rangers et de ses tee-shirts noirs, une lettre d'amour manuscrite de trois pages dans un monde qui avançait à la vitesse de cent soixante caractères à la fois. Si au moins elle avait été un digne et parfait haïku…

Priscilla laissa son regard vagabonder le long des murs de la villa, dont l'enduit tombait doucement en morceaux par endroits.

Ce fut alors qu'elle entendit très distinctement la voix excitée d'Agata qui l'appelait sous sa fenêtre ouverte. La fillette tenait un panier de fraises dans une main et un livre dans l'autre.

La minute d'après, elles étaient toutes les deux assises à la table de la cuisine en train de découper les fraises. Car Agata avait décidé, sans la consulter, que Priscilla serait sa partenaire pour le concours « Ramène ta fraise ! »

— Qu'est-ce que tu faisais avant que j'arrive ? Tu écrivais ? s'enquit-elle, plus par curiosité que par culpabilité.

— Je pensais à ma malédiction, répondit Priscilla. Être une lettre d'amour de trois pages dans un monde qui avance à la vitesse de cent soixante caractères à la fois.

— Oh. Twitter.

— Exactement. Et toi, qu'est-ce que tu as apporté ?

Priscilla regarda le visage constellé de taches de rousseur d'Agata, puis jeta un œil au livre abandonné sur la table.

— Georgette Heyer… Je t'ai déjà dit que tu avais des goûts étranges pour ton âge ? Peut-être que toi aussi, tu es un genre littéraire obsolète.

— Peut-être. Tu sais que Georgette Heyer écrivait aussi des polars et des romans d'amour ?

— Et je peux ajouter qu'ils étaient tous exquis, répondit Priscilla en souriant.

— Je viens juste d'emprunter *Pékinois, policiers et polars* à la bibliothèque. Tu l'as lu ?

— Oui, je les ai presque tous lus. Même ses romans d'amour.

Agata fourra une poignée de morceaux de fraise dans sa bouche.

— Oui, bon, évidemment. Et quel genre littéraire obsolète je serais, moi ?

— Tu sais ce que veut dire « obsolète » ? s'assura la romancière.

Agata se borna à hausser les sourcils avec un air de suffisance offensée.

— Désolée, bien sûr que tu le sais. Laisse-moi réfléchir…

— Tu serais une lettre d'amour, alors ? demanda la fillette en essuyant ses mains pleines de jus de fraise sur son jean.

Priscilla lui tendit un torchon.

— Moi, oui, malheureusement. Mais toi, non. Tu es une ballade. Une de ces poésies longues et lentes qui racontent une histoire. Tu vois ce que je veux dire ?

— Hmm, pas vraiment. Mais alors, tu sais tout sur l'amour ?

— Mon Dieu, non ! Cela fait des années que j'écris sur l'amour et, malgré cela, je n'y ai encore rien compris, crois-moi. Les poètes du monde entier ont essayé de dire ce qu'est l'amour et, parfois, certains ont révélé une bribe de sa vérité, parfois dans un seul vers. Peut-être qu'en fin de compte, c'est à eux qu'il faut se fier. Peut-être qu'on doit se faire aider de la poésie des autres pour trouver la nôtre... Voilà, se fier à la poésie, répondit pensivement Priscilla. Tu connais *La Complainte du vieux marin* ? ajouta-t-elle.

Agata secoua la tête.

— Elle parle d'un albatros tué par un vieux marin. C'est une poésie très belle. Mais je ne veux pas te la dévoiler, il faut que tu la lises. Je peux juste te dire que l'albatros est le symbole de la poésie. Magnifique quand il vole, mais maladroit et sans grâce au sol. L'amour est comme ça. Il vole quand la poésie chante en lui. Quand elle se tait ou reste muette, il chancelle et ne parvient plus à prendre son essor. C'est la seule chose que je peux te dire avec certitude : méfie-toi de l'amour quand il est dénué de poésie. De celui qui l'a perdue en chemin, de celui qui ne réussit pas à la trouver. Avec tout l'espace qui existe pour voler, rester à terre est un très grand malheur, conclut-elle, rêveuse.

Fascinée, Agata l'écoutait bouche bée.

— J'ai exagéré ? lui demanda Priscilla.

— Tu es trop forte, la rassura la fillette. Et toi, tu voles ?

La jeune femme prit un instant de réflexion. À la lumière de tout ce qui était arrivé, aurait-elle encore le courage de voler ? Ou était-elle devenue l'une de ces personnes qui conseillent aux autres de faire ce qu'elles n'ont plus l'audace d'entreprendre ?

Elle sourit à Agata, à ses yeux écarquillés et pleins d'attente.

— On essaie de découvrir si j'ai encore des ailes ?

Et elle sut que c'était vrai. Qu'elle était – enfin – prête à tenter un nouvel envol.

26

Comme cela arrive souvent, les tragédies naissent d'un petit détail.

Celle-ci commença avec Cesare. Ce soir-là, il ne vint pas comme prévu à la Villa Edera, et Priscilla lui envoya des messages taquins, puis agacés, et enfin inquiets, messages qui ne parvinrent jamais à leur destinataire.

Pourquoi Cesare gardait-il son téléphone éteint ? finit par se demander Priscilla avec une certaine anxiété, car il était désormais trop tard pour aller jusqu'au village et frapper à sa porte.

Au terme d'une soirée plutôt désagréable, la jeune femme se glissa donc dans son lit en pensant que la première chose qu'elle ferait le lendemain matin serait de courir chez lui pour s'assurer qu'il allait bien. Cesare ne lui aurait jamais posé un lapin comme ça, sans un mot, s'il ne lui était pas arrivé quelque chose.

Dès huit heures, toujours sans nouvelles de lui, la romancière se dirigea d'un pas pressé vers le bar, à la recherche de son chirurgien. Laura se trouvait là, assise à une table, en train de bavarder avec ses camarades.

— Vous imaginez la chance qu'elle a, l'épouse de Cesare ? disait justement Irene d'une voix forte.

Les autres hochèrent la tête.

— Et puis elle est tellement belle, si extraordinairement élégante. Mais il était naturel que Cesare choisisse une femme hors du commun. C'est vraiment dommage qu'elle ne l'accompagne que rarement à Tigliobianco. Mais avec trois enfants en bas âge à la maison, c'est normal. Et puis Cesare est un mari et un père fabuleux.

Priscilla s'immobilisa derrière le rideau en lanières de plastique accroché à la porte du bar. Son cœur se brisa en deux, exactement comme un morceau de porcelaine rouge, en faisant *crac*.

Cesare était marié ? Il avait trois enfants ? Et qui était la Bianca du message ?

Le magnolia avec les guirlandes de lumières, le parfum des fleurs d'acacia, la bouteille de *Sassicai*, les paroles, ses mains, ses lèvres, ce premier baiser et puis tous les autres. Les journées à la villa, l'amour, son travail, les confidences, les rires, les regards, la confiance, les rêves.

Tout.

Tout cela était éparpillé sur le sol du bar d'Anita, juste devant ses baskets.

Une chute fatale. Subite et silencieuse.

Priscilla fit volte-face et s'éloigna sans se retourner : le feu qui s'était si miraculeusement rallumé dans la petite pièce au sommet de la tour ne la réchauffait plus. Il la brûlait. Sans pitié. Corps et âme.

Il existe des douleurs sans mots. Sans larmes – comme lorsqu'on se coupe un doigt et que trois secondes d'incrédulité semblent nécessaires avant de commencer à ressentir quelque chose.

La douleur de Priscilla était de celles-là. Muette et sourde.

La romancière s'enferma dans la Villa Edera. Et s'assit sur le canapé, incrédule, avec une tasse de thé.

Elle ne bougeait pas, elle ne pleurait pas. Elle regardait sa tasse et se sentait comme une petite coquille vide. Si elle avait de la chance, elle n'éprouverait plus jamais aucune émotion. Mais elle savait qu'elle traversait ce moment miséricordieux d'insensibilité qui précède les plus grandes souffrances. À deux pas d'elle l'attendait une silhouette noire qui allait l'envelopper et lui couper le souffle.

Je veux rentrer chez moi, pensa-t-elle seulement.

Cependant, elle n'avait même pas la force de jeter ses affaires dans sa valise et de prendre le train.

Elle posa sa tasse sur la table basse devant elle et se recroquevilla contre le dossier du canapé.

Elle allait rester enfermée là et finirait son roman. Recluse, exactement comme Penelope. Cesare pouvait aller au diable, essaya-t-elle de se dire. Mais cette chose qui s'était glissée entre ses côtes, raide comme un morceau de bois, restait là, coincée, comme la douloureuse promesse de ce qui arriverait plus tard, quand la silhouette noire l'aurait rejointe.

Et quand elle l'aurait rejointe, tout exploserait. L'unique chose à faire alors serait d'être immobile et d'espérer devenir invisible.

Dans cet espoir, le seul qui lui restait, Priscilla se tint là, silencieuse, sans bouger, tandis que les heures passaient. Le matin devint l'après-midi, l'après-midi le soir, le soir se fondit dans la nuit. Priscilla se cacha tout habillée sous ses couvertures et, les yeux grands ouverts, elle attendit le sommeil. Le sommeil qui, comme presque toutes les choses miraculeuses, tarda à venir.

Elle s'endormit à l'aube et se réveilla quelques heures plus tard, se demandant pourquoi elle se sentait si mal. Un de ces terribles moments où le chagrin se réveille avant vous. Puis elle se souvint de tout et resta au lit, assommée par le désespoir.

Voilà qui était Bianca, la femme qui demandait à Cesare quand il allait rentrer. Son épouse. C'était tellement évident. Et elle, pauvre idiote, n'avait rien vu. Si Rebecca avait été là, elle l'aurait sûrement deviné et elle l'aurait mise en garde.

Mais Priscilla était seule maintenant, et elle s'était laissé charmer par un magnolia plein de lumières. Par un bouquet de livres.

Par le regard de Cesare, qui lui avait fait croire qu'elle était spéciale et différente.

Une gratitude immense l'avait envahie à ce moment-là ; elle avait cru avoir trouvé l'amour, juste quand elle n'y croyait plus. Elle s'était sentie en sécurité et un élan d'émerveillement avait éclos en elle. Et tout cela était vain, faux, trompeur.

Désormais la douleur et la désillusion se répandaient en elle comme un liquide dense, collant et noir. Priscilla avait de la peine à respirer. Elle allait devoir vivre sa vie entière avec cette tache noire à l'intérieur d'elle-même, elle allait devoir survivre à son ombre. Parce qu'elle s'était laissé distraire, une fois, une seule fois. Elle s'était abandonnée et elle avait cru à la possibilité du bonheur.

Mais elle ne se laisserait plus prendre. Elle aurait dû le savoir, elle, justement elle, que la vie ne ressemble jamais à un roman.

Pendant ce temps, près du portail de la Villa Edera, à quelques pas seulement de chez Elvira et Agnese, ça discutait ferme. Agata avait plusieurs fois appelé Priscilla depuis le jardin de la villa, la veille et le matin même, mais la romancière ne donnait pas signe de vie. La fillette trouvait ça étrange, car toutes deux s'étaient mises d'accord pour essayer la recette du gâteau – elles faisaient équipe, non ? Priscilla ne pouvait pas l'avoir oublié. La fillette avait depuis été rejointe devant le portail par Elvira, Agnese, Evelina et Rosamaria. Claretta n'était pas venue, pour la simple raison que l'*Empire des Délices* devait rester ouvert. C'était bien joli de s'inquiéter pour la fille, mais le travail, c'était le travail. D'autant qu'elle ignorait ce que signifiait le mot « retraite ».

— Laissons-la tranquille, d'accord ? proposa Evelina. Elle est peut-être en train de dormir.

— Mais il est dix heures ! protesta Agnese, qui était debout depuis déjà cinq bonnes heures.

— Peut-être qu'elle fait partie de ceux qui écrivent la nuit et dorment le jour, comme les vampires.

— Si on laisse de côté le fait qu'on l'a toujours vue sortir pendant la journée ! répliqua Agnese. Moi, ça me semble étrange qu'elle ne réponde pas à la petite.

Agata continuait de regarder en direction de la grande maison. Quelque chose n'allait pas.

— Et si on lui apportait un peu de jambon cru et deux sandwichs ? suggéra Elvira. Comme ça, on jettera un coup d'œil. Elle est bizarre, cette Priscilla, mais la gamine a raison. Il se passe quelque chose d'anormal. Elle doit être malade.

— Laissons-la tranquille. Si jamais on ne la voit pas d'ici demain, on lui portera une part de gâteau aux fraises, conclut Rosamaria.

— À propos de gâteau aux fraises, comment ça se passe pour vous ? demanda Agata d'un air dégagé.

— Tu voudrais bien le savoir, hein ? la taquina Elvira, qui n'aurait révélé à personne l'ingrédient secret qu'elle allait ajouter.

(Du sirop d'érable.)

— À propos du concours, je n'ai plus de levure, dit Rosamaria. Je vais tout de suite aller en acheter.

— Moi, je n'ai plus de vanilline, intervint Evelina.

Sur ce, le petit groupe, distrait par ces préoccupations à goût de sucre et de triomphe futur, se dispersa comme une volée de moineaux.

Sauf Agata, qui resta là, les yeux rivés sur la maison.

Que se passait-il ?

Soudain, elle entendit dans son dos l'habituel vacarme chaotique qui précédait l'apparition de Virginia et des enfants. Ils se dirigeaient vers la Villa Edera.

De son côté, Priscilla n'avait aucune intention de sortir. Elle avait quitté son lit, pris une douche, puis enfilé un tee-shirt portant l'inscription *Satan is my sugar daddy*. Peu à peu, la colère gagnait du terrain sur la souffrance. Se mettre en rogne valait beaucoup, beaucoup mieux que de se torturer pour un homme.

Elle savait que ça ne durerait pas et que colère et douleur allaient se succéder par vagues pendant très longtemps. Mais ces moments étaient précieux : ils lui permettaient de respirer, au moins un peu, avant la vague suivante. Il lui fallait juste être patiente : à la fin, elle n'éprouverait plus rien.

L'idée de quitter la villa l'inquiétait. Et si elle rencontrait Cesare ? Ou Ettore ? Priscilla serra fortement le couteau dentelé avec lequel elle se coupait une tranche de pain pour la tartiner de Nutella, consolateur suprême de tous ceux qui endurent un chagrin d'amour. Elle ne sortirait pas, même pas en rêve. Elle finirait son livre en recluse, comme une romancière du XIXe siècle, de celles qui naissaient dans un presbytère de campagne, écrivaient quelques romans ou recueils de poésie qui compteraient dans l'histoire de la littérature mondiale, et mouraient à trente-huit ans de quelque maladie incurable ou se suicidaient en plongeant dans un torrent après avoir cousu des pierres dans leur jupe. Peut-être qu'Amanda pourrait lui apporter des provisions. Elle pourrait aussi demander à l'un des enfants de s'en charger en échange d'une glace. Elle trouverait bien le moyen de survivre.

Et, tout en mordant dans sa tartine de Nutella, elle sortit sur la terrasse, sous laquelle on entendait des bruits suspects.

— Qu'est-ce que vous faites ? demanda-t-elle à Virginia et aux enfants.

Juchés les uns sur les autres, ils tendaient les mains vers les fleurs d'acacia à travers les épines.

— Pardon, on ne voulait pas te déranger. On prend juste quelques grappes de fleurs sur l'acacia. Pour la recette, tu t'en souviens ? répondit Virginia, qui tenait Tobia sur ses épaules, lequel arrachait des fleurs comme un fou.

Puis elle s'attarda sur le visage de Priscilla :

— Tu es triste ?

— Tu es *tliste* ? voulut aussi savoir Margherita, qui avait relevé sa petite robe pour former une poche où stocker leur butin.

Priscilla hocha la tête tandis qu'Agata, qui la fixait avec des yeux inquiets, gardait le silence, devinant un malaise dont elle ne comprenait pas la nature.

— On peut prendre les fleurs même si tu es triste ? demanda Andrea, faisant preuve d'une exceptionnelle empathie.

— Bien sûr, acquiesça Priscilla, dont le regard, au même instant, se posa sur le magnolia qui avait été serti de lumières de Noël, un soir qui lui paraissait à présent si lointain.

N'existait-il aucun endroit sûr en ce monde ? se demanda-t-elle en se réfugiant sans attendre à l'intérieur, en proie à un nouvel élancement de douleur brûlante.

Au diable Cesare et ses idées romanesques. Au diable tout le monde !

Et elle retourna se cloîtrer, laissant les enfants stupéfaits.

C'est étrange, la façon dont passe le temps : il ne s'écoule pas à la même vitesse dans le bonheur et dans la tristesse. Pour Priscilla, les heures se succédaient, implacables, et tout ce qu'elle pouvait faire, c'était attendre que la colère gagne à nouveau du terrain sur la douleur. Quand ce moment arriverait-il ? Peut-être jamais. Peut-être que ses seuls moments de soulagement seraient ceux durant lesquels elle se plongerait dans l'écriture. Peut-être en serait-il ainsi pour toujours.

Les minutes se dévidaient avec une lenteur suppliciante : elle se demandait ce qu'elle avait fait de mal et pourquoi, avec tous les progrès de la médecine moderne, on n'avait pas encore inventé un analgésique pour les peines d'amour, disponible en ligne. Elle l'aurait commandé en deux clics.

Et passa le jour, et passa la nuit, et enfin revint le matin. La pilule antichagrin n'avait toujours pas été inventée. Et Priscilla restait blottie entre ses quatre murs avec comme seule échappatoire le roman qu'elle peinait à écrire.

Mais qu'avait-il bien pu arriver à Cesare ?

Amanda et Ettore étaient en train de prendre leur petit-déjeuner au lit, ce qui était nouveau pour eux. La veille, ils s'étaient disputés si violemment que, pour la première fois, ils avaient envisagé de tout laisser tomber. La raison était, malheureusement, toujours la même : Ettore voulait qu'Amanda vienne vivre chez lui, mais celle-ci n'avait pas envie de laisser sa mère toute seule. Elle était donc rentrée chez elle. Mais quand elle s'était assise sur le canapé près de Carolina pour regarder la rediffusion d'un épisode de *Game of Thrones*, Amanda s'était mise à pleurer. Interrogée avec insistance, elle avait fini par avouer son amour pour Ettore et son sentiment de culpabilité, dû au fait qu'elle désirait ardemment être avec lui mais ne voulait pas condamner sa mère à la solitude. Bref, que devait-elle faire ?

— Tu es bête ou quoi ? avait répondu Carolina après cet épanchement extraordinairement dramatique qui avait duré presque jusqu'à la fin de l'épisode.

Sa voix était calme et son étonnement sincère.

— Comment ça ? lui avait demandé sa fille, pleurant et reniflant toujours.

— Ce que je veux dire, c'est que je te remercie beaucoup de penser à moi mais, au cas où tu ne t'en serais pas aperçue, je suis une adulte, tu vois ?

— Oui, mais tu ne marches pas, avait insisté Amanda.

— Et alors ? Ça fait vingt ans que je ne marche plus. J'y suis habituée.

— Mais si je m'en vais, tu vas rester toute seule…

Sa mère soupira.

— Pourquoi, tu pars vivre dans un autre pays ?

— Non, j'irai chez Ettore.

— Et il ne vit pas au bout de la rue, Ettore ?

— Si, mais…

Carolina avait alors éteint la télé : l'épisode était terminé et, en plus, elles l'avaient déjà vu.

— Amanda, écoute-moi bien : tu mets quelques affaires dans un sac, tu vas chez ton petit ami et tu arrêtes de pleurnicher. Maintenant.

— Maman ! avait gémi Amanda.

— « Maman » rien du tout ! File. Tu es au bout de la rue. Si j'ai besoin de quelque chose, il me suffira de me mettre à la fenêtre de la cuisine et de t'appeler ; tu n'auras qu'à tendre le cou et on se fera des petits coucous avec la main.

Amanda l'avait regardée, stupéfaite. Le problème n'avait donc jamais été que dans sa tête ? Toutes ces disputes avec Ettore n'avaient servi à rien ? Juste du temps perdu – un temps qu'ils auraient pu consacrer à d'autres choses bien plus agréables ?

— Tu y vas ? lui avait suggéré Carolina en lui donnant un petit coup sur la cuisse avec la télécommande.

Et Amanda s'était remise à pleurer pour la simple raison qu'elle était trop heureuse de ne plus avoir à pleurer.

— OK, je vais te préparer un sac. Toi, tu finis tranquillement : tu as la larme facile depuis ta naissance, avait soupiré sa mère.

Puis elle s'était éloignée en murmurant :

— Pauvre Ettore.

Ainsi, ce matin-là, une Amanda aux anges s'était réveillée pour la première fois dans le lit de son amoureux. Ils dévoraient leurs tartines de bon appétit lorsque Ettore s'avisa que cela faisait au moins deux jours qu'il n'avait pas de nouvelles de son frère.

Certain qu'il était enfermé à la Villa Edera avec Priscilla, il composa son numéro, tout sourire. Mais Cesare n'était pas joignable. Étrange.

27

Cesare n'avait pas rejoint Bianca, il n'avait pas oublié le dîner avec Priscilla et ne se trouvait pas non plus avec elle, bien entendu, à la Villa Edera.

Le matin où il était rentré chez lui après avoir passé la nuit avec la romancière, il s'était allongé sur son lit, en proie à une fébrilité inaccoutumée. Était-ce l'amour qui lui faisait tourner la tête ou le début d'une grippe estivale ? Il avait pris sa température : 38,9 °C. Il avait aussitôt attrapé son téléphone pour répondre à un message de Bianca et en envoyer un autre à Priscilla : il était malade, avait-il tapé d'un doigt incertain, et ils ne pourraient pas se voir ce soir-là. Puis il avait posé son téléphone au pied de son lit et s'était endormi instantanément.

La malchance avait voulu que son portable capricieux s'éteignît une seconde avant que ce dernier message n'eût été envoyé.

Cesare, fiévreux et ignorant de ce qui se passait hors de sa chambre, avait dormi pendant deux jours, se réveillant de temps en temps pour boire quelques litres d'eau accompagnés de paracétamol.

Quand il commença à se sentir mieux, il découvrit avec un léger mécontentement que son téléphone était de nouveau éteint depuis Dieu sait quand. Mais, persuadé d'avoir prévenu Priscilla, il n'y accorda pas grande importance. Il était en train de presser trois oranges quand Ettore se manifesta, frappant avec insistance à la porte. Moins de cinq minutes furent nécessaires pour que Cesare, encore un peu patraque, prenne conscience qu'aucun des messages qu'il croyait avoir envoyés n'était parvenu à ses destinataires. Ce fut donc avec une moitié d'orange dont le jus dégoulinait au creux de sa paume qu'il découvrit avec effroi qu'il avait posé le lapin du siècle à Priscilla avant de disparaître pendant deux jours entiers.

— Si j'étais toi, je courrais là-bas, se contenta de dire Ettore en prenant la moitié d'orange des mains de son frère, toujours immobile.

Pour toute réponse, Cesare tourna les talons et se mit à courir. Il courut comme s'il fuyait un incendie. Car tout flambait en lui.

Mais une fois arrivé sur place, à bout de souffle, il se heurta à une porte close. La villa était silencieuse, comme morte. Si elle était encore habitée, la maison l'était par un fantôme qui avait choisi de ne pas se montrer. Priscilla était devenue invisible, exactement comme Penelope.

Sur le chemin du retour, tout en maudissant la technologie, Cesare pensa qu'il allait devoir inventer quelque chose d'extraordinaire s'il voulait de nouveau faire sortir Priscilla de sa coquille. À moins qu'il ne l'eût perdue pour toujours ?

Peut-être cette créature effrayée et pourtant fougueuse, étonnante et irréelle, l'avait-elle déjà rayé de son existence ? Si c'était le cas, à quel point le regret serait-il féroce ? se surprit-il à penser. Qu'avait-il perdu, exactement ? Un rêve ? Une illusion ? Rien de réel, certainement. Rien d'essentiel. Un détail, décida-t-il. Mais qu'y a-t-il de plus essentiel qu'un détail ? C'est le plus beau vers d'une poésie, l'accord déchirant d'une chanson, la confiture à l'extrémité du croissant, l'odeur du café le dimanche matin, le minuscule grain de beauté dans le cou, la parfaite nuance de vert...

Perdu dans des pensées qu'aucune femme ne lui avait jusque-là inspirées, Cesare n'avait qu'une conscience très limitée de son environnement – jusqu'à ce qu'il se retrouve face à Laura, déterminée et les yeux pleins d'un je-ne-sais-quoi bien peu rassurant.

Laura, la femme qui lui avait laissé ces billets passionnés et anonymes. Après avoir découvert le dernier dans la poche de son jean et l'avoir lu avec Agata dans le parc de la Villa Edera, Cesare, bouleversé par les événements de cet étrange été, avait complètement oublié Laura. Aussi resta-t-il muet et stupéfait lorsqu'il fut devant elle.

Et maintenant ? Maintenant était venu le moment de rendre des comptes, apparemment, car Laura le regardait avec des yeux qui ne laissaient rien, mais vraiment rien présager de bon.

— Mon amour, lui dit-elle dès qu'elle recouvra l'usage de la parole.

Il ne se serait jamais attendu à ce qu'elle aille aussi loin. Il ignorait que Laura, poussée par ses amies, avait pris son courage à deux mains et décidé de se déclarer. Cela ne pouvait que bien se passer, lui avaient-elles dit. Et Cesare Burello devait rester vivre au village, avec les siens, dans la réalité, et ne pas se laisser emporter par les fantaisies de cette stupide romancière.

Laura y avait cru. Tout ce qui sortait de la bouche d'Irene était une vérité indiscutable. Et toutes étaient tombées d'accord sur le fait que cet homme devait être sien.

Elle était si obsédée par lui que l'idée que quelque chose puisse mal tourner ne l'effleurait même pas. Il suffirait de se jeter dans ses bras. « Les hommes doivent être mis devant le fait accompli », lui avait dit Irene – laquelle, en matière d'hommes, s'y connaissait. « Si tu te comportes comme s'ils étaient à toi, ils se retrouvent pieds et poings liés sans même avoir le temps de s'en apercevoir. Psychologie élémentaire », avait-elle daigné expliquer.

Séduction de base. Parfaite pour les débutants. « Et ça fonctionne à merveille », avait-elle garanti.

Aussi Laura s'était-elle plantée devant Cesare avant de lui lancer un audacieux « mon amour ».

Il en fut glacé : que répondre à une femme qui vous tend une telle embuscade ? Son cerveau se mit à travailler furieusement. Laura, pendant ce temps, s'approcha et posa une main sur la poitrine de Cesare, le regard fiévreux.

— Tu as lu mes billets, mon amour. Maintenant, tu sais.

Puis, plantant ses ongles couleur corail dans son tee-shirt :

— Quels beaux pectoraux tu as…

Cesare marmonna quelque chose, essayant de gagner du temps pendant qu'il réfléchissait à une échappatoire.

— Aime-moi, Cesare ! déclara-t-elle alors. Derrière ce buisson ! Sur l'herbe fraîche des prés qui nous entourent ! Aime-moi ici, sur le bord de la route, et fais-moi tienne pour toujours !

Elle se collait à lui.

— Caresse mon corps de femme, fais-le vibrer, donne-moi tes lèvres de sucre, mon amour ! Tes mains sont comme des colombes !

Face à une telle déclaration mêlée à une substantielle et évidente dose de folie, Cesare posa ses mains – semblables à des colombes, donc – sur les épaules de Laura et, arborant un air sincèrement désolé, tenta de se montrer créatif.

— Malheureusement, je ne peux pas. Ma religion me l'interdit.

— Hein ? s'écria-t-elle, surprise, tout en se détachant, un peu, très peu, de lui.

Il en profita pour reculer d'un pas et joindre les mains.

— J'ai récemment rejoint l'ordre des… Pieds Nus de Jésus.

— Hein ? répéta Laura.

— Nous, les Pieds Nus de Jésus, nous vivons pour aider les autres, dans une totale chasteté.

— Mais… mais, balbutia-t-elle, quand est-ce arrivé ? Et pourquoi ?

— J'ai mené une vie dissolue, Laura, expliqua-t-il en s'efforçant de ne pas rire. Je me suis consacré aux plaisirs de la gourmandise, de la luxure… et de la paresse. Le moment est venu pour moi de faire pénitence et d'expier mes péchés.

— Juste maintenant ? insista-t-elle.

— Quand la foi t'appelle, elle t'appelle. Et même, si je puis me permettre, tu ferais bien de te joindre à nous. Nous ne vivons que pour aider notre prochain sans jamais nous autoriser la moindre pensée impure. Crois-moi, c'est un vrai soulagement pour moi de m'être enfin libéré des désirs de la chair qui, jusqu'à hier encore, tourmentaient mon âme. Désormais, je suis un homme nouveau et pur. Je me suis affranchi du désir et je t'encourage à faire de même. Unis-toi à nous dans une vie sans péchés !

Laura, prise au dépourvu par cette réponse, restait immobile. Elle aurait pu tout imaginer, sauf une telle conversation.

— Eh bien…

— Redeviens vierge, poursuivit Cesare avec conviction. La seule force de ta foi pourra te libérer pour toujours des tourments du désir !

Désarçonnée, Laura commença à s'éloigner.

— Je dois y aller, maintenant, j'ai… euh… J'ai rendez-vous pour un détartrage, dit-elle.

— Dommage. J'espère te revoir bientôt et entendre de ta bouche que tu as fait le juste choix. Peut-être t'apporterai-je des dépliants qui te permettront de progresser sur ton chemin spirituel, ajouta-t-il.

— Ah, merci. Je… euh…

Mais elle était déjà loin.

Cesare tendit la main dans sa direction, murmurant entre deux rires étouffés :

— Va en paix, sœur colombe.

La seconde d'après, Laura avait disparu au coin de la première ruelle, et Cesare, enfin libre, pouvait recommencer à se concentrer sur cette femme acouphène qui, comme en ce moment, continuait de bourdonner avec insistance juste derrière son oreille.

Et maintenant ? pensa-t-il de nouveau en passant le seuil de sa maison et en se dirigeant vers son téléphone, toujours en train de se charger. Que pouvait-il faire, maintenant ?

Enfin, l'écran s'alluma et Cesare lut, son estomac se nouant peu à peu, les messages d'abord tendres, puis inquiets que Priscilla lui avait envoyés, les appels en absence et enfin le silence. Le silence profond d'une femme qui a finalement décidé qu'elle n'avait plus rien à dire à l'infidèle.

Les mains de Cesare n'avaient jamais tremblé au cours de ses nombreuses années de carrière. Mais elles tremblaient en ce moment tandis qu'il écrivait un long message d'excuses et d'explications à Priscilla.

Message que, naturellement, elle effaça sans l'avoir lu.

Il resta assis pendant des heures dans le jardin, à l'ombre du pommier, le regard fixé sur l'écran de son téléphone. La réaction de Priscilla, face à ses excuses et à ses explications, lui paraissait excessive. Tout cela n'était qu'un enchaînement d'improbables petites malchances et de malentendus désolants. Et elle ne voulait plus avoir affaire à lui ?

Il se trouvait confronté à un terrible dilemme. D'un côté, l'attente. De l'autre, l'action. Était-il plus noble pour un homme de rester retranché dans son jardin en attendant la suite des événements, avec ce calme qui est toujours la vertu des forts, ou de reprendre le chemin de la Villa Edera et de se tenir sous la fenêtre de sa bien-aimée jusqu'à ce que ses os tombent en poussière ?

La solution qui ménageait à la fois la chèvre et le chou surgit soudain devant lui, sous les traits de Virginia et des trois enfants, tous vêtus de tenues de camouflage.

— Pourquoi êtes-vous habillés comme Rambo ? ne put s'empêcher de demander Cesare.

Ils avaient même noué un bandeau autour de leur tête.

— Aujourd'hui, entraînement militaire, expliqua Virginia en haussant les épaules comme si c'était une question idiote.

— Demain, on sera des pirates ! ajouta Andrea avec une bonne dose de fierté.

— Et si je vous confiais une mission secrète ? demanda alors Cesare.

— Du genre ?

— Du genre découvrir quelque chose pour moi dans le plus grand secret et sans en parler à personne.

— Génial ! approuva Tobia. Qu'est-ce qu'on doit découvrir ?

— Vous devrez aller à la villa et savoir ce que fait Priscilla. Si vous ne la voyez pas là-bas, explorez le village jusqu'à ce que vous la trouviez. Mais sans révéler que c'est moi qui vous envoie. Vous en serez capables ?

— On en sera capables, affirma Virginia en levant un sourcil. Mais si on revient avec les informations dont tu as besoin, on veut une glace chacun. À prendre ou à laisser.

— À *plendle* ou à *laizer*, répéta Margherita pour mettre les points sur les i.

— Je prends. Et si vous réussissez à me dire aussi si Priscilla vous paraît bizarre, la glace, je vous l'offrirai tous les jours pendant une semaine.

Les enfants exultèrent et la baby-sitter, de plus en plus suspicieuse, demanda :

— Bizarre dans quel sens ?

— Elle est toujours bizarre, fit remarquer Andrea.

— Oui, c'est vrai, insista Tobia. Il nous faut plus d'informations.

— Alors, essayez de voir si elle semble en colère, par exemple, expliqua Cesare.

Les quatre enfants échangèrent un coup d'œil, puis les jumeaux haussèrent les épaules à l'unisson. Affaire conclue.

— Elle n'est pas en colère, affirma Tobia pensivement.

— Elle est triste, ajouta son frère avec conviction.

— *Tlès tliste*, confirma Margherita.

— Pardon, mais comment le savez-vous ? demanda Cesare.

— Ben, parce qu'on l'a vue hier à la Villa Edera et c'est elle qui nous l'a dit, expliqua Virginia.

— Mais… Qu'est-ce que vous attendiez pour me le dire ?

— Ce n'est pas comme si ça faisait un mois que tu nous l'avais demandé, hein, protesta-t-elle avec indignation.

— On peut avoir la glace, maintenant ? demandèrent les jumeaux en chœur.

Cesare leur donna vingt euros d'une main et attrapa son téléphone de l'autre. Si Priscilla était à la Villa, si elle était triste, il l'appellerait jusqu'à l'épuisement. Tôt ou tard, elle allait bien devoir répondre… ou pas ?

28

Cesare ne mesurait pas la douleur de Priscilla.

Quand son téléphone avait commencé à sonner et que le nom de Cesare était apparu sur l'écran, elle s'était ratatinée de peur et de chagrin. Elle ne voulait pas entendre sa voix et encore moins d'autres mensonges. Elle était une dure. Une femme qui ne cédait pas et qui savait disparaître quand il le fallait.

Et pourtant, dès que le téléphone redevint silencieux, elle regarda un long moment le petit symbole rouge l'avertissant d'un appel resté sans réponse, puis posa sa joue contre son oreiller tandis que deux grosses larmes s'échappaient de ses yeux.

De son côté, Cesare, après avoir appelé et appelé encore, ne comprenait toujours pas l'attitude de la jeune femme : oui, elle était un peu bizarre, elle avait un pied dans un monde et un pied dans un autre, son imagination s'emmêlait en écheveaux compliqués, mais *ça*, vraiment... Peut-être s'attendait-il à quelques caprices, une ou deux scènes passionnées, des torrents de larmes, des émotions façon montagnes russes – ça, oui. Mais la seule chose à laquelle il n'avait pas pensé était une disparition. Pour une fois qu'il mettait en action ses techniques de séduction (parfaitement éprouvées) avec une sincérité totale – et par conséquent désarmante, non ? –, voilà que la femme de sa vie le fuyait.

Après le message d'excuses et d'explications de Cesare, après ses dizaines d'appels dans le vide, Priscilla demeurait invisible et muette. Aucune faute ne méritait une telle punition.

Il n'arrivait pas à y croire. Des années et des années à fréquenter des femmes qui se refusaient obstinément à disparaître, et la seule qu'il voulait garder près de lui s'évaporait ? Il avait été bouleversé, cette nuit-là. Préparer la mise en scène, attendre qu'elle se montre… Et quand il l'avait vue apparaître pieds nus, dans son pantalon de jogging et son sweat gris aux manches trop longues, quelque chose du côté de son cœur avait fait *pop*. Comme un pop-corn qui éclate et devient tout mou et tout blanc. Son cœur n'avait jamais fait *pop* ; il ne savait même pas qu'un cœur pouvait faire des acrobaties de ce genre, et cela avait été une bonne et belle surprise. Avec ses cheveux rassemblés en queue-de-cheval et ses pieds nus, Priscilla avait réussi là où toutes les autres avaient échoué avec leurs talons hauts et leur brushing. Parce que ce qu'il avait éprouvé alors avait vibré dans une région restée inexplorée en lui : celle de la tendresse.

Ettore, quant à lui, était au travail, en train d'ausculter le genou de Claretta, qui, d'après elle, avait fait *crac* ce matin-là lorsqu'elle s'était levée de son petit tabouret.

— *Crac !* répétait-elle à Ettore.

— J'ai compris, Claretta, mais moi, là, je ne vois rien qui n'aille pas.

— Peut-être que tu ne vois pas parce qu'il faudrait me faire une radio, insista-t-elle. Tes yeux sont bons, mais ils ne suffisent pas.

— Peut-être que tu as raison, mais le fait est que si je touche ton genou, je ne sens rien, et que si je bouge ton articulation, ça ne te fait pas mal. Qu'est-ce que tu en dis ?

— Eh, j'en dis qu'avant il a fait *crac*.

— Peut-être que le *crac* venait d'un autre endroit… du tabouret, peut-être ?

Claretta commençait à perdre patience.

— D'après toi, je ne suis pas capable de savoir si un *crac* vient de mon tabouret ou de mon genou ? C'est ça que tu es en train de me dire ?

Menaçante, elle avait posé les poings sur ses hanches.

— Non, Claretta, c'était seulement une idée. Que dirais-tu de tenter une petite expérience ? Aujourd'hui, tu marches un peu, et si tu as mal quelque part, tu reviens me voir.

— Même pas une petite bande ?

Ettore retint un soupir.

— On va mettre une bande élastique, Claretta. Comme ça, on sera plus tranquilles. Et puis garde peut-être ta jambe un peu surélevée quand tu es assise, d'accord ?

— C'était si difficile ? conclut-elle, enfin satisfaite, lorsque Ettore serra la bande autour de son genou.

Puis, sautant de la table d'examen avec une agilité enviable, elle annonça :

— Tu sais que la romancière s'est enfermée chez elle, exactement comme Penelope ? Elle n'a même pas attendu de voir si Penelope guérissait. On avait une recluse, maintenant on en a deux.

Ettore se caressa le menton d'un air perplexe. Que s'était-il passé ? Pourquoi son frère, qui s'était précipité à la Villa Edera quelques heures auparavant, n'avait-il pas dissipé cet absurde malentendu ?

— Comment ça, elle s'est barricadée dans la Villa Edera ? demanda Amanda tandis qu'elle remettait les livres de cuisine à leur place.

Elle tenait son téléphone entre son oreille droite et son épaule, ce qui lui donnait des crampes.

— Claretta dit qu'elle est là-bas et Cesare dit que Virginia et les enfants le confirment, répondit Ettore. Le hasard a fait que l'autre soir, quand il est tombé malade, Cesare lui a fait faux bond sans la prévenir.

— Tu plaisantes ? s'étrangla Amanda en posant les livres sur une table. Et maintenant, elle est enfermée chez elle ? Comme Penelope ?

— Il assure qu'il s'est excusé.

— Je n'en reviens pas. Comment peut-elle se comporter ainsi, juste parce qu'il n'est pas venu dîner ?

Le mystère s'épaississait.

— Et il a essayé de l'appeler ?

— Il dit qu'il lui a écrit et qu'il a essayé mille fois de l'appeler, mais elle ne répond pas. Il est aussi allé à la villa, mais elle paraît déserte. Pourtant, les enfants savent qu'elle s'y trouve.

— Tout ça est très étrange… dit Amanda, soupçonneuse.

Une réaction aussi exagérée, aussi peu proportionnée au tort subi, ne ressemblait pas à la Priscilla qu'elle connaissait. Il s'était sûrement passé quelque chose d'autre. Amanda se targuait de posséder, en matière de sentiments, une bonne dose de la légendaire intuition féminine.

— Il peut t'appeler ? lui demanda Ettore, l'arrachant à ses pensées. Tu l'aiderais ?

— Oh… Oui, bien sûr, répondit distraitement Amanda.

— Merci. Cesare va vraiment mal, tu sais.

Et ça, c'était une nouveauté.

Quelques heures plus tard, Amanda était assise à l'une des tables de la bibliothèque en compagnie d'un Cesare partagé entre l'accablement et la stupeur. Elle ne pouvait même pas lui donner tort : l'isolement volontaire de Priscilla était une attitude si radicale que la bibliothécaire ne parvenait pas à s'empêcher de penser qu'une pièce du puzzle leur échappait.

Mais, en attendant, Cesare avait besoin d'aide.

— Amanda, je n'aurais jamais pensé demander ça un jour, mais comment diable puis-je faire pour me faire pardonner par une femme qui fait semblant de ne pas exister ? Toutes mes techniques de pardon prévoient de pouvoir au moins lui parler.

— Il faut la débusquer, réfléchit Amanda à haute voix. Mais débusquer quelqu'un comme Priscilla n'est pas simple. Tu as besoin d'un plan qui sorte de l'ordinaire, Cesare, pas de tes excuses habituelles.

Cesare était pétrifié. Qu'est-ce qu'il allait bien pouvoir inventer ? Il ne pouvait quand même pas forcer Priscilla à sortir en enfumant la villa pour ensuite la kidnapper, comme dans ses romans ! Ou peut-être que si ? pensa-t-il, se rendant vaguement compte qu'il n'arrivait pas à raisonner de manière lucide, peut-être à cause des jours de fièvre, peut-être à cause du choc.

— Il faut quelque chose qui la surprenne, quelque chose que personne n'ait jamais fait pour elle ni, encore mieux, pour aucune femme. Un stratagème digne d'un romancier, déclara Amanda, l'air absorbé, en parcourant du regard les centaines de livres qui les entouraient, alignés sur les étagères.

Comme c'était simple, tout compte fait, de tomber dans la banalité quand il s'agissait d'amour. Des lèvres qui s'approchent, le souvenir d'une caresse, d'un regard. Il suffisait d'un rien pour s'enfoncer dans les marécages du déjà-vu, du déjà-entendu. Il suffisait d'un instant. La vraie magie consistait à rendre unique un sentiment universel, en conclut Amanda.

Combien de mots d'amour avaient été dits, écrits, murmurés, écoutés ? Les mots ne sont que des mots, disaient certains. Quelle ineptie ! Les mots sont tout. Ils peuvent unir ou séparer. Ils peuvent construire ou détruire. Blesser ou sauver. Un seul mot et tout peut changer. Des vies entières avaient été brisées par un mot. Et d'autres réparées, toujours grâce à un mot prononcé au bon moment.

Et, soudain, l'idée surgit dans le cerveau d'Amanda. La bonne. Celle qui efface toutes les autres. Celle qui, quand elle fait son apparition, allume un projecteur au-dessus d'elle et fait taire tout le monde. La reine de la fête.

Des lettres d'amour.

Non que les lettres d'amour ne fissent pas partie des clichés, Amanda le savait très bien. En définitive, quand Cyrano de Bergerac se prêtait à faire le *ghostwriter* pour ce bellâtre de Christian, des siècles plus tôt, il en avait utilisé en abondance. Mais elles étaient peu à peu tombées en désuétude. À présent, on mettait à jour son statut sur Twitter, tout au plus.

Ce qu'il fallait, c'était un chemin de mots. Pas des messages d'excuses que, selon la bibliothécaire, Priscilla ne lirait même pas, mais un chemin de miettes à suivre tout doucement, comme le Petit Poucet. Pour la faire sortir de la tanière dans laquelle elle s'était réfugiée, en proie à une douleur dont Amanda suspectait qu'elle était beaucoup plus profonde que ne l'imaginait Cesare. Ce qu'il fallait, songea Amanda, les yeux brillants, c'était une chasse au trésor littéraire. Un chemin de lettres d'amour qui la mènerait droit à lui, à condition qu'elle le suive.

— Tu t'y connais en lettres d'amour ? demanda-t-elle alors à Cesare.

Elle se doutait de la réponse, mais savait-on jamais…

— Je n'en ai jamais écrit une seule, répondit-il en effet.

— Eh bien, heureusement pour toi, nous avons à portée de main les meilleurs *ghostwriters* de tous les temps, sourit Amanda.

29

Deux minutes plus tard, Amanda était plongée dans le catalogue de la bibliothèque.

Ce dont elle avait besoin maintenant, c'était un recueil de lettres d'amour écrites par des personnages célèbres du passé. Elle frémissait : pour une fois qu'elle devait transposer un roman dans la vie réelle, ce serait peut-être justement l'absence de ce volume sur ses étagères qui allait tout compromettre.

Au pire, bien sûr, il y avait Internet.

— Trouvé ! s'exclama-t-elle enfin. Voilà : *Du cœur à la plume, les cent plus belles lettres d'amour de tous les temps*. Allons le chercher !

Quelques secondes plus tard, ils le feuilletaient, les mains tremblantes. Le bon livre existe toujours, se dit Amanda, rassérénée, tout en lisant avec avidité ce que John Keats écrivait à Fanny Brawne en 1819.

Je ne peux pas vivre sans vous. Rien ne m'importe que de vous revoir – là se borne ma vie – je ne vois pas au-delà – vous m'avez absorbé.

Cher John, cent ans après, c'est toujours pareil, se surprit-elle à penser. Rien n'a changé, à part, peut-être, le moyen de l'exprimer. Tu écrivais de ta plus belle plume : nous, on envoie des messages sur Whatsapp.

Cesare, dubitatif, l'observait en silence : un miracle pouvait-il s'accomplir avec l'aide de quelques vieilles lettres ? Si simplement ?

Tous deux perdus dans leurs pensées, ils ne remarquèrent pas l'arrivée d'Agata et des autres enfants jusqu'à ce qu'ils les découvrent éparpillés dans la salle de lecture.

— Qu'est-ce que vous faites ? demanda la gamine en lisant par-dessus l'épaule d'Amanda.

— On invente une chasse au trésor de lettres d'amour pour Priscilla, expliqua fièrement la bibliothécaire.

— Une chasse au trésor ? hurla Agata, émerveillée, comme si elle avait oublié où elle se trouvait.

— Chut…, la réprimanda Amanda. C'est une bibliothèque, ici ! Petite, d'accord, mais une bibliothèque quand même !

— Quelle chasse au trésor ? demandèrent d'une même voix les jumeaux en accourant à la vitesse de la lumière.

— Mais d'où sortez-vous, vous ?

— *Tlésol* ! répéta Margherita en entraînant Virginia à sa suite.

— Vous organisez une chasse au trésor ? demanda alors la jeune fille. Quand ça ?

— Oui, pour Priscilla, s'exclama Agata d'une voix toujours aussi forte.

Amanda leva les yeux au ciel.

— Pour Priscilla ? Trop cool ! reprit Virginia en applaudissant.

— On peut vous aider ? demanda Agata tandis que Tobia hochait vigoureusement la tête.

— Au point où on en est…, consentit Amanda.

Et elle se mit à envoyer des messages sur son portable, battant ainsi le rappel de la moitié des habitants du village.

Cesare, pétrifié, ne pipait pas mot.

En l'espace d'un quart d'heure, un petit groupe s'était rassemblé autour de la table et la chasse au trésor de lettres d'amour s'était transformée en affaire d'État. Même les trois commères, alertées par cet étrange flux de personnes qui marchaient toutes dans la même direction, en avaient conclu que si quelque chose était en train de se passer, elles n'allaient certainement pas le manquer, cette fois. Aussi se rendirent-elles à la bibliothèque, suivies d'Agnese, qui passait par là en réfléchissant au gâteau à préparer pour le concours « Ramène ta fraise ! » Cette année, entre chats disparus et lettres volées, l'esprit de compétition commençait à lui échapper quelque peu.

— Qu'est-ce que vous faites ? demanda Claretta en dévisageant les villageois réunis à la table comme s'ils préparaient un braquage de banque. Pas d'autres lettres à falsifier, hein ?

— En fait, il est encore question de lettres, dit quelqu'un.

— Alors ? insista Rosamaria.

— Amanda organise une chasse au trésor de lettres d'amour pour Priscilla, de la part de Cesare. Et nous, on l'aide ! hurla gaiement Tobia.

— À la bonne heure ! grommela Claretta. Alors, comment on s'organise ? ajouta-t-elle en tirant une chaise pour se joindre au groupe, aussitôt imitée par les deux autres.

— Espérons que Priscilla nous donnera plus de satisfaction que cette ingrate de Penelope, que ça fait des jours qu'on attend sans qu'elle donne signe de vie, conclut Rosamaria.

Cesare n'arrivait pas à en croire ses yeux. Dans quelle histoire était-il allé se fourrer ?

— Alors, quel est le plan ? demanda Evelina.

— Oui, alors ?

— Qu'est-ce qu'on doit faire ?

— Je vais aussi aller chercher le père Casimiro et Elvira. Ne décidez rien sans moi ! lança Agnese avant de partir en courant.

Une séduction de groupe. Ça, c'était quelque chose de romanesque, estima Amanda en observant tous ces visages qui la considéraient avec une impatiente fébrilité. Cesare, lui, se tenait la tête entre les mains.

Ah, les hommes.

— Il faudrait que les lettres créent une sorte de chemin qui la conduirait dans un lieu où elle découvrirait le trésor, exposa la bibliothécaire.

— Le lieu, c'est forcément la Villa Edera, et le trésor, c'est Cesare qui l'attend ! s'exclama Virginia en joignant les mains dans un sursaut de romantisme extatique.

— Mon Dieu, quelle horreur. Dit de cette manière, c'est assez impressionnant... Et si on laissait tomber tout ça ? hasarda Cesare, consterné.

— Ah non, mon cher ! Maintenant, on agit et plutôt deux fois qu'une ! gronda Claretta en lui tapant sur l'épaule. Regardez-le, celui-là : d'abord, il nous appelle pour qu'on l'aide, et après, il nous dit que finalement il vaut mieux ne rien faire !

— Mais je n'ai pas...

— Tais-toi ! Bon, réfléchissons, reprit Claretta. L'endroit à rejoindre est bien sûr la Villa Edera. Laissons le trésor de côté pour le moment.

— Mais les lettres, on les cache où ? demanda quelqu'un.

— Dans le village, proposa quelqu'un d'autre.

— Bien sûr ! Comme si Priscilla avait envie de passer ses journées à chercher des lettres dans les massifs de rhododendrons !

— Attendez, murmura Amanda, pensive. Et si nous gardions les lettres ? Je veux dire si elles étaient confiées à quelqu'un au lieu d'être cachées ?

Agata regarda la bibliothécaire avec admiration.

— Mais tu sais que tu es très forte ?

— Bon, on gardera les lettres, c'est d'accord, récapitula Evelina. Mais les lui donner ?

À cet instant, Agnese entra, essoufflée, suivie d'Elvira et du père Casimiro.

— J'espère que vous n'avez rien décidé sans nous ! s'exclama-t-elle.

— Oh là, mon père… et Vladimiro ?

— Il va bien. Il sort dimanche.

— À temps pour le concours ! sourit Agnese.

— Cette année, moi aussi, je prépare un gâteau ! annonça Virginia avec un clin d'œil aux enfants, qui se mirent à glousser.

— Oublie les gâteaux et concentre-toi sur les lettres, la réprimanda Rosamaria. On n'arrive jamais à faire une seule chose à la fois, ici.

— Les lettres, c'est toi qui les écriras ? voulut savoir Agata.

— Non, on va utiliser des extraits de lettres d'amour de personnages célèbres, répondit Amanda.

— Genre Amy Winehouse ? demanda quelqu'un.

— Je pensais plus à John Keats…

— Qui ?

— Attendez ! Si j'ai bien compris, nous, on garde les lettres et Priscilla doit chercher qui les a ; une fois qu'elle l'a découvert, on lui remet l'enveloppe, c'est ça ? intervint Claretta.

— Ça peut marcher, approuva Amanda. Mais pour la guider d'un endroit à l'autre, je vais devoir inventer des indices.

— Je peux, moi aussi, avoir une lettre à remettre ? demanda le père Casimiro, qui se sentait désormais impliqué dans cette opération de bienfaisance.

— Moi aussi ! hurlèrent à l'unisson les jumeaux et Margherita.

— J'ai trouvé neuf très belles lettres dans les livres qui sont ici, expliqua Amanda. Donc Agata, les jumeaux, Margherita, Virginia, le père Casimiro… Agnese et Elvira ? Claretta ? Vous jouez aussi ?

— Moi aussi ! protesta Rosamaria.

— Vous, les trois commères, vous êtes une seule personne, comme les jumeaux, répliqua le prêtre.

Personne n'osa protester.

— De même qu'Elvira et Agnese. Pour célébrer une paix retrouvée.

— Il en manque deux. Anita, peut-être ?

— Donnons-la à Sandwich ! proposa Virginia.

— Va pour Sandwich ! Qui recevra la dernière lettre ?

— Ettore ! s'exclama Agata, qui n'oubliait jamais son grand amour.

— Et les indices ? s'enquit Virginia.

— Les indices, je m'en occupe, répondit Amanda. On se retrouve ici ce soir, disons vers sept heures, et on distribue tout ? proposa-t-elle.

Puis elle regarda Cesare, qui se contenta de hocher la tête. Si seulement ça pouvait marcher…

— Alors, on organise la chasse demain ? demanda Agnese. Ce serait encore mieux aujourd'hui, d'ailleurs. Dimanche, il y a le concours et trois jours seront nécessaires pour les préparatifs, réfléchit-elle tout haut. C'est bien beau, l'amour, mais on ne plaisante pas avec les choses sérieuses.

— Retrouvons-nous plutôt à l'église, intervint le prêtre. Un projet aussi fou a besoin d'une bénédiction. Et nous passerons à l'action ce soir, parce qu'il ne faut pas remettre à demain ce qui peut être fait le jour même, ajouta-t-il avec le plus grand sérieux.

— Père Casimiro, sachez que, après avoir séquestré un facteur et falsifié une lettre, plus rien ne nous arrête.

— Mais, et Penelope ?

Oui, et Penelope ?

30

À sept heures précises ce soir-là, tous se retrouvèrent à l'église, et Amanda se mit à distribuer les lettres et les indices.

Il y avait ceux qui n'arrivaient pas à contenir leur enthousiasme et ceux qui, au contraire, ne comprenaient pas le sens de cette histoire. Parmi ces derniers, Cesare, hébété, se demandait ce qu'il avait fait pour mériter une semblable mésaventure, mais il avait décidé de suivre Amanda – jusqu'à une probable défaite. Qu'avait-il à perdre, de toute façon ?

— Vous pouvez m'expliquer pourquoi on organise cette mise en scène ? demanda Claretta. Les choses de l'amour peuvent se résoudre plus simplement, vous le savez, au moins ?

— Nous avons pris goût aux actions collectives, répondit Elvira. Cet été, dans le village, ça se passe comme ça.

— On peut même faire encore mieux, intervint Rosamaria, surprenant tout le monde.

— Mieux que quoi ?

— Priscilla ne peut pas revenir à la Villa Edera avec les lettres et attendre Cesare en jean et en tee-shirt, affirma-t-elle avec assurance. Elle aura besoin de vêtements adaptés aux circonstances.

— Et de ballons ! hurlèrent les jumeaux.

— C'est vrai. Mais je parierais que cette nana n'a apporté aucune tenue élégante.

— Oui, mais où est-ce qu'on peut trouver des vêtements élégants ici ? interrogea Virginia. Nous sommes trois pelés et un tondu, et pas de *fashion victim* parmi nous, à ma connaissance.

Il y eut un instant de silence recueilli, puis Claretta releva la tête.

— Dans l'armoire de Ludovica, au grenier ! s'exclama-t-elle, emplie d'une nouvelle énergie à la seule idée de profaner la garde-robe de la riche propriétaire de la Villa Edera. Il doit y avoir les vêtements de générations entières de Pizzo là-dedans. Qui remontent à l'époque de Gualtieri !

— Avec un peu de chance, on en trouvera qui datent des années soixante ou du début du siècle, murmura Amanda.

— Ça ira très bien ! dit Agnese. Mais que se passera-t-il si elle ne veut pas se prêter au jeu ? N'oubliez pas que ça fait trois jours qu'elle vit enfermée, et elle semble de très mauvaise humeur.

Amanda y avait pensé. Elle savait qu'elle n'avait droit qu'à un seul essai et qu'elle devait le transformer sans attendre.

— Je vais aller la voir, décida-t-elle en posant une main sur l'épaule de Cesare, qu'elle pressa doucement. Je vais aller lui parler. Vous, vous préparez tout, vous distribuez les lettres et les indices. Et toi, Cesare, reprends-toi ! Depuis trois jours, tu as l'air d'un mort.

Sans rien ajouter, elle sortit de l'église et se dirigea avec détermination vers la Villa Edera.

Affalée sur le canapé, son portable sur les genoux, Priscilla écrivait. Elle allait finir ce stupide roman, puis elle s'en irait, elle tournerait cette funèbre page. Cette fois, pour toujours.

Ce fut alors qu'elle entendit frapper à sa porte.

Si elle ne s'était pas aperçue, le matin même, qu'elle n'avait presque plus rien à manger, elle aurait ignoré cette requête. Mais, au fond d'elle-même, elle espérait un peu que quelqu'un venait lui apporter des provisions. Elle avait le cœur en miettes, mais elle n'allait quand même pas se laisser mourir de faim…

Elle entendit la voix décidée d'Amanda ordonner derrière la porte close :

— Priscilla, ouvre tout de suite !

Et Priscilla obéit.

L'instant d'après, la bibliothécaire la serrait très fort dans ses bras. Priscilla éclata en sanglots.

— Qu'est-ce qui se passe ? demanda Amanda sans desserrer son étreinte.

— Demande-le à Cesare, ce qui se passe ! hurla la romancière dans l'oreille de la pauvre fille.

La bibliothécaire leva les yeux au ciel.

— Maintenant, raconte-moi en détail ce qu'il t'a fait. On va arranger ça, tu verras.

— Eh, ce qu'il m'a fait, ce qu'il m'a fait… pourquoi ne le demandes-tu pas à ta belle-sœur, ce qu'il m'a fait, ce sale type ? sanglota Priscilla.

Amanda réfléchit quelques instants : qu'est-ce que sa belle-sœur avait à voir avec ça ? Domitilla, la femme de son frère Piergiorgio, vivait à Modène.

— Je ne comprends pas… Quelle belle-sœur ? demanda-t-elle en posant ses mains sur les épaules de la romancière et en la repoussant légèrement pour l'obliger à la regarder dans les yeux.

— La femme de Cesare, voilà qui ! gronda Priscilla.

C'était donc un complot ? Tout le monde avait l'intention de lui mentir ?

— Quelle femme ? De quoi parles-tu ?

Priscilla s'essuya le nez avec la manche de son sweat.

— Comment, quelle femme ?

— Eh bien… quelle femme ? Cesare n'est pas marié.

Priscilla garda le silence. Il n'était pas marié ?

— Il n'est pas marié ? demanda-t-elle quand elle fut capable d'articuler.

— Non. Mais comment as-tu pu penser une chose pareille ?

— J'ai entendu les filles du club de lecture : elles disaient à quel point la femme de Cesare était belle, tellement élégante, tellement magnifique, et tout, et tout…

Amanda leva les yeux au ciel. Tout s'éclaircissait.

— Eh bien, je t'annonce qu'aucune épouse de ce genre n'existe et n'a jamais existé.

Voilà ce qu'il s'était passé.

Peu avant que Priscilla ne passe au bar d'Anita pour chercher Cesare, Irene avait exposé à ses amies son plan diabolique pour venger l'honneur de la pauvre Laura. Laquelle, après une vie passée à être amoureuse de Cesare, alors qu'elle s'était enfin décidée, bon gré mal gré, à passer à l'action, se retrouvait coiffée au poteau par la dernière arrivée. Si ça, ce n'était pas de la malchance ! Irene avait raconté la scène terrible à laquelle elle avait assisté quelques jours plus tôt, rapportant chaque détail, en inventant quelques autres, infligeant ainsi à Laura une souffrance atroce. Cette dernière était donc prête à coopérer et à se joindre à tous les plans que son amie élaborerait.

Il suffisait que Priscilla se trouve à portée d'oreilles. Et donc, quand la romancière était passée près de leur table, Irene avait commencé à parler de cette épouse, aussi sublime que fantomatique, qui attendait Cesare à la maison.

Voilà pourquoi Priscilla s'était enfermée chez elle pendant trois jours, sourde, muette et aux prises avec la douleur. Chère, frémissante, fragile Priscilla, comment lui donner tort…

Ces six bonnes femmes allaient devoir compter avec Amanda. À partir de maintenant, les réunions de leur club de lecture, elles pourraient toujours aller les faire au bar d'Anita.

Priscilla planta ses yeux dans ceux de son amie.

— Et cette Bianca, alors, qui est-ce ?

— Bianca…

— Oui, Bianca ! Écoute, j'ai lu le message dans lequel elle disait à Cesare qu'il lui manquait.

Amanda soupira. Cette comédie des erreurs était sans aucun doute la plus surprenante de toutes celles auxquelles elle avait assisté.

— Priscilla… Bianca est la cousine de Cesare et d'Ettore. Elle a douze ans. Leur petite-cousine, plus exactement. Et oui, elle a une prédilection pour Cesare, avec qui elle a un lien très fort ; elle s'habille avec des sweats immenses, elle écoute de la musique horrible et Cesare la gâte au-delà de toute imagination.

Priscilla, harassée par le trop-plein d'émotions qu'elle venait de ressentir, s'affala sur le canapé et se remit à sangloter. De soulagement, cette fois.

— J'ai enfin rencontré quelqu'un qui pleure plus que moi, sourit Amanda en observant la romancière avec un mélange de tendresse et d'amusement. Alors, es-tu prête à sortir de chez toi et à participer à la plus fabuleuse, extraordinaire, étonnante chasse au trésor qui ait jamais été créée pour une femme ?

— Pardon ? réagit Priscilla, qui, sous l'effet de la surprise, avait cessé de pleurer. Je voudrais d'abord parler à Cesare, tenter de clarifier les choses.

— Allez, habille-toi, répondit Amanda sans tenir compte de sa demande.

En guise d'encouragement, elle lui donna une tape sur la jambe.

— Il ne vous arrive jamais de faire des choses normales, dans ce village ? voulut savoir Priscilla, intriguée.

Consciente aussi que ce jeu dissimulait quelque chose qu'elle n'était pas autorisée à connaître – pas encore.

Amanda devina ses inquiétudes et essaya de la convaincre :

— Écoute, Priscilla, il existe de rares moments dans la vie où il faut lancer son cœur par-dessus la barrière et ensuite courir le récupérer pour voir si tout s'est bien passé. Toi, tu *dois* savoir ça. Tu écris sur le sujet depuis toujours. Toi et mille autres. Pense à toutes les histoires d'amour inventées au fil des siècles… Elles n'auraient jamais existé si les protagonistes n'avaient pas décidé de se jeter dans le vide : Rossella déclare sa flamme à Ashley, Jane Eyre accepte d'épouser Edward – et on sait que Bertha était alors cachée dans les combles du manoir… Anna devient la maîtresse de Vronski… Je sais bien que nous sommes théoriquement dans la vraie vie, mais quelle importance ? Pour une fois, la vie peut ressembler à un roman ! Je sais aussi que tu as peur, mais je ne te dirais jamais cela si je n'étais pas certaine qu'un dénouement heureux t'attend au terme de cette aventure.

C'était le discours le plus long qu'elle avait fait de toute sa vie. Priscilla écoutait et pleurait encore un peu, tandis que la chose noire et gluante qui lui collait encore à la peau et au cœur quelques minutes plus tôt se retirait petit à petit, laissant place à des bulles d'air qui lui permettaient de prendre de grandes respirations entre deux hoquets. Et tandis qu'Amanda la regardait, dans l'expectative, Priscilla débattait avec elle-même, encore indécise.

Qu'aurait fait Calliope du Topaze ? Elle aurait sans aucun doute participé à la chasse au trésor. Mais c'était une écervelée, sans une once de sens pratique. Priscilla n'était pas une écervelée. Ou peut-être que si ? Peut-être que l'audace était la solution à tout ? Elle pensa à Penelope et à sa lettre : si elle renonçait, Priscilla ne saurait jamais ce qui aurait pu lui arriver. Si jamais il arrivait quelque chose.

Dans ce village minuscule vivait une très vieille femme qui avait décidé de vivre cloîtrée à cause d'un homme qui l'avait déçue et blessée. Priscilla allait-elle finir comme elle, par peur, par orgueil ? Lorsqu'elle serait très vieille, se retrouverait-elle comme Penelope, enfermée en sûreté entre les murs de sa maison ? À la fin de sa vie, personne ne serait prêt à écrire une fausse lettre pour elle dans le but de donner un sens à son chagrin. Elle se couvrirait tout simplement de toiles d'araignées, telle Miss Hawisham dans le roman de Dickens.

Était-ce cela, le plus risqué ? Ou de donner une chance à l'amour ?

Elle revit le visage de Cesare quand il s'était approché pour l'embrasser pour la toute première fois et elle sut qu'elle avait déjà choisi. Cette fois, ce serait Calliope qui l'emporterait, non Penelope.

Priscilla allait s'offrir un ultime et terrible acte de courage. La peur de devoir ranger le premier baiser de Cesare dans le placard des espoirs brisés, en compagnie de tous ses autres souvenirs, était plus forte que la peur de se lancer dans le vide, ainsi que l'avait dit Amanda. Dans ce placard reposaient les débris des amours passées, des rêves jamais vécus, des sourires morts, des voix éteintes. Si elle y avait ajouté ne fût-ce qu'un autre chagrin, ce recoin plein d'ombres serait devenu sa vie.

Alors Priscilla regarda Amanda dans les yeux et dit :

— C'est d'accord, allons jouer.

L'instant d'après, tandis que Priscilla se passait de l'eau sur le visage, Amanda envoya un message sur le téléphone de Cesare : « Surtout, ne lui fais aucun mal. »

Il regarda les visages impatients de ses compagnons et sourit. Ce fut suffisant : en un rien de temps, la moitié du village alla se cacher pour attendre le retour de Priscilla.

31

La première à apercevoir Priscilla fut évidemment Agata. Cachée derrière un arbre juste à l'entrée de la Villa Edera, elle était folle de joie. Tout allait bien de nouveau et son cœur battait en une danse frénétique. Dans son poing, elle serrait une lettre un peu froissée. Décidément, elle n'oublierait jamais cet été !

Agata aurait dû se contenter de remettre à la romancière la lettre et l'indice, suivant le plan, mais à peine la vit-elle approcher, les yeux encore gonflés, qu'elle se précipita et la serra très fort dans ses bras.

— Tu es revenue, chuchota-t-elle contre sa poitrine.

— Je suis revenue, confirma Priscilla, émue.

Quelle gamine extraordinaire…

— J'ai quelque chose pour toi ! annonça ensuite Agata, tout sourire.

Et elle lui offrit la lettre sur ses deux mains, comme s'il s'agissait de l'épée Excalibur.

— Tu dois d'abord ouvrir la lettre, puis bien écouter ce que je vais te dire.

Priscilla sortit le papier de l'enveloppe et lut :

Pour quelque raison que j'ignore, je t'aime beaucoup. Beaucoup, rien de déraisonnable, je dirais juste assez pour que la nuit, je me réveille tout seul et, n'arrivant pas à me rendormir, je commence à rêver de toi.

FRANZ KAFKA À MILENA

— Tu m'expliques ?

La gamine commença à réciter :

— *Tous les enfants grandissent, sauf un. Ils savent tout de suite qu'ils grandissent, et Wendy le sut ainsi. Un jour, quand elle avait trois ans et qu'elle jouait dans le jardin, elle cueillit une fleur et courut vers sa mère. Elle devait avoir l'air charmant parce que Mme Darling posa une main sur son cœur et s'exclama : « Oh, pourquoi ne peux-tu pas toujours rester ainsi ? »*

— *Peter Pan* ? C'est ça, l'indice ?

Agata était au comble de l'excitation :

— Gagné ! Je t'explique : je te donne la lettre d'un personnage célèbre, puis un indice sur la personne qui a la lettre suivante. Compris ?

Priscilla éclata de rire.

— Compris. Donc, maintenant, je dois aller voir Margherita, qui me donnera une autre lettre ?

La gamine ouvrit de grands yeux.

— Mais tu es vraiment trop douée ! C'est justement Margherita ! s'exclama-t-elle avec une admiration sincère.

— J'y vais. Ça va être amusant de l'entendre réciter l'indice. Vous venez avec moi ?

— Eh non ! Tu dois tout faire toute seule, sinon c'est de la triche ! déclara Agata, qui prenait la chose très au sérieux.

Après une dernière embrassade, Priscilla se retrouva seule. Prête à se lancer pour de bon dans cette aventure, elle se dirigea vers le village, à la recherche de Margherita. Et soudain, comme par enchantement, elle se mit à rire doucement.

Elle était encore en train de se réjouir du caractère fou et merveilleux de ce qui était en train de se passer quand Margherita accourut vers elle, surgissant de derrière un arbre, où elle s'était cachée, elle aussi.

— *Z'est poul* toi ! hurla-t-elle, victorieuse, en brandissant sa lettre.

Priscilla lui sourit.

— Comme ça, c'est trop facile. Retourne derrière l'arbre pour que je te trouve !

Margherita obéit et retourna se cacher derrière le tronc, où l'attendaient Virginia et les jumeaux. Priscilla fit semblant de la chercher pendant quelques minutes avant de la rejoindre enfin.

— *Z'est poul* toi ! répéta Margherita avec le même enthousiasme que la première fois.

La jeune femme prit la lettre.

— Tu n'es plus triste ? demanda Tobia.

— Non, je ne suis plus triste, sourit Priscilla. Et maintenant, voyons ce que nous avons là.

Je fais tout ce que je peux pour que mon amour ne te dérange pas.
Je te regarde à la dérobée.
Je te souris quand tu ne me vois pas.
Je mets mon regard et mon âme partout
où je voudrais mettre mes baisers :
dans tes cheveux, sur ton front, sur tes yeux, sur tes lèvres,
partout où les caresses ont un libre accès…
JULIETTE DROUET À VICTOR HUGO

— C'est beau, murmura Priscilla. Maintenant, tu dois me donner un indice, c'est ça ?

Margherita déclama d'une voix forte :

— *Tlois* fois le *sat tiglé* a miaulé ! récita-t-elle avec application.

— *Macbeth* ! devina aussitôt l'écrivaine. Les trois sorcières. Premier acte. Première réplique.

Virginia écarquilla les yeux.

— Je savais que tu étais super forte.

— Mon Dieu, j'imagine que je dois aller voir les trois commères… J'espère qu'elles ne savent pas d'où est tiré l'indice.

Cette histoire de chasse au trésor était très amusante. Et les adultes y participaient également. Priscilla se surprit à penser, ou peut-être juste à espérer, que cette fois, la réalité se révélerait plus belle que ce qu'elle imaginait.

Elle trouva les trois commères assises à leur place habituelle.

— Viens là, toi ! l'appela l'une d'elles.

— Mais tu ne dois pas l'appeler ! protesta la deuxième.

— Je l'appelle parce que sinon on y sera encore cette nuit, conclut la première en tendant la lettre.

Mon amour, vous n'êtes pas « une chose de ma vie » – bien que vous en soyez la plus importante – parce que ma vie ne m'appartient plus, je ne la regrette même pas et vous êtes toujours avec moi. Vous êtes bien davantage, c'est vous qui me permettez d'imaginer tous les avenirs et toutes les vies possibles.

JEAN-PAUL SARTRE À SIMONE DE BEAUVOIR

— Et l'indice ? demanda Priscilla aux trois femmes.

— Alors… commença Evelina.

— Non, c'est moi qui le dis ! l'interrompit Claretta.

— *Tous les adultes ont été des enfants, mais peu d'entre eux s'en souviennent !* récita Rosamaria, coiffant au poteau les deux autres, qui lui jetèrent un regard noir.

— *Le Petit Prince*, en déduisit Priscilla. Étant donné que j'ai déjà vu Margherita et Agata, et que Virginia n'est plus vraiment une enfant, j'imagine que je vais devoir aller chercher les jumeaux. Qui étaient cachés, façon de parler, derrière l'arbre avec leur petite sœur.

— C'est ça, bravo, lui répondit Claretta d'un ton brusque tout en scrutant attentivement le visage de la jeune femme. Alors ? Tu es guérie ?

Priscilla sourit et tendit la main pour lui toucher doucement l'épaule. Ça aussi, c'était un acte de courage.

— Oui, merci. Vraiment.

Et, en moins de temps qu'il n'en faut pour le dire, elle revint sur ses pas et se retrouva devant Tobia et Andrea, dévorés d'impatience.

Ai-je dit que les humains pouvaient être catégorisés ? Alors, si c'est le cas, permets-moi d'apporter une précision : pas tous les êtres humains. Toi, tu m'échappes. Je ne peux pas te catégoriser, je ne peux pas te comprendre. Je peux deviner, neuf fois sur dix, selon les circonstances, je peux prédire les réactions, ces neuf fois sur dix, par des mots ou des gestes, je peux reconnaître le battement des cœurs. Mais à la dixième tentative, j'abandonne. Tu es la dixième tentative.

JACK LONDON À ANNA STRUNSKY

Les jumeaux n'attendirent même pas qu'elle eût fini de lire pour entonner en chœur :

— *Qu'elle soit gentille et patiente, toujours joyeuse et amusante ! Elle ne devrait pas crier, mais seulement jouer ! Elle devra s'occuper de nous, les enfants, nous sommes vifs mais mignons !*

Priscilla éclata à nouveau de rire.

— *Mary Poppins* ! Je l'adore, vous savez ? Virginia, la nounou du village, c'est toi. Sors ta lettre ! ordonna-t-elle en tendant la main.

Moi, j'écrirais des poèmes d'amour même sur les parties de toi que tu ne supportes pas.
VIRGINIA WOOLF

— Quelle merveille, murmura Priscilla. Et l'indice ?

C'était la plus belle chasse au trésor de tous les temps.

Virginia s'éclaircit la gorge et commença à réciter avec conviction :

— *Dans la grande ville, où il y a tant de maisons et tant d'hommes qu'il ne reste pas de place pour que tout le monde puisse posséder un petit jardin, et où, pour cette raison, la majeure partie des gens doit se contenter des fleurs dans des vases, vivaient deux pauvres enfants, qui avaient cependant un jardin à peine plus grand qu'un vase de fleurs.*

Elle jeta un rapide coup d'œil au papier qu'elle tenait dans sa main et poursuivit :

— *Ils n'étaient pas frères, mais ils s'aimaient comme s'ils l'étaient. Leurs parents étaient voisins…*

Priscilla réfléchissait en silence. Elle avait déjà entendu cette phrase… mais où ?

— Elle ne trouve pas ! s'exclama Tobia, déçu.

— Tu aimerais bien, hein, plaisanta la romancière. Laisse-moi une seconde… je vais y arriver. Mais je sais déjà que je dois aller chez Elvira et Agnese. Il me semble avoir compris que quand on parle de voisines à Tigliobianco, ce sont elles et leur éternelle querelle que l'on évoque. Toutefois, je dois vous le dire, ça me semble un peu faible comme indice.

— Mais tu ne le connais même pas ! s'exclama Andrea avec une légitime indignation.

— C'est le début de *La Reine des neiges*, répondit Priscilla en faisant un clin d'œil au petit garçon.

Elle avait dû réfléchir un moment, mais elle avait fini par reconnaître le texte. Gerda et Kay, le miroir magique, la Lapone et la Finnoise. Le plus beau conte d'Andersen, selon elle, n'en déplaise à la pauvre *Petite Sirène*.

— Maintenant, je vais chez Elvira et Agnese, annonça Priscilla.

Et elle se mit en chemin.

Lorsqu'elle arriva chez elles, Agnese et Elvira l'attendaient assises dans leur jardin, la lettre posée entre elles sur une petite table.

> *Je ne peux pas vivre sans vous. Rien ne m'importe que de vous revoir – là se borne ma vie – je ne vois pas au-delà – vous m'avez absorbé.*
>
> *JOHN KEATS À FANNY BRAWN*

L'indice lui fut révélé avec un grand calme par Elvira :

— *Et Argos, son chien fidèle, lorsqu'il vit Ulysse après des dizaines et des dizaines d'années, ferma les yeux, emporté par le sommeil de la mort.*

— *L'Odyssée*, comprit Priscilla en réfléchissant un instant à la prochaine étape. Bien sûr ! Je dois trouver le chien de Vladimiro.

— Sandwich, précisa Agnese.

— Il est toujours au bar ?

Elvira soupira.

— Qui sait ?

Puis elle ajouta :

— Tu vas bien, toi, maintenant ?

— Maintenant, je vais bien, répondit Priscilla.

Ce village était vraiment, vraiment extraordinaire.

Trouver Sandwich fut assez facile car il avait élu domicile au bar d'Anita. Un papier était accroché avec une épingle à nourrice au foulard noué autour de son cou.

> *Je ne t'aime pas telle une rose de sel,*
> *topaze, œillets en flèche et propageant le feu :*
> *comme on aime de certaines choses obscures,*
> *c'est entre l'ombre et l'âme, en secret, que je t'aime.*
> *PABLO NERUDA*

Et, en dessous, ce que Priscilla, après avoir longuement réfléchi pour finalement se résigner à le chercher sur Google, découvrit être un extrait de *Frankenstein* : « *Les anciens maîtres de cette science promettaient l'impossible et n'accomplissaient rien.* »

Le chien la regardait, l'air un peu étonné.

— Laisse tomber, Sandwich. C'est la chose la plus incroyable qui me soit jamais arrivée, tu sais ? Et vu qu'on parle de Frankenstein et qu'ici, il n'y a qu'un médecin officiel, je suppose que je dois aller chez Ettore, dit-elle en caressant ses douces oreilles.

Ettore l'attendait en effet devant chez lui, tout prêt à lui donner sa lettre.

— Tu vas bien, maintenant ?

— À part Sandwich, vous me l'avez tous demandé… Merci, je vais bien. Je vais bien grâce à vous, répondit Priscilla, émue.

Le médecin se contenta de hocher la tête et de lui remettre l'enveloppe. Donc, tout se passait bien.

Je veux écrire sur notre amour, je veux t'aimer en écrivant, te prendre en écrivant, et rien d'autre, car nous sommes vraiment drogués : je ne peux pas vivre en dehors du cercle magique de notre amour.

ITALO CALVINO À ELSA DE GIORGI

— Calvino amoureux, s'émerveilla Priscilla. Waouh, franchement…

Ettore la regardait avec tendresse.

— Je te donne l'indice ?

— Oui, s'il te plaît.

— *Il disait tranquillement son office : et quelquefois, entre un psaume et l'autre, il fermait le bréviaire, y tenant en guise de signet l'index de la main droite…*

— Il ne nous manquait plus que Don Abbondio, rit Priscilla. Ne me dis pas que vous avez aussi enrôlé le prêtre…

Elle n'obtint pour seule réponse que le rire sonore d'Ettore, qui, l'instant d'après, la serra très fort dans ses bras.

Cinq minutes plus tard, Priscilla frappa à la porte du presbytère et le père Casimiro lui ouvrit avec un sourire béat.

— Vous êtes un village de fous et vous êtes merveilleux, commença-t-elle en retenant son rire.

Peut-être le prêtre allait-il, lui aussi, l'embrasser ?

— Je suis toujours prêt à soutenir les initiatives de mes fidèles, répondit-il.

— Même si elles sont complètement folles ?

— Surtout si elles le sont !

— Vous savez que l'indice pour arriver jusqu'à vous était la description de Don Abbondio, n'est-ce pas ? lui signala Priscilla.

Il leva les yeux au ciel et joignit les mains.

— Ne m'en parle pas...

Bien au-delà des idées de vrai et de faux, il existe un espace.
Je t'attendrai là-bas.
JALALUDDIN RUMI[1]

— La lettre parfaite pour vous...

— *Bien au-delà des idées de vrai et de faux, il existe un espace* : n'est-ce pas magnifique ? répéta le prêtre pour toute réponse.

Priscilla sourit.

— Cette phrase est vraiment belle.

— Et maintenant, l'indice, ajouta-t-il. Écoute bien : « *Pour faire un pré, il suffit d'un trèfle, d'une abeille et d'un rêve. Mais le rêve peut suffire, si les abeilles sont peu nombreuses.* »

C'était un indice magnifique. Le plus bel indice du monde, pensa Priscilla.

---

1. Poète persan du XIIIe siècle.

— Parfois, pour faire un rêve, il suffit juste d'un peu de… lierre… *edera*, murmura-t-elle comme pour elle-même.

— Bravo… Il suffit juste d'un peu de lierre, approuva le père Casimiro.

Puis il serra la romancière contre lui – une brève et affectueuse étreinte.

— Maintenant, vas-y, dit-il en s'écartant d'elle.

Et Priscilla obéit. L'attendaient la Villa Edera, la nuit, Cesare, l'amour… Et elle marchait vers eux avec un bouquet de mots serré entre ses doigts.

La robe qu'avaient choisie Agnese et Elvira dans l'armoire de Ludovica était verte. Une longue robe de soie vert foncé, à dos nu et à fines bretelles, datant probablement des années trente.

En réalité, elles avaient auparavant sorti presque tous les vêtements de l'armoire, y compris les vestons d'homme et les pantalons de velours côtelé. Elles avaient admiré de petites robes très courtes constellées de paillettes, des châles à franges dans le plus pur style hippie, des jeans à pattes d'éléphant, des cols roulés aussi hauts que serrés, de longues écharpes en laine tricotées main, des pulls jacquard… Cette armoire était une véritable capsule temporelle.

Maintenant, elles étaient là, toutes les deux, avec une tenue tout juste aérée et prête à être enfilée. Ce fut ainsi que Priscilla les trouva en entrant dans la maison.

— Mais qu'est-ce que vous faites là, vous ? demanda-t-elle, interdite.

Elle s'attendait à tout… sauf à trouver ses deux voisines dans son salon.

— Nous sommes venues t'arranger. Tu ne peux quand même pas finir cette aventure habillée comme ça, répondit

Elvira en jetant un regard éloquent au tee-shirt gris de Priscilla.

Agnese changea de sujet :

— Tu as du maquillage, n'est-ce pas ?

— Oui, mais…

Ses amies avaient déniché des trésors : des peignes de nacre trouvés dans une petite boîte brillante qui contenait aussi une fleur en soie pour les cheveux, une paire d'énormes boucles d'oreilles fantaisie, de nombreuses épingles à cheveux et un chapelet. Priscilla prit la robe verte entre ses mains, la souleva et la regarda avec de grands yeux.

— On dirait un rêve…

— Donne-moi cette robe, que je vérifie qu'elle n'est pas trouée, lui ordonna Elvira, toujours pragmatique. Et appelons les autres. Maintenant, on va te faire belle.

Puis elle s'en alla en trottinant, la robe verte pliée sur son bras.

Priscilla la regarda disparaître derrière la porte. Si elle était allée passer l'été en Grèce, par exemple, ou n'importe où ailleurs, qu'aurait-elle manqué ?

Ce fut ainsi qu'on la fit belle. Une bande de femmes et d'enfants se rassemblèrent à la Villa Edera et lui passèrent la robe de madame Ludovica, laquelle, si seulement elle l'avait su, aurait fait pleuvoir deux ou trois plaintes. Elles coiffèrent ses cheveux roux et les attachèrent avec deux petits peignes en nacre pris eux aussi dans les affaires de Ludovica, faisant preuve d'un mépris du danger qui frôlait l'héroïsme. Puis Priscilla se dirigea vers le miroir et se vit.

Elle se confronta à son reflet tandis qu'autour d'elle toutes ces personnes qu'elle ne connaissait pas un mois plus tôt gonflaient des ballons couleur ivoire, tendaient des voiles d'un bout à l'autre de la pièce, allumaient des bougies. Elle se vit elle-même embellie par une robe volée, et ses lèvres couvertes d'un rouge pâteux esquissèrent un sourire. Elle vit Elvira et Agnese, derrière elle, qui la regardaient dans le miroir, l'air heureux. Elle vit Margherita, assise par terre, qui essayait depuis vingt minutes de gonfler le même ballon, et Virginia qui se drapait d'un voile avec l'aide des jumeaux. Elle vit les yeux d'Agata et elle sut qu'elle avait devant elle une enfant qui n'aurait jamais peur de rien. Et elle en fut fière, car c'était son amie.

Elle vit tout cela, autour d'elle, et elle pensa que si une poignée de personnes pouvaient faire autant pour elle, une presque inconnue, alors tout pouvait arriver dans le monde.

Et pas seulement dans les romans.

32

Cesare était resté enfermé chez lui, attendant le signal pour agir.

Et si Priscilla n'aimait pas ce jeu ? S'il la perdait à cause d'un stupide message jamais arrivé ? Si tout ça ne suffisait pas ?

Lorsque Agnese le prévint que Priscilla était prête, Cesare sortit de la maison, mais ne courut pas immédiatement à la Villa Edera. Il avait envie de prendre son temps, de profiter de chaque minute. Tout cela était une folie et il ne voulait pas en perdre une miette. Sans l'idée de génie d'Amanda et l'aide de tout Tigliobianco, que serait-il arrivé ?

Assis sur le banc de la place, à côté d'une bouteille de très mauvais rhum qu'il venait d'acheter chez Claretta, il pensa qu'il était rare de pouvoir jouer une fois devenu adulte. Avec le travail, les responsabilités, qui a encore du temps pour jouer ? Qui possède encore l'enthousiasme et la patience nécessaires pour transformer ses rêves en réalité ? Qui en a encore envie ?

Priscilla. Priscilla en avait envie : elle ne se contentait pas de la réalité car elle savait que celle-ci excède ce que l'on voit. Elle qui gardait des mondes cachés dans chaque repli de son âme et des rêves entrelacés et ardents. Elle, la seule femme qui eût jamais su le surprendre.

C'est peut-être là que se cache l'amour ? On tombe amoureux, finalement, de ce qui nous surprend.

Et ainsi, tandis que le soleil se couchait peu à peu, Cesare se rendit compte qu'il avait peut-être trouvé quelque chose d'extraordinaire. Il prit la bouteille de rhum et se leva de son banc. On n'entendait que les grillons, ainsi que le bruit désordonné d'un piétinement. Au bout du chemin, Priscilla l'attendait.

Il ne s'était jamais senti aussi chanceux qu'à cet instant.

33

Dans l'immense salon de la Villa Edera, Priscilla, restée seule, attendait en effet, drapée dans la robe de Ludovica, ses cheveux s'échappant déjà des peignes et ses lèvres rouges comme deux fruits mûrs.

Et si tout se passait mal ? Si Cesare se mettait à rire en la voyant ? Si, après tout, il ne venait pas ? Elle se sentirait tellement stupide... Qu'adviendrait-il d'elle, de toute cette passion ? L'amour qu'elle abritait et qu'elle avait enfin trouvé le courage d'offrir ne trouverait jamais la route vers l'âme qui lui était destinée ; il ne serait jamais accueilli. Il resterait errant, se gonflerait de peur et de colère, et dormirait dans le froid, recroquevillé dans un coin au lieu de se blottir dans les bras rassurants de Cesare.

Priscilla avait peur. La peur glaçante de celles et ceux qui ont ôté une à une toutes les couches qui enveloppaient leur âme et leurs désirs et se découvrent soudain démunis, vulnérables, à vif. Il faut être fou pour abandonner toute protection. Surtout si ce que l'on s'est décidé à offrir est un cœur nu, entouré d'un *pot-pourri*[1] de désirs, de rêves et de bizarreries.

Et c'étaient justement les bizarreries qui l'effrayaient. Comment ne pas trembler en pensant à l'indicible audace dont on a fait preuve ? Quelle impardonnable imprudence ! Seuls les fous et les héros sont coupables de tels crimes. Et Priscilla, en cet instant, était une héroïne insensée vêtue d'amour… Rien à voir avec une armure ! Le vrai héros reste debout et immobile, son cœur sur un plateau, il ne bouge pas, intrépide et tremblant, tandis que l'instinct de survie et le bon sens lui hurlent en chœur : « Va-t'en ! », quand toute son âme, folle et ardente, le supplie de rester.

Elle avait créé dans son esprit une sorte d'enchantement, tissé des toiles d'imagination, cousu ensemble les lambeaux de ses rêves. Et maintenant, elle pensait que si ce rêve était raillé et ridiculisé, elle arrêterait les frais. Que le gel figerait pour toujours les infinies broderies de son âme.

Elle était donc là, Priscilla, dans une robe du siècle précédent, entourée de dizaines de ballons couleur ivoire. Attendant de découvrir si l'homme pour lequel elle avait préparé son âme allait s'en délecter ou l'ignorer.

Jusqu'à ce qu'elle entende la porte s'ouvrir et que son cœur s'arrête de battre.

Cesare avait réfléchi à un discours. Sur le chemin de la Villa Edera, il l'avait répété deux ou trois fois, et les mots qu'il avait choisis lui semblaient parfaits. Mais rien ne se passa comme prévu. Il ouvrit la porte. Et la vit.

Priscilla. Sa robe. Ses cheveux rebelles, ses yeux bleus qui à son entrée s'étaient emplis d'émerveillement, puis de

1. En français dans le texte (NdT).

panique, puis de quelque chose qu'il ne parvenait pas à déchiffrer, et enfin d'amour.

Tout ce qu'il réussit à dire, planté devant elle avec sa bouteille de rhum à la main, fut :

— Je t'aime.

Priscilla, elle aussi, aurait souhaité trouver les mots pour cet instant unique. Mais elle resta silencieuse, la gorge pleine de paroles non dites, tandis que tout en elle fondait et explosait et hurlait et se tordait. Une larme s'échappa, la traîtresse, du coin de son œil, et glissa le long de sa joue. Alors qu'elle s'était juré de ne plus jamais en verser une seule.

Alors Cesare tendit la main et la cueillit délicatement au bout de son doigt.

Plusieurs heures seraient probablement nécessaires pour que Cesare et Priscilla s'expliquent, énumérant et commentant la fièvre de Cesare, son téléphone défaillant, le message non envoyé, le plan machiavélique d'Irene et de ses amies du club de lecture, la chasse au trésor littéraire inventée par Amanda avec l'aide de tout le village.

Plusieurs heures pendant lesquelles il y aurait encore des « je suis désolé » et des « je t'aime », des larmes et des verres de rhum. Quelques rires aussi et de timides caresses. Il y aurait des nœuds à défaire, sans hâte, et des imbroglios à démêler. Des silences durant lesquels Cesare voudrait s'approcher et embrasser Priscilla encore et encore, et d'autres qui permettraient à Priscilla d'espérer un amour petit, parfait et léger comme un nuage, de ceux qu'on garde dans son sac tout près du poudrier, qu'on glisse dans sa manche comme un mouchoir ou entre les pages d'un livre. Un amour qu'elle pourrait sentir sous ses doigts quand elle chercherait dans sa poche des pièces de monnaie – et aussi effleurer en public quand personne ne la regarderait.

C'était un de ces moments où la prudence était nécessaire, où les stratégies longuement mûries s'évaporaient, où il fallait avancer pas à pas à travers les peurs de l'un et de l'autre en restant attentif aux endroits où l'on mettait les pieds et les mains, aux instants où s'installaient les silences et les mots.

Et donc, au lieu de se raconter la douloureuse histoire de leur séparation, ils parlèrent de pirates et de tueurs en série en buvant le rhum bon marché de Claretta. À force de « je t'aime » et de « je suis désolé », ils se dirent tout.

Ils parlèrent jusqu'à ce que Cesare, au milieu des dizaines de ballons désormais à moitié dégonflés qui envahissaient la maison, regarde Priscilla avec une infinie tendresse.

— J'ai utilisé les fils de toutes les couleurs que j'avais pour coudre ce rêve de toi, expliqua-t-elle.

Une phrase dénuée de sens. Une seule, unique, et surréaliste feuille tombée d'un arbre invisible dont les branches seraient les pensées.

Pourtant – et là se produisit à nouveau le miracle – Cesare la regarda et comprit : il vit le cœur nu offert sur le plateau, les écheveaux d'imagination, l'entrelacs des milliers de fils colorés qui enveloppaient cette femme dont le regard abritait une âme dansante. Alors il chuchota :

— Je sais.

Et dans le silence qui suivit, celui qu'ils attendaient depuis le début de la soirée, ils surent qu'ils s'étaient retrouvés.

Priscilla aurait voulu lui dire quelque chose – « je te choisirais toi, dans toutes les vies, dans tous les rêves, dans chaque réalité possible, dans l'espace vide entre chaque ligne de toutes les histoires jamais écrites ou encore à écrire » –, mais elle n'y arrivait pas.

Et Cesare comprit que l'émotion la faisait passer dans cet autre monde où elle se réfugiait quand elle avait peur. Il ouvrit les bras. Elle se blottit contre sa poitrine et, une seconde avant que leurs lèvres ne se touchent, il murmura :

— Et comment se termine cette histoire ?

Priscilla secoua la tête.

— Tu seras toujours cette histoire dont je ne voudrai jamais, jamais écrire la fin.

— Ils ne vécurent pas heureux pour toujours, comme dans tes histoires d'amour ? la provoqua-t-il en jouant avec l'une de ses boucles rousses.

— L'amour finit presque toujours. Les histoires, jamais.

— Donc nous pouvons décider que ce que nous vivons est seulement une histoire ?

Elle sourit :

— Une histoire n'est jamais seulement une histoire.

Alors Cesare plongea les doigts dans ses cheveux et, enfin, à la dernière ligne de ce chapitre de leur histoire, il se décida à l'embrasser.

34

Le concours « Ramène ta fraise ! » était, comme cela a déjà été dit, l'événement de l'année à Tigliobianco.

Dans les jours qui suivirent, tandis que Cesare et Priscilla se retrouvaient, les autres habitants du village, tout en s'interrogeant fréquemment sur l'issue de leur chasse au trésor, se consacrèrent à l'organisation du dimanche le plus important de l'été. C'était bien beau, l'amour, mais le concours restait le concours !

Les rues étaient désertes. Chacun restait enfermé chez soi pour préparer son dessert. Agnese, privée de la recette du Suprême, avait décidé de tenter un cheesecake. Elvira était en train de hacher une tablette de chocolat noir pour sa tarte. Son Dracula se frottait contre ses jambes en ronronnant de bonheur.

Ce samedi-là, les tables de chaque maison étaient recouvertes de barquettes de fraises juteuses et bien rouges. Même chez Virginia, qui, entourée d'enfants aux bouches et aux mains sales, était sur le point de préparer le premier

– et probablement le dernier – gâteau de sa vie. Et le Suprême, comme premier gâteau d'une vie, c'était une sacrée responsabilité.

— Bon, on commence. Qui veut casser les œufs ?

— Moi ! hurlèrent les enfants, y compris Margherita, qui avait déjà le visage, les mains et la robe tachés de rouge.

Le jus des fraises qu'elle mangeait depuis une demi-heure avait coulé le long de sa jambe et atteignait maintenant son petit pied. Virginia regarda la fillette avec un intérêt distrait : allait-elle avoir mal au ventre ?

— Quelle chance, les enfants ! lança-t-elle. Il faut trois œufs pour le gâteau. Margherita, tu commences. Comme ça, tu arrêteras de manger des fraises. Tu en es presque déjà une.

— Moi, je suis *fraîche* ? demanda Margherita tout en palpant son petit ventre pour vérifier.

— Oui, tu t'es transformée en fraise. C'est ce qui arrive aux enfants qui en mangent trop. Je vais devoir rendre une fraise géante à ta maman à la place d'une petite fille !

— Après, ce sera notre tour ! intervinrent les jumeaux.

Et ainsi, entre hurlements et éclats de rire, trois enfants et une ado, enveloppés de nuages de farine et du parfum d'un panier rempli de fleurs d'acacia fraîchement cueillies, ressuscitèrent joyeusement la légende du village.

35

Le matin du dimanche tant attendu, des dizaines de magnifiques gâteaux couronnés de fraises d'un rouge brillant occupaient toutes les tables, chacun accompagné d'une étiquette mentionnant les ingrédients, le nom du dessert et celui de la personne qui l'avait préparé. L'antique chaîne stéréo de l'église emplissait la place d'une légère musique d'ambiance – la même chaque année. Le village entier était rassemblé, attendant que les juges, après avoir goûté les gâteaux, proclament le nom du vainqueur. Cette année, le prix à gagner était un casse-noix sur lequel était gravé : *Concours Ramène ta fraise ! – Tigliobianco.*

Les participants déambulaient entre les tables pour examiner les chefs-d'œuvre des autres et les comparer avec le leur. Elvira se retrouva ainsi devant le stand des dames du club de lecture qui, inutile de le préciser, avaient confectionné le gâteau toutes ensemble en suivant les indications précises de leur gourou Irene.

Évanescience, avec un *i,* mentionnait le carton posé à côté du gâteau tout fin. Suivait une recette sans œufs, sans lait, sans beurre, sans sucre, mais avec de la farine intégrale rigoureusement moulue à la main.

— Seulement trente calories par tranche ! expliqua Irene avec fierté.

Elvira la regarda avec un mépris à peine voilé. Le monde ne tournait vraiment plus rond.

Priscilla et Agata, qui participaient en duo, se tenaient derrière leur table, radieuses propriétaires du plus vilain gâteau jamais exposé lors du concours. Elles regardaient avec une stupeur admirative celui de Virginia et des enfants, sur la table voisine : une explosion de douceur couronnée de fraises lustrées et de minuscules fleurs blanches qui se détachaient sur une pâte nappée de miel. En réalité, la recette ne disait pas de les disposer sur le dessus. Mais Virginia n'avait pas pu résister.

— Bon sang, il est magnifique ! ne cessait de répéter Agata, qui mourait d'envie de voir arriver le moment où le petit groupe révélerait son secret à tout le village.

Ce serait leur moment de gloire.

Elle fut distraite par l'apparition d'Ettore, qui, accompagné de Cesare, faisait une entrée remarquée sur la place.

— Oh… susurra-t-elle à sa partenaire. Il est encore plus beau que le gâteau aux fraises de Virginia.

— Tu peux le dire tout haut, approuva Priscilla.

Celle-ci, qui regardait le frère numéro deux, n'était pas en mesure de lui donner tort. Que ce fût Cesare ou le gâteau aux fraises, elle avait envie de les grignoter tous les deux. En prenant son temps.

Juste avant que les juges n'entament leur ronde de dégustation, deux choses se produisirent presque simultanément.

La voiture du père Casimiro se gara devant l'église : Vladimiro en descendit, tout propre et bien habillé. Sandwich, installé dans son panier sous une chaise du bar, leva d'abord une oreille, puis sa petite tête, avant de traverser la place à toute vitesse en remuant la queue. Son maître le prit dans ses bras et un petit cortège les rejoignit. Vladimiro n'avait jamais reçu autant de câlins de sa vie. Quand il réussit enfin à parler, il demanda :

— Et mon caddie ?

Les jumeaux, très fiers, répondirent promptement :

— On s'en est occupés !

Ce fut alors que dans la confusion générale, sans être remarquée et dans un parfait silence, une femme sortit de sa maison et se dirigea avec grâce vers la place. Ses cheveux blancs étaient rassemblés en un chignon maintenu par des épingles en ivoire. Vêtue d'une robe de soie pourpre qui lui arrivait aux pieds, elle marchait lentement, comme si elle n'avait plus l'habitude de poser un pied devant l'autre. Silencieuse, elle s'immobilisa pour observer les embrassades prodiguées au rescapé.

La première à s'apercevoir de sa présence fut la petite Margherita, qui tira la main de Virginia et demanda en pointant son petit doigt :

— C'est qui, elle ?

La baby-sitter suivit son regard et resta bouche bée pendant quelques secondes avant de murmurer :

— C'est Penelope.

Et toutes les têtes, les unes après les autres, se tournèrent.

Penelope. Qui, pour beaucoup, était seulement une légende. Penelope à qui avait été refusée la chose la plus importante de toutes – et non, ce n'était pas son fiancé, mais une explication, un geste d'humanité. Penelope qui n'était jamais arrivée à se libérer des griffes de l'attente en soixante-dix ans de silence.

Elle était là, devant eux. À quatre-vingt-douze ans bien sonnés, enfin libre, enfin vivante. Penelope était de retour.

Agnese fut la seule à se détacher de la foule immobile et incrédule. Elle s'approcha de la vieille dame et lui prit la main avec douceur. Puis, à pas comptés, elle la conduisit jusqu'à un banc sous un arbre et lui dit :

— Assieds-toi là, Penelope. Tu restes avec nous.

La vieille femme lui répondit juste :

— Je m'appelle Amaranta.

Elle prit place sur le banc, le dos droit et le regard clair, tandis que Cesare lui offrait un verre de jus de pomme.

Virginia se mit à pleurer. Entre deux sanglots, elle répétait :

— Ça a marché, ça a marché.

La seconde d'après, Margherita pleurait avec elle, accrochée à sa jambe.

Agata prit la main de Priscilla et, sans quitter Penelope des yeux, murmura :

— Nous avons créé une poésie ?

— Oui, une poésie capable de voler, lui confirma la romancière.

Amaranta était là, avec eux. Elle avait décidé de sortir de cette maison où elle s'était cachée pendant soixante-dix ans. Si une femme presque centenaire pouvait quitter sa tanière, alors cela signifiait que tout était possible, que l'on pouvait s'extirper de n'importe quelle retraite, ouvrir la porte et laisser entrer la lumière. Priscilla croisa les yeux de Cesare, qui la regardait de loin, et, tout en lui rendant son regard, elle sourit. Pour eux, il n'était plus besoin de cachette ni d'aucun endroit où fuir.

Claretta fut la première à se remettre de la surprise.

— Oui, bon, et le concours ?

Quelques minutes plus tard, ils étaient tous de retour à leurs places respectives, tandis que les juges entamaient leur dégustation.

Lorsqu'ils arrivèrent à la table de Virginia, ils haussèrent les sourcils : ils faisaient ce métier depuis presque quarante ans et ils étaient capables de reconnaître le Suprême. Ils échangèrent un bref regard. Le premier prit une fourchette et coupa un petit morceau de gâteau. Il l'approcha de ses yeux et, après l'avoir longuement regardé, porta sa fourchette à la bouche et dit :

— Ce n'est pas possible.

Le deuxième fit de même et gémit :

— C'est incroyable...

Virginia et les enfants frémissaient d'excitation.

Enfin, le troisième juge goûta à son tour le gâteau et déclara :

— Le Suprême !

La stupéfaction fut générale. Une petite foule s'agglutina autour de la table de Virginia. Priscilla se tourna alors vers Agata et chuchota :

— Regarde les jumeaux.

Les deux petits garçons, écarlates, semblaient paralysés par l'émotion. Ils ne savaient pas encore s'ils étaient autorisés à exulter et cette incertitude les mettait à la torture. On aurait pu croire qu'ils allaient succomber à une crise d'apoplexie.

Au milieu des exclamations excitées s'éleva la voix d'Agnese. Cela faisait des années qu'elle cherchait cette recette et aujourd'hui, comme par magie, une gamine de seize ans se présentait au concours « Ramène ta fraise ! » avec rien de moins qu'un Suprême ressuscité ? C'était une blague ? Elle se précipita, agressive.

— Eh, toi ! Où tu l'as trouvée, la recette ?

Virginia, très fière de son exploit, révéla avec toute la désinvolture de ses seize ans :

— Dans le caddie de Vladimiro.

Et Andrea et Tobia laissèrent enfin exploser un sauvage hurlement de triomphe.

Inutile de préciser que l'histoire de ce dimanche de juillet, au cours duquel réapparurent dans toute leur splendeur Penelope et le Suprême, allait entrer dans la mythologie locale pour ne plus jamais en être effacée.

36

Un an plus tard…

— Mais cette année, qui l'a louée, la Villa Edera ? demanda Evelina aux deux autres.

— Bah… Il me semble que c'est une famille avec un nom bizarre du genre Passiflore. Ou Frangipane. Moitié Anglais et moitié Italiens.

— Il ne nous manquait que les Anglais, bougonna Claretta. Qu'après, je devrai en plus leur vendre des *maffins* ou leurs trucs étranges.

— Croisons les doigts, déjà qu'il s'est passé tellement de choses l'année dernière.

Les trois commères s'accordèrent un moment de recueillement pour se souvenir de cet étrange été au cours duquel elles avaient sauvé la vie de Penelope et aidé ces deux rêveurs de Cesare Burello et Priscilla Greenwood à se trouver l'un l'autre.

— En tout cas, moi, je dis que l'année prochaine, c'est nous qui déciderons qui séjournera à la Villa Edera, proposa l'une d'elles.

— Oui, ce n'est pas comme si cette Ludovica pouvait faire ce qu'elle veut juste parce que c'est sa maison.

— Qu'après débarquent toujours des personnages bizarres… conclut la dernière.

Claretta avait glissé un doigt en guise de marque-page dans un roman déjà un peu froissé intitulé *Il suffit parfois d'un été*.

Ce n'était pas une nouvelle aventure de Calliope du Topaze. Ce roman-là parlait d'une femme qui ne savait pas s'abandonner et d'une recette perdue et retrouvée, avec une fin heureuse. Sur la première page du livre, on pouvait lire la dédicace suivante : *À Tigliobianco, le lieu où tout peut fleurir. Merci.*

Les jumeaux passèrent devant elle en courant comme des fous. Ils avaient un an de plus, mais il n'était toujours pas question pour eux de marcher. Chacun poussait son petit caddie de courses rempli de trésors. On n'avait jamais vu d'enfants plus heureux. Se tenant par la main, suivaient Virginia et Margherita, laquelle avait conquis la parfaite maîtrise de quasiment tout l'alphabet.

Le père Casimiro sortit de l'église pour regarder passer Tobia et Andrea, tandis que les cloches annonçant la messe commençaient à sonner.

— Qu'est-ce qu'on fait, on y va ?

— Oui, allez, que sinon le curé sera déçu.

Les trois femmes se levèrent de leurs petits tabourets et traversèrent la place en direction de l'église. Elles s'installèrent sur le dernier banc, d'où elles pouvaient tout voir.

Elles pouvaient voir Amanda et Ettore avec Celeste, leur minuscule petite fille qui venait de naître, Vladimiro avec Sandwich sur ses genoux, Irene et toute la bande du club de lecture, qu'Amanda, depuis un an, traitait avec la plus grande froideur, et Agnese et Elvira, assises l'une à côté de l'autre, qui discutaient à voix basse.

Elles pouvaient tout voir.

Y compris le pupitre nouvellement installé dans l'église, sur lequel était posé un cahier ligné à la couverture noire un peu usée, un cahier banal mais ouvert sur une page très spéciale…

***

Le même dimanche matin, alors que les trois commères s'installaient sur le banc de l'église, Priscilla s'assit, les jambes pendantes, sur la table de la cuisine, encore très ensommeillée, pour boire sa première tasse de café. Le silence régnait dans la pièce.

Puis il y eut le bruit léger d'une porte qui s'ouvrait et se refermait, des pas dans le couloir : Priscilla leva les yeux de sa tasse juste à temps pour recevoir le sourire de Cesare. Il fit deux pas, et elle se retrouva avec ses lèvres dans ses cheveux en bataille, enveloppée de ses bras et de son parfum.

Priscilla sourit avec reconnaissance. Par-dessus l'épaule de Cesare, son regard se posa sur un petit cadre accroché à côté du frigo rouge : il contenait une page d'un journal local, avec une photo de Virginia et des enfants souriants, chacun avec une part de gâteau aux fraises à la main. Le titre de l'article indiquait en grosses lettres noires : **LE SUPRÊME.**

Chère lectrice, cher lecteur,

Je sais que tu attendais une nouvelle aventure de Calliope du Topaze, je devine que tu te poses des questions et que tu voudrais savoir si, finalement, Calliope choisira l'amour tumultueux du pirate Jack Raven ou celui, langoureux, du comte Edgar Allan. Je te promets que ta curiosité sera satisfaite à l'avenir et que je n'abandonnerai pas mon héroïne à un destin inachevé.

Mais, cette fois, j'avais une histoire différente à raconter.

L'histoire d'un petit village et de la manière dont une poignée de personnes extraordinaires ont réussi à rendre réelle une histoire qui n'avait été vécue que dans les romans. Ou peut-être ont réussi à rendre romanesque une réalité qui, en général, n'a pas grand-chose à voir avec les romans.

C'est ainsi qu'est née cette histoire, une histoire sans enlèvements mais avec un chat disparu, sans duels mais avec un petit complot, sans secrets de cour mais avec le mystère d'une recette égarée, sans échanges d'identité mais avec des échanges de lettres.

J'ai occupé un univers plus petit, cette fois-ci. Un univers contenu dans une boule de verre, dans un camée, dans un minuscule médaillon peint à l'aquarelle.

Mais à l'intérieur de cet espace s'est mis en mouvement tout un monde de passions humaines, d'une telle intensité qu'il rivalise sans peine avec les mésaventures passionnées de Calliope.

Et j'y ai mis de l'amour. Le vrai, celui qui n'est pas fait de grands mais de petits gestes, tendres, confiants, parfois presque invisibles. Mais sans lesquels le mot « amour » est une coquille vide.

C'est pourquoi je t'ai confié cette histoire, chère lectrice, cher lecteur : celle d'une romancière désabusée qui a réappris à s'engager sur la route de la confiance et du courage. Parce que pour aimer et se laisser aimer, il faut du courage. Pour être heureux, il faut du courage. Pour vivre et ne pas rester spectateur de la vie qui défile devant nous, il faut du courage.

Il a suffi d'un été pour que toutes les fenêtres s'ouvrent en grand et laissent entrer un vent nouveau et léger qui ébouriffe les pensées et déblaie l'âme de ses moutons de poussière.

Et c'est ce que je te souhaite à toi aussi : un coup de vent, un éclat de rire imprévu, une émotion inattendue, une chasse au trésor – quel que soit ton trésor –, une barquette de fraises, un bol de sucre et une table en bois où préparer, tranquillement, un gâteau.

Parfois, cela suffit, tu sais ?

Parfois, il suffit d'un été pour que toutes les fraises du monde mûrissent autour de nous.

PRISCILLA GREENWOOD

LISTE DES OUVRAGES CITÉS

Lewis Carroll, *Alice au pays des merveilles*
S.S. Van Dine, *L'Énigme du fou*
Louise Fitzhugh, *Harriett l'espionne*
Penelope Lively, *La Maison de Norham Gardens*
Catherine Storr, *Le Mystère du métro*
Philippa Pearce, *Le Chemin de Satin Shore*
Agatha Christie, *L'Affaire Protheroe*
Nicholas Sparks, *Une bouteille à la mer*
Azar Nafisi, *Lire Lolita à Téhéran*
Margaret Mitchell, *Autant en emporte le vent*
Astrid Lindgren, *Fifi Brindacier*
Harper Lee, *Ne tirez pas sur l'oiseau moqueur*
Stephenie Meyer, *Twilight*
Stephen King, *Misery*
Les Mille et Une Nuits
Charles Dickens, *Les Grandes Espérances*
Mikhaïl Boulgakov, *Le Maître et Marguerite*
Alexandre Dumas, *La Dame aux camélias*

James Ellroy, *Le Dahlia noir*
Jorge Amado, *Gabriela, girofle et cannelle*
Umberto Eco, *Le Nom de la rose*
Alexandre Dumas, *La Tulipe noire*
Elizabeth Von Arnim, *The Jasmin Farm*
J.K. Rowling, *Harry Potter et la chambre des secrets*
Johanna Spyri, *Heidi*
Georgette Heyer, *Detection Unlimited*
John Coleridge, *La Complainte du vieux marin*
Edmond Rostand, *Cyrano de Bergerac*
Charles Perrault, *Le Petit Poucet*
Charlotte Brontë, *Jane Eyre*
Lev Tolstoj, *Anna Karénine*
J.M. Barrie, *Peter Pan*
William Shakespeare, *Macbeth*
Antoine de Saint-Exupéry, *Le Petit Prince*
Pamela L. Travers, *Mary Poppins*
Hans Christian Andersen, *La Reine des neiges*
Omero, *L'Odyssée*
Mary Shelley, *Frankenstein*
Alessandro Manzoni, *Les Fiancés*
Charles Perrault, *La Belle au bois dormant*

Photocomposition
Nord Compo
Imprimé en Espagne par Rodesax
Pour le compte de Hachette Livre
(58, rue Jean-Bleuzen, 92178 Vanves)
Dépôt légal : septembre 2024
ISBN : 978-2-501-183-680
5418292